चौराहे पर सीढ़ियाँ

(कहानी-संग्रह)

चौराहे पर सीढ़ियाँ

किशोर चौधरी

हिन्द युग्म

ISBN : 978-93-81394-37-3

प्रकाशक:
हिंद युग्म
सी-31, सेक्टर-20, नोएडा (उ.प्र.)-201301
फ़ोन- +91-120-4374046

मुद्रक : मनीपाल टेक्नोलॉजीज लिमिटेड
कला-निर्देशन : विजेन्द्र एस विज

पहला संस्करण : अक्टूबर 2012
दूसरा संस्करण : जनवरी 2013
पाँचवाँ संस्करण : जनवरी 2023
मूल्य : ₹199

Chaurahe Par Seedhiyan
A collection of short stories by Kishore Choudhary

Published By
Hind Yugm
C-31, Sector-20, Noida (UP)-201301
Phone: +91-120-4374046
Email: sampadak@hindyugm.com
Website: www.hindyugm.com

First Edition: Oct 2012
Second Edition: Jan 2013
Fifth Edition: Jan 2023
Price: ₹199

पापा शेर सिंह चौधरी के लिए

अंजलि तुम्हारी डायरी से बयान मेल नहीं खाते

निस्तब्ध कोठरी के कोनों से निकलकर अँधेरा बीच आँगन में पसरा हुआ था। दीवारों से सटी चुप्पी से अंदाज़ा लगाना भी मुश्किल था कि यहाँ पाँच लोग बैठे हैं। उन सब लोगों में एक ही साम्य था कि वे सभी एक लड़की को जानते थे या उसकी ज़िंदगी को कहीं से छू गए थे। चमकदार सड़क से होता हुआ गठीले बदन वाला ऑफ़िसर मद्धम प्रकाश वाली इस बड़ी कोठरी में दाख़िल हुआ। दुनिया देखकर घिस चुकी उसकी आँखें छाया प्रकाश की अभ्यस्त थीं। ऑफ़िसर ने कम रोशनी में भी पंक्ति बनाकर बैठे लोगों को पहचान लिया। एक पर्दा कोठरी को दो भागों में बाँट रहा था। नीम अँधेरे में ये पर्दा और अधिक भय एवं रहस्य को बुन रहा था। ऑफ़िसर ने पर्दे के ठीक आगे एक बिना हत्थे वाली बाबू-कुर्सी रखी। उस पर अपना पाँव रखते हुए बोला- ''कोतवाल साहब, अब रीडर जी और एल. सी. को बुलाओ।'' बिना पदचाप के दो साये आये और कोने में एक टेबल के पीछे रखी दो कुर्सियों पर बैठ गए। जबकि ऑफ़िसर अभी भी उसी मुद्रा में खड़ा था। सन्नाटा तोड़ने के लिए कोई तिनका भी न था, मानो ऑफ़िसर इसे एक मनोवैज्ञानिक हथियार की तरह

धार दे रहा हो। कै हो जाने से पहले की हालत में बैठे हुए लोगों के चेहरे पर यहाँ से बाहर निकल पाने की उम्मीद जगी, जब कुछ क्षणों के बाद बयान दर्ज किये जाने की प्रक्रिया आरंभ हुई।

ऑफ़िसर का इशारा पाकर एक लड़का खड़ा हुआ –

विनीत श्रीवास्तव यानी दोस्त

पहचान?

सर, मेरे पिता नहर परियोजना में इंजीनियर हैं और माँ कॉलेज में दर्शनशास्त्र पढ़ाती हैं। मैं बेंगलुरु के एक प्राइवेट इंजीनियरिंग कॉलेज में पढ़ता हूँ।

क्या जानते हो लड़की के बारे में?

मैंने उसे पहली बार घर के बाहर दूब में पानी देते हुए देखा था फिर वह कई बार कॉलेज जाती हुई दिखी। हमारी जान-पहचान बढ़ती गयी क्योंकि हम दोनों के पापा एक ही ऑफ़िस में थे। सर फिर हमारी दोस्ती हो गयी थी। कभी-कभी हम शाम को पार्क में मिला करते थे। ऐसे ही जैसे और लड़के-लड़कियाँ मिला करते हैं। वहाँ उसके साथ बैठकर शाम को पंद्रह-बीस मिनट रोज़ बात किया करता था। वह कई बार मुझसे कुछ किताबें मँगाया करती थी। मैं अपने दोस्तों से लाकर उसे दिया करता था। वह पढ़ने में बहुत अच्छी थी। वह देखने में बेहद सुंदर थी। उसके कपड़े पहनने का सलीक़ा भी आधुनिक था। वह किसी से डरती नहीं थी और उसने मुझे दोस्त कहा था इसलिए मैं उसे पसंद करता था।

कितना पसंद?

विनीत ने बुझी हुई आशंकित निगाह से देखा और कहा- सर पहले करता था मगर बाद में उसका व्यवहार बदलने लगा। बहुत देर तक पार्क में बैठी रहने लगी। वह अजीब से सवाल भी करने लगी। मुझे कहती थी कि तुम बदल गए हो। जबकि मैं और वह सिर्फ़ दोस्त ही थे। हम छोटे से क़स्बे में रहते हैं, वहाँ लोग कई तरह की बातें बना लिया करते हैं। इस तरह से बाग़ीचों में मिलना अच्छी बात नहीं मानी जाती है। ये मैंने उसे समझाया लेकिन उसने मेरी बात नहीं मानी। एक बार वह मेरा हाथ पकड़कर बैठी थी, तब मेरी मम्मी ने देख

लिया और फिर मुझे बहुत डाँटा गया। हम दोनों को अलग रहने की हिदायतें दी गयीं। उसके बाद भी वह ज़िद करती थी मगर मैं फिर कभी उससे नहीं मिला।

कभी नहीं?

जी कभी नहीं।

ऑफ़िसर ने लड़के को उसी जगह बैठ जाने को कहा जहाँ से वह खड़ा हुआ था। उसके आगे एक सुंदर-सी नाटे क़द की लड़की बैठी हुई थी। लड़की ने उठकर अपना नाम बताया- रमा दीवान। मैं अंजलि के साथ पढ़ती थी।

रमा दीवान यानी सहपाठी

एक रात को कॉलेज हॉस्टल में हो-हल्ला सुनकर मैं अपने रूम से बाहर निकली तब पहली बार उसके नाम पर मेरा ध्यान गया, अंजलि सिंह। हॉस्टल की कुछ लड़कियों ने वॉर्डन से शिकायत की थी कि पास के रूम से सिगरेट के धुँए की गंध आ रही है। उसका रूम खुलवाया गया। उसमें से बहुत तेज़ गंध आ रही थी। आप जानते हैं कि बंद कमरे में भले ही एक सिगरेट पी जाये किंतु उसमें बहुत देर तक गंध बसी रहती है। अंजलि रूम में रखे हुए लकड़ी के पाट पर चुप बैठी थी और शिकायत करने वाली लड़कियाँ अपनी नाक को इस तरह सिकोड़ रही थीं जैसे वे किसी अस्पृश्य बू से नापाक हो गयी हों। कमरे की बालकनी में बहुत सारे सिगरेट के टोटे पड़े हुए थे। वॉर्डन और उनकी सहायक ने हिक़ारत भरी निगाह से अंजलि और उसके सामान को देखा। उनकी निगाहें इस अक्षम्य अपराध पर सब कुछ उठाकर बाहर फेंक दिये जाने जैसे भाव दिखा रही थीं।

सर, अंजलि को कल सुबह ऑफ़िस में आने को कहकर वॉर्डन चली गयीं। कुछ लड़कियाँ फुसफुसाती, मंद-मंद हँसती और कुछ चेहरे पर आश्चर्य के भाव बनाते हुए, अपने-अपने कमरे में चली गयीं। मुझे इस तरह एक लड़की को अकेली छोड़कर आना अच्छा नहीं लगा तो मैं उसके पास रुक गयी। "क्या हुआ?" मेरे पूछने पर बोली। "क्या हुआ, सिगरेट ही तो पी है!" उसके चेहरे पर किसी तरह के नए भाव नहीं थे। वह बेहद शांत थी और उसकी आँखें किसी शून्य के मोह में बँधी हुई दिख रही थीं। "किसने सिखाया

तुम्हें सिगरेट पीना?'' अंजलि ने एक डूबी हुई किंतु गहराई से उपजी मुस्कान से कहा- ''मेरे दोस्त ने।'' उस रात के बाद मैं हमेशा उसे अपने साथ रखती थी लेकिन उसका अकेलापन चारों ओर से उसे घेरे रहता था। उससे घनिष्ठता के बाद के दिनों में, कई बार वह शाम होने से पहले हॉस्टल से निकल जाया करती थी। रात को मालूम नहीं किसी तरीक़े से अपने रूम में बिना किसी को ख़बर हुए पहुँच जाया करती थी। अंजलि ने एक बार मुझे बताया था कि वह किसी मंदिर जाया करती है। वह सुनसान पहाड़ी के बीच में बना हुआ है। वहाँ एक बाबा रहता है, मगर बड़ा बेकार आदमी है। एक ख़ास बात उसने मुझे बताई थी, जिसे मैं आज तक नहीं भूल पाई हूँ। वह एक शाम बेहद निराश होकर सड़क पर खड़ी थी और उसने एक ऑटो रुकवाया था फिर जब ऑटो वाले ने पूछा कहाँ जाना है तो उसने कहा था- ''जहाँ चाहो ले चलो।'' उसने जब मुझे ये बताया तो मैं उसके एकाकीपन से डर गयी थी।

''सर हम लोग कोई एक साल तक साथ में रहे थे, उसके बाद..'

एक मौन का सिरा थामे हुए, रमा चुप हो गयी। ऑफ़िसर ने तीसरे आदमी की तरफ़ देखा।

मंडल नाथ यानी पहाड़ी शिव मंदिर के महंत

बम भोले, ईश्वर सबका भला करे। साहेब, उस दिन शाम के सात बजने को थे और मैं मंदिर की झुक आई ध्वजा को सही करने के लिए दीवार पर खड़ा हुआ था। वहाँ से मैंने देखा एक लड़का पहाड़ी से कूदकर अपनी जान देना चाहता है। मैंने चिल्लाना उचित नहीं समझा क्योंकि मैं ऐसा करता तो वह निश्चित ही कूद जाता। इसलिए मैं बिना आवाज़ किये उस तक पहुँचा और उसको कमर से कस कर पकड़ लिया। पहाड़ी के ठीक ऊपर खड़ा देखकर जिसे मैंने लड़का समझा था, वह वास्तव में एक लड़की थी। उसने क़मीज़ और पैंट पहनी थी इसलिए मुझे धोखा हो गया था। मैं उसे अपने साथ मंदिर तक लाया और पूछा- ''बेटी ऐसा ग़लत काम क्यों करना चाहती हो?'' साहेबान वह बेहद दुखी लड़की थी। हमारे समाज में स्त्रियों को घनघोर कष्ट दिये जाते हैं, कुछ हल्के होते हैं जिन्हें आप शारीरिक कहते हैं और बाक़ी गंभीर जिन्हें मानसिक कहा जाता है। वह मानसिक कष्टों से घिरी थी। ईश्वर की कृपा से

उस बच्ची ने मेरी बात मानी। अपने मन के विकारों को प्रकट किया। प्रभु के द्वार पर मैंने उसे चरणामृत दिया, धूणे की चुटकी भर राख उसको दी और फिर वह चली गयी।

"और क्या हुआ था उस दिन?"

"मैं भगवान का भक्त हूँ, उसकी आराधना में लीन रहता हूँ। उसे सीढ़ियाँ उतरते हुए देख लेने के बाद मैं आश्वस्त हो गया था। मेरा मन भी प्रसन्न था कि देव चरणों में बैठने से मैं ये शुभ कार्य कर सका। ईश्वर की लीला अपरंपार है फिर कभी उसका आगमन उस मंदिर में नहीं हुआ।"

बाबा की जिज्ञासु आँखों की कोरों पर अटकी प्रतिक्रिया की प्रतीक्षा को अनदेखा करते हुए ऑफ़िसर ने चौथे आदमी की तरफ़ देखा, जिसने नीली जींस पर ख़ाकी रंग की क़मीज़ पहनी हुई थी।

बीदा रावत यानी टैक्सी ड्राईवर

नमस्कार साब, सितंबर का महीना था और शाम को पाँच बजे थे, तब मैंने उसे पहली बार देखा था। उसने मुझे रुकने का इशारा किया। वह टैक्सी में बैठी और बोली- फतेहसागर चलो। मैं उसको वहाँ ले गया। उसने मुझे पंद्रह रुपये दिये और झील के सामने पहाड़ी पर बने बाग़ीचे की सीढ़ियाँ चढ़ गयी। मैं वहाँ से घाटी में अपने घर चला गया। शाम की चाय पीकर जब वापस जा रहा था तब सड़क के किनारे कुछ लोग गोल घेरा बनाये हुए खड़े थे। मैंने उन लोगों के बीच जाकर देखा तो वही लड़की सड़क के किनारे आधी बेहोशी जैसी हालत में थी।

साहब, मैंने लोगों से कहा कि इसे अस्पताल पहुँचा देते हैं लेकिन मुँह पर पानी के छींटे मारने से वह होश में आने लगी थी। वह टैक्सी में बैठते ही बोली- "मैं यहाँ अकेली हूँ इसलिए मुझे अपने घर ले चलो।" साहब मैं उसको अपने घर ले गया। मेरी बीवी ने उसको एक ग्लास जूस पिलाया, पंखे से हवा की। मैंने इशारा कर बीवी को एक तरफ़ बुलाया और कहा कि पता करे मामला क्या है? ख़ामख़ाह हम न उलझ बैठें। उसने बताया कि वह यहाँ अकेली रहती है और उसका मन नहीं लगता इसलिए बाहर घूमने चली आया करती है और कमज़ोरी से चक्कर आ गया है। उसको अपने परिवार की बहुत

याद आती है। जब हमने देखा कि वह यहाँ आराम से है तो मैंने कहा- "तुम मुझे अपना भाई समझो और जब भी जी करे यहाँ भाभी के पास चली आया करो।"

"बड़ी जल्दी रिश्तेदारी हो गयी?"

"साब, बच्चों की क़सम खा के कहता हूँ कि मैंने उस अकेली लड़की की मदद करने को ही बहन बोला था। वह मेरे राखी बाँध के गई। मेरी बीवी ने उसको अपने हाथों से गरम खाना खिलाया। परदेस में कहीं अपनापन मिल जाये तो बड़ा आसरा होता है। हाँ, वो ख़ुश थी, उसके बाद हमारे घर नहीं आई मगर उसने कहा था कि लौट के आएगी तब यहीं रुकेगी।"

अधेड़ उम्र के इस आदमी ने दोनों हाथ एक याचक की तरह जोड़ लिए थे। एक चालीस-पैंतालीस साल की औरत अपनी जगह से उठकर ऑफ़िसर के सामने चली आई।

बादामी यानी काम वाली बाई

"अंजलि बेबी बहुत अच्छी लड़की थी साब, उसको संगत सही नहीं मिली। एक सुबह झाड़ू मारते हुए मैंने फ़र्श पर गिरी हुई, उसकी पैंट को अलमारी में टाँगा। उसमें एक टूटी हुई सिगरेट थी। मुझे उसी समय मालूम हो गया कि कुछ गड़बड़ है। मैं रोज़ उसका ध्यान रखने लगी। मुझे मालूम था कि बीड़ी पीती है तो ज़रूर कुछ गड़बड़ है। इसी चक्कर में एक दिन मैंने उसके पेट पर लाल निशान देखा तो उसे पकड़ लिया। फिर पूछा किसने किया? वह बहुत देर तक नहीं बोली फिर रोने लगी। उसको दोस्त लोगों ने ख़राब कर दिया था। उसके बदन पर नोंच के निशान देखकर मुझे भी अपनी पीठ याद आ गयी। ऐसा होता है सब औरत के साथ, पर साब उसकी तकलीफ़ थी कि ये शादी से पहले होने लगा। मैंने उसको बोला कि छोड़ दे सबको, अच्छा अफ़सर की बेटी है, अच्छा काम करो अच्छा से जीयो। वो मेरी सब बात सुनकर भी चुप रही।

"किसने ख़राब किया?"

"साब उसने कभी नाम बताया नहीं, वो बोलती थी कि कौन किसको ख़राब करता है? सब आप डूबते हैं। मुझे डूबे रहने दो। बाई, तुम बड़ी मूरख

बात करती हो।''

बादामी देवी के बयान की आख़िरी पंक्ति बीदा रावत, मंडल नाथ और विनीत को किसी वेदवाक्य की तरह सुनाई दी। ज़्यादा सवाल न पूछे जाने से और सख़्ती किये जाने के भय से निकल आने के कारण कोठरी का मटमैला अँधियारा कुछ हल्का हो गया था। सब अपने फ़र्ज़ की अदायगी हो जाने के अहसास से कुछ आराम में आ गए थे। ऑफ़िसर अभी भी उसी पोजीशन में खड़ा हुआ था जैसे कोई विचारमग्न मूर्ति एक नियत अंतराल से निर्धारित सवाल पूछने के लिए बनाई गयी हो। घड़ी भर की ख़ामोशी के बाद ऑफ़िसर ने मीता पुरी को आवाज़ लगाई।

ठक-ठक की आवाज़ वाले कील लगे जूतों की जगह चीते जैसी चुप्पी वाले क़दमों से कंधे पर दो सितारे लगी वर्दी पहने हुए एक लड़की रौशनी से नीम अँधेरे की तरफ़ आकर सेल्यूट करके खड़ी हो गयी।

मीता पुरी यानी इन्वेस्टिगेशन ऑफ़िसर फॉर स्युसाईड केस ऑफ अंजलि सिंह

जनाब थाना कोतवाली सिटी में सुबह आठ बजे सूचना मिली कि अशोक सिंह वल्द हनुवंत सिंह की पुत्री अंजलि की मौत हो गयी है। मौक़ा मुआयना करने पर पाया गया कि किसी प्रकार के संघर्ष के निशान मर्ग कारित होने के स्थान पर नहीं थे। कमरे में सभी सामान सलामती के साथ था। दरवाज़े के अलावा कमरे में आ सकने के स्थान, खिड़की से भी किसी आमद का कोई संकेत नहीं पाया गया। लड़की के शरीर के नीला हो जाने के कारण उसको ज़हर दिये जाने की आशंका के चलते परिवारजनों को पोस्टमार्टम के लिए राज़ी किया गया। लड़की के चाल-चलन और ताल्लुक़ात पर कोई एतराज़ पड़ौसियों को नहीं था।

इस जाँच के दौरान मुझे यानी मीता पुरी को मृतका की एक निजी डायरी भी मिली है। इसके कुछ पन्ने इस मर्ग को सुलझाने में अहम हैं।

अंजलि ने एक विनीत नामक लड़के के बारे में लिखा है।

''तुम मुझे छूते हो तो अच्छा नहीं लगता, मगर तुम्हारी बातें मुझे बहुत अच्छी लगती हैं। आज की शाम हमेशा की तरह बहुत सुंदर होती, अगर तुमने

मुझे पार्क के मूर्तिकक्ष वाले कोने में ले जाकर, जानबूझकर अपनी सौगंध देकर सिगरेट ना पिलाई होती। तुम कहते हो कि मैं मर जाऊँगा। मगर मैं ऐसा होने नहीं दूँगी। तुम्हारे लिए मैं हज़ार सिगरेट पी सकती हूँ। आई लव यू। लव लव लव यू।"

आगे एक महीने के बाद अंजलि ने लिखा है कि विनीत उससे प्यार नहीं करता।

"आज की शाम मरी हुई है पर मैं ज़िंदा क्यों हूँ। उस राक्षस ने मुझे सिगरेट में जाने क्या पिलाया। उसने मुझे नोंच खाया। मेरा बदन दर्द से भरा है मगर उससे ज़्यादा मुझे अपमान की तकलीफ़ है। वो कहता तो मैं कुछ भी करती मगर... तुम नफ़रत के लायक़ हो, तुम हर बार बात प्यार से शुरू करते हो और शरीर पर ख़त्म। कितने कमीने हो तुम..।"

"जनाब इन पंक्तियों के आगे एक पीपल के पत्ते जैसा दिल बना हुआ है और उसके कई टुकड़े हो गए हैं। पन्ने पर बूँद-बूँद टपकता हुआ पानी है, जो शायद आँसुओं का चित्रण है। आगे दो-तीन जगह विनीत लिखकर उसे काटकर वि-नीचकर दिया गया है।"

"जनाब, इस डायरी में हॉस्टल के बारे में भी लिखा है।"

"आज मुझे लगा कि मेरी साँस फूल रही है। मैं दम घुटने जैसा महसूस करने लगी हूँ इसलिए समझ नहीं आया कि क्या करूँ। इस कमरे में कितनी उदासी है और बाहर कितने तन्हा साये डोलते हैं। मैंने सिगरेट पी। मुझे बहुत आराम मिला। पता है कि ये थोड़ी देर ही रहेगा मगर है तो सही। वे कमीनी लड़कियाँ शोर मचाती हैं, तो मचाती रहें। मैं रमा के गले लगकर रोना चाहती हूँ मगर नहीं अब थक गयी हूँ रो-रोकर। हॉस्टल में यही एक सही लड़की है बाक़ी साली सब की सब मुँह में राम और बगल में कंडोम लिए घूमती हैं।"

"आगे कुछ शब्द और उनके अर्थ लिखे गए हैं।

समर्पण- अत्याचार की मौन स्वीकृति, वफ़ा- तू जो चाहे करने की अनुमति, पतिता- जो साथ सोने से इंकार कर दे, वॉर्डन- सरकार की ओर से नियुक्त दलाल। इसके बाद ज़िंदगी लिखकर कई सारे अपमानजनक शब्द लिखे गए हैं।

बीदा रावत का भी इसमें उल्लेख है।"

"शाम से बेचैन हूँ। मुझे नहीं पता कि क्यों पर मैं सड़क पर निकल गयी। कहाँ जाना था ये भी नहीं पता। ये भी मालूम नहीं कि मैं हूँ क्यों ? आज जब टैक्सी में बैठी तो उसने पूछा कहाँ जाना है ? मैं ज़िंदगी से परेशान थी तो कहा 'कहीं भी ले चलो'। वह ऑटो चलाते हुए कुछ देर मौन रहा फिर उसने अपना नाम बीदा रावत बताया और कहा 'बहन परेशान न हो'। वह मुझे अपने घर ले गया, शायद वो उसका घर भी नहीं था। उसकी किसी गिरी हुई दोस्त का रहा होगा। मुझे उस घर में मौजूद औरत ने जूस पिलाया फिर कुछ नया नहीं हुआ।"

मीता पुरी ने डायरी के कुछ ख़ास पन्नों को पढ़ना जारी रखा।

"जनाब एक पन्ने पर शीर्षक लिखा है 'एक हसीन शाम का भाग-दौड़ भरा अंत'

पहाड़ी के छोर पर बैठकर ढलते हुए सूरज को देखना कितना प्रीतिकर होता है। यह तेज़ चमकता हुआ सूरज जाने कैसे एक सिंदूरी थाली में बदल जाता है। पेड़ों से छनकर जब इसकी किरणें मेरे चेहरे पर गिरती हैं तो मैं उनको हथेली में लेकर देखती हूँ। वे कितनी पवित्र हैं लेकिन ये ढोंगी लोग कहाँ नहीं है ! मैं सूरज को देखते हुए सिगरेट पी रही थी कि किसी ने पीछे से आकर मुझे पकड़ लिया। मेरे प्राण सूख गए। उन बलिष्ठ बाँहों के उत्पात से मैं कभी न छूट पाती अगर मैंने दिमाग़ से काम लेकर उन बाबाजी को पटाया ना होता। वह मूर्ख, मेरे सहमति भरे संकेतात्मक वाक्य सुनकर सहज हो गया था। मैंने उसका नाम पूछा तो उसने बताया मंडलनाथ फिर कहने लगा कि ज़िंदगी में बहुत मज़ा है, जितना चाहो ले लो। वह क़ुदरत के उपहारों का वर्णन करने में खोया हुआ था तभी मैंने सीढ़ियों से भाग लेने का फ़ैसला किया। उसने मेरा वहशी तरीक़े से पीछा किया। मैं दौड़कर थक गयी हूँ बहुत ज़्यादा.. बहुत ज़्यादा। ये बाबा से बचने की दौड़ नहीं है वरन ज़िंदगी के उपहारों से बचने की है।"

इस डायरी में बादामी देवी का शुक्रिया अदा किया गया है।

"उसके चोट खाए बदन और नोंची गयी छातियों को देखकर मुझे क्रोध हुआ, अपार दुःख हुआ मगर क्या ये मेरी ज़िंदगी से मिलता-जुलता नहीं है ? क्या हर औरत की ज़िंदगी से मिलता-जुलता नहीं है ? आज उसने मुझे गले लगाया, मुझे अच्छा होने की याद दिलाई। उसने अपने दुःख सुनाये, जो मेरे

से मिलते हैं। वो घर में बर्तन माँजती है, झाड़ू लगाती है। उससे मिले पैसे से उसका पति दारू पीकर, उसी को पीटता है और अपमानित करता है। मैं उसके लिए सिगरेट पीने लगी हूँ और अपमानित होने भी। मैं तुम्हारी आभारी हूँ कि तुमने मुझे शादी यानी समझौते के बाद के सीन भी अभी दिखा दिये हैं। यानी मेरा आगे भी क्या होगा..।''

आख़िरी पन्ना

''सोमेन्द्र से मेरा विवाह होने वाला है। वह जाने कैसा इंसान होगा? हालाँकि पढ़ा-लिखा तो बहुत है। अभी उसकी पीएच. डी. भी होने वाली है। मैं क्या सोचूँ उस आदमी के बारे में कि ज़िंदगी अब उतनी अपरिचित नहीं है। कोई ऐसा ख़याल आता ही नहीं जो ख़ुशी से भर दे। रात को सपने आते हैं कि मैं मंडप से गिरकर मर गई हूँ। बादामी कहती है, मरने का सपना अच्छा होता है मगर शादी का नहीं। जाने क्या अच्छा और क्या बुरा होता है।

आज एक किताब पढ़ी, राबर्ट लुई स्टीवेंसन की। उसमें किसी के लिए लिखा है कि उसका एकाकीपन किसी हारी हुई पलटन के एकाकीपन से भी बड़ा था। तो क्या ये मेरे बारे में लिखा है?

ज़िंदगी आज मैं तुम्हारा आभार व्यक्त करना चाहती हूँ। सिगरेट के कड़वे और नशे भरे स्वाद लिए, मुहब्बत के होने और खोने के अहसास को समझाने के लिए, सबको अलग सुख और अलग तरीक़े की तकलीफ़ देने के लिए, भेड़ियों के पंजों से भाग जाने का साहस देने के लिए और मनुष्य को इतनी बुद्धि देने के लिए कि वह शुद्ध और पीड़ारहित ज़हर बना सकने में कामयाब हुआ।''

मीता पुरी ने बयान के बाद आज्ञा के लिए प्रश्नवाचक दृष्टि से ऑफ़िसर को देखा। ऑफ़िसर ने तेज़ हवा में झुक आई घास की तरह झुके हुए सरों को देखा और फिर ऐसे झुके हुए कई हज़ार और सरों के बारे में सोचा। ऑफ़िसर ने अपनी जेब पर हाथ रखा लेकिन सिगरेट की डिबिया आज शायद टेबल पर छूट गयी थी।

एक अरसे से

जहाँ भी जाता, उसे लगता कि मैं यहाँ पहले भी आया हूँ। वह चंद किताबें पढ़कर पगला गया था। वह सारे दोष किताबों के सर मढ़कर सो जाना चाहता। किताबों में लिखा था कि पहलू बदल-बदलकर सोना, मोर पंखों को चुनते हुए उदास रहना, मुसाफ़िरख़ानों में बेवजह बैठना, नए दरख़्तों की भीनी छाँव को ओढ़ना, पराई औरतों को एकटक देखना और ओक से पानी पीते हुए गुलाबी गर्दनों में नीली नसों को चूम लेने की ख़्वाहिश रखना अपराध है। तुझे दोज़ख़ मिलेगा।

उसे एक सुस्त ठहरा हुआ शहर याद आता। पेंटिंग के लिए टँगे हुए कैनवास पर जैसे बहुत सारा ख़ाली छूटा हुआ हो। एक लंबा रास्ता जो कहीं ख़त्म होता हुआ दिखने की जगह विलोप होता हुआ जान पड़े। एक-दो मुसाफ़िर, कोई भूल से गुज़रा तिपहिये वाला या फिर किसी सूखे हुए से दरख़्त की छाँव में बैठा हुआ कोई साया। वह अक्सर छत की मुंडेर पर बैठे, पश्चिम को तकते हुए शाम बुझा देता था। कभी तय करता कि आज वह डूबते हुए सूरज को आँखों से ओझल होने तक देखेगा मगर कोई ख़याल आता और उसे

अपने साथ लेकर चला जाता।

माँ कहती थी- ऐसे शाम होने के वक़्त अकेले चुपचाप नहीं बैठना चाहिए। वह प्यार से बुलाकर ले जाती। माँ की आँखों में एक डर करवट लेने लगता था। ऐसे अकेले बैठा रहना उदास करता होगा न? या उदास होने की वजह से वह अकेला बैठा रहता है। ये दोनों बातें बिलकुल ग़लत थीं। वह किसी सूरत उदास न था। बस उसे अच्छा लगता था इस तरह सूरज को डूबते हुए देखना और साँझ के झुटपुटे का इंतज़ार करना।

चलते-चलते जिस वक़्त रास्ता मुड़ जाता है, अपना ही अक्स कहीं खो जाता है, वही दोज़ख़ है। उसी पल बीते लम्हे का वुजूद खोने लगता है। विस्मृत होती गंध हवाओं में बिखर जाती है। स्पर्श की छींटें आहिस्ता से छूटती जाती हैं। सुबह, खिली नई कोंपलों को बेसबब देखते हुए किसी को सोचते हैं मगर कोई सूरत ओस के मोतियों से बनकर नहीं खिलती। याद के धुंधले चश्मों पर आलिंगनों की केंचुलियाँ, समय की कतरनों को चूमती हुई चमकती रहती हैं।

ज़िंदगी की बसावट की भूल-भुलैया में रची-बसी चीज़ें क्षणभर के लिए सामने होती हैं लेकिन फिर खो जाती हैं। उसके यादख़ाने में कुछ बहुत साफ़-साफ़ बसा था। मोहल्ले की तीसरी के आख़िरी घर में रहने वाले अंग्रेज़ी के माड़साब भी। उनके घर के आगे शहर ख़त्म हो जाता था। एक खुला मैदान शुरू होता और फिर दूर-दूर बने हुए कुछ घर थे। उन घरों को देखकर आभास होता था कि यहाँ से कोई गाँव शुरू होता है। अंग्रेज़ी के माड़साब लंबे और दुबले थे। वे घर के बाहर सिर्फ़ शाम को ही दिखाई देते थे। उनके बारे में मोहल्ले की औरतों का कहना था कि वे दुपहरी के बाद और शाम होने के बीच वाले वक़्त में खाना बना लिया करते थे।

कुछ ज़्यादा सिकी हुई रोटियों की गंध ही उनके खाना बना लिए जाने का संकेत था। यह गंध एक तरह से माड़साब की उपस्थिति को भी बुना करती थी। बंद कमरे पर पड़ा हुआ एक काले रंग का ताला या फिर दरवाज़े के आगे बिखरे हुए एक चुल्लू भर पानी के सिवा माड़साब के पास क्या था। ये किसी को मालूम न था। उनके जीवन के बारे में कोई एक राय न थी। कुछ का कहना था कि उन्हें एक लड़की से प्रेम हो गया था और उससे शादी न हो सकी इसलिए अकेले रहते हैं। कई लोगों का ख़याल था कि पत्नी है लेकिन गाँव

में रहती है। जिस बात पर लोगों को सबसे अधिक यक़ीन था, वो यह बात थी कि बहुत अधिक शराब पीने के कारण पत्नी छोड़कर चली गयी थी। लेकिन इन सब बातों के बीच उसे लगता था कि अंग्रेज़ी के माड़साब को शाम से प्रेम हो गया था। दुनिया में शाम से अधिक सम्मोहक चीज़ कोई नहीं है। दर्द और प्रेम से भीगी हुई, बिछड़ने का गाढ़ा रंग लिए, इंतज़ार की पोटली जैसा कुछ सर पर उठाये हुए, आती हुई शाम।

पिताजी ने जो घर बनाया वह हमेशा चुप्पियों से गूँजता रहता था। इस घर में जाते हुए मौसम कुछ करवटें छोड़ गए थे। वे करवटें दीवारों से टकराती हुई आँगन में फिरती रहती थीं। लोग कहते थे कि बड़ी ग़लती की, दरवाज़े के ठीक सामने दरवाज़ा बनाया। भाग घर के पार हो जायेगा। सौभाग्य को क़ैद करने के लिए ज़रूरी था कि आर-पार दरवाज़े न हों। इस घर में खिड़कियों के सामने खिड़कियाँ थी, दरवाज़ों के सामने दरवाज़े थे। कई बार लगता था कि घर बनाने वाला ख़ुद को मुसाफ़िर ही समझता रहा होगा। उसने घड़ी भर की छाँव के लिए इस घर को बनाया होगा। आँगन में चिड़िया उड़ती ही आती और उड़ती चली जाया करती थी। जाने किसके भाग का चुग्गा होता था और जाने कौन चुगता फिरता था। सब तरह से अपशकुनी निर्माण के बाद भी इस घर में आशाएँ नर्म फ़रों-सी नाज़ुक और आसमान से अधिक चौड़ी थीं कि जिस सुबह घर की नींव में पहले पत्थर के नीचे दूब रखी थी तब सही सलामत रही थी, जनेऊ।

घड़ी की सुइयाँ घूमती रहीं और उसकी शक्ल बदलती गई लेकिन स्मृतियों का लोप नहीं हुआ था। इन स्मृतियों से बाहर आने की छटपटाहट से जो छींटें उछलती उनमें कुछ एक घर, कुछ गलियाँ और रहस्य भरी उदास शामों की धड़कनें बसी हुई थीं। उन सालों में खपरैलों के उड़ जाने जितनी आँधियाँ नहीं आया करती थीं। जितने भी साल बीत गए थे, वे सब बेहतर थे। उन सालों की फ़ितरत में सुकून था, अपनापन था और एक ख़ामोशी थी। आजकल जाने क्यों लगता है कि क़ुदरत बेचैन है। आँधियाँ चलने लगती हैं, तो डर लगने लगता है। आहटें हमेशा ख़ौफ का ही साया बुनती हैं। हर पल लगता है कि निकट ही कुछ अनिष्ट मंडरा रहा है। आज बड़ा अबूझ है। अगले पल जाने क्या हो?

जाने कितने ही साल पुरानी बात है मगर हर चौमासे के आस-पास के

दिनों में एक केसरिया झोली वाला फ़क़ीर आया करता था। एक कटोरी आटे के बदले बसे रहने की दुआ देता। बरसात से पहले के एक छोटे से दिन ड्योढ़ी के आगे क्षीण पत्थरों से बनी हथाई पर बैठे हुए, उस छोटी काठी वाले बाबा ने ज़रा-सी देर के लिए आँखें बंद की। अपने झोले से गिल्टी का एक कटोरा निकालकर आगे बढ़ाया। "बेटा पानी..." मंगते आते थे लेकिन कोई इतने अधिकार से नहीं बैठता था। उसके माथे के तेज से सब खिंचे चले आते।

मोहल्ले की औरतों को यक़ीन था कि यह बाबा सच्चा है। इसे ज़रूर दुनिया-जहान की बातें पता हैं। सिर के पल्लू को आहिस्ता सरकाते हुए भविष्य के गर्भ में छुपे हुए सुखों की टोह में, वे गोल घेरे में चुप खड़ी हो गयीं। किनारों पर सलवटों से सजी आँखों से देखते हुए सफ़ेद दाढ़ी वाले बाबा ने कहा- "बेटा, कैसे भी कटो ज़िंदगी कट ही जाएगी।" औरतों ने सुख की साँस ली। अपने हाथों के बीच सर पर रखे ओढ़ने के पल्लू को पकड़ा और उन्हें आपस में जोड़कर अभिवादन किया।

उन औरतों ने घर के कोनों में जाने कितने अहसासों को दबा-छुपा रखा था। वे ऐसी धरोहर थीं जिनको किसी ख़ास समय, ख़ास व्यक्ति के सामने नितांत गहरे एकांत में ही बाँटा जा सकता होगा। जैसे किसी लम्हे में तन्हाई से उपजी कोई पीड़ा, किसी चाहना को मार दिए जाने का दुःख या फिर पहाड़ जैसी लंबी-चौड़ी काली रातों का डर। लेकिन वास्तव में ये किसी को मालूम न था कि वे दबी-छुपी हुई चीज़ें क्या हैं। हर औरत एक-दूसरे को खोलकर पढ़ लेना चाहती थी। उन सबकी एकलौती ख़्वाहिश थी कि घर के भीतरख़ाने में दबी हुई बातों को पढ़ लिया जाये। लेकिन सब औरतें आपस में आँख के इशारे या हल्की मुस्कान से सारे सवालों को चित्त कर दिया करतीं।

केसरिया झोली वाला बाबा जब आया तब तक झाड़ू बुहारी के साथ सुबह चली गई थी। एक अलसाई दोपहर छपरे के नीचे सो जाने को बाट जोह रही थी। बाबा ने कटोरे में बचे पानी को सर पर बँधी पगड़ी पर डाला और उठते हुए चार घरों से आई पाँच औरतों को कहा "मेरे बच्चो, जब भी दुःख आये, मन उदास हो और पंछी समय से पहले लौटने लगे तो अपनी रसोई की आग के पास बैठना। उसे तवे से ढकना और गहरे मन से इस आँगन के पंछियों को बुलाना। सब सही सलामत लौट आयेंगे, क़ुदरत कृपा करेगी..." आशीष

सुनकर औरतें कर्ज़दार हो गई थीं। वे झुककर अभिवादन करते हुए कुछ उपकार इसी समय चुका देना चाहती थीं।

चाची हाथ पकड़कर उसको खींच लाई- "इसको कुछ कहो बाबा..'

बाबा ने उसके सर पर हाथ फेरा। बाबा का हाथ एकदम लड्डू जैसा गोल-मटोल था।

चाची ने बोलने में जल्दबाज़ औरत की तरह अपनी सारी बातें इस तरह फेंकनी शुरू की जैसे ज़रा-सी देर में बाबा देवलोकवासी होने वाले हैं और इससे पहले सही रास्ता पूछ लिया जाये। "बाबा ये किसी से बोलता नहीं है। शाम भर छत की मुंडेर पर बैठा हुआ पश्चिम की ओर देखता रहता है।" चाची हड़बड़ी में कहती गयी। "बाबा कुछ बताओ इसके बारे में, कुछ इसको अपना आशीर्वाद दो..."

बाबा ने फिर सर पर हाथ फेरा। "एक जगह छलकता हुआ कुआँ देखा था, बेटी उसमें से पानी आप बाहर को उछलता था...क़ुदरत...क़ुदरत"

इसके बाद बाबा के जाते क़दमों की आवाज़ नहीं सुनाई दी। औरतें अपने-अपने रहस्य का भविष्य बूझे बिना ही वापस लौटने लगी। गली में एक सन्नाटा फिर से गहराने लगा। उसने अंदाज़ लगाया कि घर पहुँचते ही सब औरतें बरसों से छिपाकर रखे हुए अहसासों के सबसे क़रीब होंगी। वे उन अहसासों से बहुत सारी बातें करेंगी। बाबा चला गया और समय की एक फाँक नियम से कटकर एक तरफ़ गिर गई।

एक ज़िद में सब छूटता गया।

ज़िंदगी को उसी के सलीक़े पर छोड़ देने का विचार उसका नहीं था लेकिन हर बार उसके चाहे से कुछ हुआ नहीं। उसने सींची हुई सिसकियों के साथ सब कुछ अपना लिया था। वह कभी अकेला घूमता हुआ दूर निकल जाता था। सूने रस्तों के पार दूर कहीं गाते हुए लोग खेती काटते थे। उन बीजों की ढेरियाँ बनती, गाड़ियों में लादे जाते फिर बोलियाँ लगती और वे एक दिन काम आ जाते। उसने ख़ुद को परिवार का बीज माना और मुलाज़िम हो गया। वह एक घर बना लेना चाहता था। लेकिन घर के नक़्शे में कुछ एक पुराने घर आकर बैठ जाते।

अंग्रेज़ी वाले माड़साब के घर से तीन घर इधर एक और घर था। बाहर

छोटी-सी कच्ची दीवार। तन्हा बनी हुई रसोई और उसके आगे थोड़ी दूर बने हुए दो कमरे। उस घर में एक औरत रात भर सिसकियाँ भरा करती थी। इस आदत के कारण मोहल्ला उससे ख़फा रहता था। साल भर में एक बार आने वाली उस औरत के आने और जाने का समय तय रहता था। गर्मियों की छुट्टियों के शुरू होने के तीसरे दिन आती और छुट्टियों के ख़त्म होने के ठीक सात दिन पहले किसी तिपहिया में अपनी दो लड़कियों के साथ वापस जाती हुई दिख जाया करती थी।

साल भर सूना पड़ा रहने वाला घर एक महीने के लिए खुलता और वह भी लोगों की आशंकाओं के साथ कि कुछ बहुत अशुभ होने वाला है। जैसे चाची और माँ डरती थी कि ये लड़का शाम को डूबते हुए देखता है। वैसे ही उस औरत के साल डूबते जा रहे थे। हर शाम, एक साल जितनी लंबी आती और सिसकियों के साथ डूब जाती। यह समय की एक बड़ी इकाई थी। इसलिए संभव है कि उसका दुःख भी बहुत बड़ा रहा होगा।

कई सालों बाद भी ऐसे बहुत सारे घर, उसके घर बनाने की समझ के आड़े आते रहे। ऐसे घर जिनके गुसलख़ानों की छत नहीं हुआ करती थी। वे उन दिनों बने थे जब बच्चों को घरों और पानी के कुओं में झाँकना मना था। पल्लू से हाथ मुँह पोंछकर माएँ उनको बाहर धकेल देती थीं। घर से बाहर धकेल दिए गए बच्चों के लिए कई नीम के पेड़ थे। वे हमेशा बुलाते रहते। पेड़ों से थोड़ा आगे सरकारी गोदाम का बाड़ा उदास खड़ा रहता था। वहाँ रात को भूत बीड़ी पिया करते और सुबह होने से पहले बड़े हाल के अँधेरे कोने में छत पर चमगादड़ बनकर उलटे लटक जाया करते थे। उस बाड़े में रखे हुए कोलतार के डिब्बों से आने वाली जादुई गंध बच्चों को और अंदर खींचती जाती, फिर एकाएक शोर करते हुए बच्चे अपने घरों को भाग जाते। अकेले किसी के लौटने की हिम्मत नहीं होती थी लेकिन मन होता था। मन मुड़-मुड़कर देखता। उस बाड़े के सूनेपन को दुआएँ देता। बंद मुट्ठी को उल्टा करके एक फूँक से कोई नाजुक बाल उड़ाते हुए कुछ अर्ज़ियाँ आसमान की ओर जाती थीं कि ऐसी सूनी जगहें हमेशा बची रहें।

ये रेगिस्तान सूना ही था। यहाँ हज़ार लोग एक रास्ता बनाते और एक धूल-भरी आँधी उस रास्ते को मिटा देती थी। ऐसी पल भर में खो जाने वाली

जगह पर वह होकर भी कहीं नहीं होता था।

उसने घर को कभी ग़ौर से देखा ही नहीं था। घर में रखी हुई चीज़ें कैसी दिखती हैं, ऐसे उनको पढ़ा नहीं था। एक रोज़ खिड़की से कोई हवा का झोंका गुज़रा। बस बित्ते भर-सी ही खिड़की। इतनी कि अपना चेहरा बाहर निकल सके। उसी में एक पुरानी कीचट से भरी कंघी और मिट्टी के तेल की ढिबरी रखी थी। चीज़ें उतनी ही पुरानी थीं, जितनी दूर स्मृतियाँ दौड़ सकती थीं। माँ गारा बनाती और पिताजी उसे साँचे में डालकर सूखने के लिए छोड़ते जाते। वे ईंटें आहिस्ता-आहिस्ता घर में बदल गईं। ये खिड़की तब से ही थी लेकिन पहली बार भीतर खुली थी। इस खिड़की से कोई गुज़र गया था। एकांत में उपजे शब्दों और कोर्स की किताबों में छपे हुए पाठों का कोई मेल नहीं था। लेकिन दोनों जगहें उसकी दुनिया के लिए ज़रूरी सामान थीं। ये न होतीं तो उसके पास कोई काम बचता ही नहीं। ये काम भी थे बेहद नीरस। इनमें कभी मन नहीं लगना था, सो नहीं लगा। मगर इसके बिना वह क्या करता? उसके ख़यालों की दुनिया और उलझती ही जाती। इसलिए अच्छा था कि उसके पास एक बस्ता था। हर इतवार की छुट्टी में घर पर बस्ता खुलता था। इस हफ़्तावार पढ़ाई में कई सारे ख़त जमा हो जाते मगर उन पर लिखने के लिए उसके पास कोई पता नहीं था। अनाम लिखे गए ख़तों के साथ एक नाउम्मीदी जुड़ी रहती कि उनके वापस लौटने का कोई पता नहीं होता। लापता ख़त आवारा बीजों के फाहे थे और अपना ठिकाना भाग्य के सहारे खोज रहे थे। जैसे कि बरसों से बनी हुई इस खिड़की पर उसका ध्यान उसी वक़्त जाना था, जब कोई गुज़रा हो। इस तरह जो छूकर चला जाये, उस झोंके को ख़त लिखने की ख़्वाहिश होना लाज़मी था।

यूँ भी एक दिन सबको अपने ख़त कहीं-न-कहीं पहुँचाने होते हैं आख़िर उन्हें छुपाये रखने का सब्र चुक जाया करता है। स्कूल के दिनों से जमा होते गये ख़तों का भार कॉलेज तक आते-आते काफ़ी हो चुका था। उसको भी लगा कि अब ख़तों को एक मुकम्मल पता मिल जायेगा। उसे लगने लगा कि ये सोलह बार मोड़कर तावीज़ जैसे बनाये हुए ख़त, एक दिन कमल की तरह आहिस्ता-आहिस्ता खुलेंगे। ख़ुशबू जो एक अरसे से इन ख़तों में कैद है, हवा में बिखर जायेगी। यह उतना ही नैसर्गिक हो सकेगा जितना कि एक बीज

का फूल में ढलकर खिल उठना। लेकिन खिलकर मिटने के लिए ऐसा वुजूद चाहिए, जिसे देखा, छुआ और टटोला जा सके। रूह के लिए ये बातें नाकाम थीं। इस नाकामी का हल खोजते हुए या इससे उकताकर वह दिन भर अलग-अलग दुकानों के आगे स्टूल पर बैठा रहता। कभी खुली जगह पर खेल रहे बच्चों को देखने लगता। रात मगर उसे घर तक ले जाती। उसका किसी ने कुछ चुराया नहीं था। उसके पास से कुछ खो नहीं गया था मगर फिर भी नींद जाने किसलिए नहीं आती थी। खिड़की वाले कमरे में रखी हुई ढिबरी के बुझने के बाद रोशनी सिमटकर सो जाती और घास तेल की गंध फेरे लगाती रहती। ये किसकी ख़ुशबू थी? दीवारों से उतरती पपड़ी के ज़ख़्मों की या फिर ढिबरी की तड़पती हुई रूह की?

किताबें रोकती थीं मगर कहीं कुछ और चीज़ें थीं, जो सूखी घास के आस-पास चिंगारियाँ बनाती रहीं, छुपे हुए अहसासों को जगाती रहीं, प्यास को बढ़ाती रहीं। ऐसी प्यास जो सब हदों को छू लेने को बेताब कर देती है। जहाँ एक स्पर्श आदमी को आग के गोले में बदल दे, जहाँ आदमी रुई का फाहा बन जाये, जहाँ आदमी मिलन के इंतज़ार में धूप घड़ी हो जाये। जहाँ सब ख़ुशबुएँ एक होकर नामी इत्रफ़रोशों को नाकाम कर दे। प्यास उसको ऐसे छोर पर पहुँचा दे, जहाँ से दोज़ख़ का रास्ता शुरू होता है।

खिड़की से गुज़री लड़की, दोपहर का भेस धरकर रोज़ आया करती। लड़की एक पारदर्शी पंखों वाली तितली की तरह थी। उसके पंखों के आर-पार देखते हुए चिलमिलाती धूप आँखों को औचक छू जाती थी। जिस तरह ख़्वाब तामीर होते हैं, उसी तरह ये भी एक दिन सच हो गया कि वह लड़की वास्तव में थी। पहली छुअन के बाद वह इतना जान पाया कि वह गुनगुनी लड़की हमेशा किसी अजनबी देश के बारे में सोचती थी।

उन दोनों ने कब से इस गोदाम में आना शुरू किया याद नहीं था। भय के भूत किस तरह उनसे डरकर भाग गए थे और वे किस तरह इतनी जल्दी बड़े हो गए, ये कभी मालूम न हो सका। बड़े हाल के पीछे एक नीम का दरख़्त था। उसके नीचे पत्थर की बेंच लगी थी। बेंच पर निम्बोलियों की गुठलियाँ पड़ी होतीं। कुछ एक टूटी हुई पत्तियाँ या फिर किनारों के आस-पास जमा रेत पर लहरें बनी हुई होतीं। उस जगह मिलन के अल्हड़ दिन बीतने के मामले में

बड़े जल्दबाज़ होते थे।

उसका प्रिय काम था कि लड़की का सर अपनी गोदी में रख का बैठा रहे। ऐसा ही हो सकता था। बीतते हुए दिनों के सिलसिले में किसी रोज़ लड़की के पेट में छिपी कस्तूरी ने करवट ली होगी कि ख़ुशबू फूट पड़ी। धूप और पत्तों की बाज़ीगरी में उसका पेट साफ़ पानी की नदी के तलहट में खुले पड़े हुए चमकीले जवाहरातों से भरे चाँदी के बक्से-सा चमकने लगा। सब चीज़ें एक साथ नहीं मिला करतीं। जैसे नसीब और धैर्य में क़रीब का रिश्ता होने के बावजूद दोनों एक साथ नहीं आते। उनका आने वाला कल एक नन्ही कोंपल की तरह था जो दिखाई नहीं दिया। एक लंबे आलाप-सा वांछित धैर्य उस लड़की की मुँदती आँखों में खो गया। साँसों के ज्वार में कस्तूरी गंध हिचकोले खाती हुई खो गई। इस दिशाभ्रम में लहरों पर उछलती क़िस्मत कभी डूबती कभी तैरती हुई होंठों को कम्पास बनाये हुए भटकती रही।

उस दिन की दोपहर के बाद, शाम के अँधेरे का जो विलयन बरसों से उसने देखा था, उसमें कोई नया रंग घुल आया। अब घर की मुंडेर पर बैठे हुए लगता कि वह अकेला नहीं है। कोई उसके पहलू में बैठा हुआ है। वह जानता था कि कोई नहीं है, ये बस उसके बैठे होने की ख़्वाहिश भर है लेकिन फिर भी वह आहिस्ता से देख लेता कि पास में कोई है या नहीं। सूनी मुंडेर, सूनी शाम और वही सुस्त शहर की ख़ाली गली में डूबता हुआ सूरज। किताबों में लिखे हर्फ़ बेजान हो गए। उनसे एक ऊब जागती रहती थी। वह आधी बुझी हुई आँखों पर किताब को रख लेता। पलकों के पास नम रोयों पर अटकी भीनी गंध उसके आस-पास पसर जाती। देह में सैकड़ों नदियाँ बहते हुए सीने के ठीक पास से फूट पड़ने को दस्तक देने लगतीं। वह आदमी होने से पहले एक ज्वालामुखी में बदलने लगता। यह एक अछूता अनुभव था। खिड़की से गुज़रा हुआ साया सचमुच उसके पहलू में आ जाता और उसके कानों में कहने लगता- ''मैं अपने भीतर कुछ खिलता हुआ-सा महसूस कर रही हूँ मगर ऐसा क्यों लगता है कि हज़ार तूफ़ानों में उड़ते हुए नश्तर आते हों।''

उसी सरकारी बाड़े के बड़े हाल के पीछे वाले नीम की छाँव में सुकून क़ैद था। वहीं मिलते थे। जिस तरह लोग प्यार के ख़्वाब देखा करते हैं, लड़कियाँ छोटी-छोटी बातों पर रूठने-मनाने का खेल खेला करती है, वैसी उन्होंने कभी

कोई बात नहीं की थी। वे देर तक चुप बैठे रहते या फिर एक-दूसरे के पास सरकते रहते थे। देह की पहचान जिस सिरे पर ख़त्म होती वहीं पर सब नसें एकसाथ फूट पड़ने जैसा कोहराम मचाती रहतीं। उनको कभी समझ नहीं आया कि वे सिमट रहे होते थे या बिखर रहे। लेकिन यह अद्‌भुत और अतुलनीय था।

एक दिन, वे दिन चले गए। एक दिन सबके दिन चले जाते हैं। अब दिन के हिस्से सुबह, दोपहर और शाम में अलग-अलग बाँटे नहीं जा सकते थे। जाने कितना ही वक़्त हो गया था। अब जिया नहीं जाता था। किताबें फिर भी साथ थीं। उनको पढ़ते हुए अपनी आदत के मुताबिक़ अपने मुँह पर खोलकर बिछा लेता था। रात के घने अँधेरे में तन्हा लेटे हुए, अचानक वह किताब को अपने चेहरे से उठा लेता। स्मृतियाँ जवाब देने लगतीं। जो याद आ सकता था, वह नाकाफ़ी था कि उस किताब के पीले पन्नों पर कई गुलाबी फूल थे। और वे सब काग़ज़ी फूल थे। ढिबरी के धुएँ की गंध, धतूरे के जलने जैसी होने लगती। कुछ भीतर-ही-भीतर बुझता जाता।

इस सारी बात का इतना सा सच था कि बाँहों से फिसली लड़की उन कुछ एक दिनों के बाद ही सपनों के ससुराल वाले देश की दिशा का अंदाज़ा करते हुए न लौटने के लिए दूर खो गई थी।

लड़के के पास अब जो बचा था, वह था- टूटे ज़र्द पत्ते, हर जगह, हर पल साँस घुटती हुई और केसरिया झोली वाले बाबा के अनचीन्हे शब्द। वह सोचता रहता था कि क़ुदरत में ऐसा किस तरह हो सकता है कि भरे हुए कुएँ अपने-आप छलकने लगते हों। उसके लिए रात और दिन एक जैसे हो गए थे। सूखे पत्ते उड़े जाते थे, शोर था मगर शहर में बसे हुए लोगों की ज़िंदगी के कारोबार का शोर...।

बाद बरसों के उसने एक सपना देखा। कोई आवाज़ लगा रहा था कि आज घनी अँधेरी रात है। हाकिमों के हरकारों का कहना है कि सब आदमी बुत की तरह जम जाएँगे। ख़ानाबदोशों को अभी सही जगहों पर इमदाद के लिए पहुँच जाना चाहिए। सब अपनी-अपनी आग को चूल्हों में सहेज लें। कल दुनिया बर.फ़ हो जाएगी। हर कोई बढ़ते आ रहे घने कोहरे में सीढ़ियों तक

पहुँचने में कामयाब हो जाना चाह रहा था। इन सब हाँफते दौड़ते हुए लोगों के बीच अंग्रेज़ी के माड़साब उसी जगह बैठे शाम का इंतज़ार कर रहे थे। शायद उनके इंतज़ार को मिटाने वाली शाम आने को थी। तीसरे घर वाली औरत ने सिसकियाँ उतारकर एक तरफ़ रख दी थीं और फटी-फटी आँखों से हँस रही थीं। मगर दुनिया हाँफती हुई भाग रही थी।

वह भी एक अरसे से मुक्त होने के लिए चढ़ता जा रहा था। उसे मालूम था कि सीढ़ियों पार वाले इस घर में एक औरत अपने बाजूबंद से आग को बाँधकर रखती है। नीम की सूखी हुई गुठलियाँ, टूटे हुए पत्ते, कोलतार की गंध, और सूनी दोपहरें उसी आग में क़ैद थीं। आवाज़ों की सिम्फ़नी में यही सुनाई पड़ता था। अग्नि...अग्नि... मदद करो। सुखा दो इस छलकते हुए कुएँ को, सोख लो इस नाभि का अमृत, तोड़ दो ये पानी का आईना कि इस आईने से टकराकर सवाल असंख्य हो जाते हैं। वायु तुम थाम लो मुझको अपनी बाँहों में कि एक लम्हे में टूटकर ज़मीन पर गिर जाने का भय घेरे जा रहा है। जल उठो अमावस के दीयो, जाने क्यों ये अँधेरा घिरा चला आता है। पर्वतो, लुढ़का दो सब पत्थरों को कि उनके शोर में खो जाये सब आवाज़ें कि अब सवाल सुने नहीं जाते..। उस फूल की उम्र क्या होगी? वो रास्ता किस देश को जाता था।

सुबह देर तक सपने की मारफ़ीन में खोये हुए उसे दिखाई देता रहा कि एक अरसे से ढिबरी बुझी पड़ी है।

चौराहे पर सीढ़ियाँ

बरसों धूप में जलने और जाड़े में ठिठुरने के बाद अनमनी उदास खड़ी रहने वाली सीढ़ियाँ एक दिन हमारे बरामदे से अलग होकर बाहर की ओर निकल पड़ीं। इन सीढ़ियों के ऊपर जूते पॉलिश करने का काला ब्रश रखा रहता। इनके नीचे माँ सब बच्चों के जूते रखती थीं। ये सीढ़ियाँ भी बढ़ती हुई उम्र की तरह बढ़ी थीं।

हर दो-तीन साल में सीढ़ियों में भी दो-तीन पायदानों की बढ़ोत्तरी हो जाती। कुछ ही सालों में सीढ़ियाँ छत से दो क़दम नीचे रह गयी थीं। माँ गेंहू सुखाने के लिए छत पर जाती। वह आख़िरी दो सीढ़ियों पर ऐसे खड़ी होती जैसे किसी नन्हे बच्चे को दीवार पर चढ़ने से पहले देखा जा सकता हो। फिर वह अचानक से एक छोटी छलांग लगाती और छत पर पहुँच जाती। सीढ़ियों पर कई बार उड़ सकने वाली चिड़ियाँ भी ख़ुशी से फुदकते हुए चढ़ना पसंद करती थीं। उनको इस तरह फुदकते हुए देखने की आदत होने से पहले, ये हमेशा अचरज की बात होती थी कि ये चिड़ियाँ जब उड़ना जानती हैं तो फिर आख़िर फुदकते हुए सीढ़ियाँ क्यों चढ़ती हैं। यह कई बार सुना गया था कि

कुछ लोग रिश्तों को सीढ़ी बनाकर चढ़ जाते हैं और फिर वापस लौटना भूल जाते हैं। लेकिन ये कभी नहीं सुना कि चलने में समर्थ लोग नीचे रह गए किसी रिश्ते को उठाने के लिए कुछ देर घुटनों के बल चले हों।

कई सौ मौसम आए-गए होंगे मगर जो चीज़ कभी न बदली, वह थी कि बातों का असली स्वाद इन्हीं सीढ़ियों पर बैठने से ही आता था। इन सीढ़ियों के पास बैठकर दूर-से-दूर के रिश्तों ने अपने सुख-दुःख बाँटे थे। वे चाहे जिधर से भी घर में आते मगर बैठते वहीं थे, सीढ़ियों के पास। सीढ़ियों के उस कोने में शायद कोई जादुई सम्मोहन रहा होगा। बच्चे भले ही फँस जाते या उकड़ूँ हो जाते मगर कोई खेल, जो दो-तीन लोगों के बीच खेला जा सकता हो, वह उसी जगह खेला जाता था।

सीढ़ियों ने जब दीवार से बाँहें छुड़ाई तो माँ रसोई से बाहर निकल आई, ब्रश मिट्टी में गिर गया और जूतों पर धूप आ गई। पिता ने रेज़र को झाग लगे गालों के अधबीच में रोक लिया। दादा ने खद्दर की मुलायम धोती से अपना चश्मा पोंछा। यह एक अनहोनी थी। ऐसा कभी सुना नहीं गया था कि सीढ़ियाँ भी बाँहें छुड़ाकर कहीं जाने के बारे में सोच सकती हैं। उनका होना उसी तरह तय था, जैसी वे थीं। सीढ़ियों के बारे में सारे काम पहले से ही तय थे। सीढ़ियों द्वारा अपने बारे में सोचे जाने से अधिक पहले से ही सोचा हुआ और पूर्वनिर्धारित था। इस तरह सीढ़ियों के दीवार से बाँहें छुड़ा लेने के बाद त्वरित रूप से जो भी घटित हुआ, वह सब भी उतना ही अचरज भरा था। आप इसे ऐसे समझ सकते हैं कि एक अनहोनी के बाद बहुत सारी अनहोनी त्वरित रूप से घटित हो गयी। माँ का रसोई से बाहर निकल आना। पिछले जितने भी साल याद आते हैं, उन सालों के दौरान माँ को कभी छप्पर के छज्जे के नीचे से इस तरह बाहर निकलते हुए नहीं देखा गया था। माँ कभी भी किसी घटना पर इस तरह प्रतिक्रिया नहीं करती थी कि एक चूल्हे और चार लोगों के बैठने जितनी जगह से अचानक बाहर आ जाये।

ब्रश जो बरसों से धूल झाड़ते हुए लगभग गंजा हो चुका था, ख़ुद धूल में जा गिरा। जूते जो कि आमतौर पर ठोकरों और मौसम की तकलीफ़ों से पाँवों को बचाए रखने के लिए बने थे, उन पर सीढ़ियों के हटते ही इस तरह धूप फैली मानो कि वे ख़ुद अनाथ हो गए हों। सुना ये भी गया था कि जिसने

दूसरों के लिए उम्रभर तकलीफ़ें उठाई थी, एक दिन उनके लिए कोई नहीं था। जूते भी अचानक से इतने बे-छाँव हो गए थे।

पिताजी दाढ़ी बनाने में इतने पारंगत थे कि बिना आईना देखे, साफ़-सुथरी, बिना कटे-छिले वाली दाढ़ी बना लिया करते थे। उनके पास कुछ ख़ास चीज़ों के लिए एक अजब तरह की इग्नोरेंस थी। वे लेदर शेविंग क्रीम की जगह नहाने के साबुन से झाग बनाया करते थे। जबकि शेविंग क्रीम भी वहीं रखी हुआ करती थी, जहाँ पर साबुन रखा होता था। वे खाना खाने के लिए टेबल की जगह स्टूल पर थाली रखना पसंद करते थे। भले ही टेबल सामने रखी हो और स्टूल कहीं दूर से लाना पड़े। पिताजी के बारे में ये भी तय था कि वे जिस काम को कर रहे होते थे, उससे नज़रें हटाये बिना पूछे गए प्रश्न का जवाब दिया करते थे। किसी ने कभी ये शिकायत नहीं की थी कि पिताजी बिना बात सुने या अपनी मर्ज़ी से हाँ-हूँ वाले जवाब दे रहे हैं। यह पहली बार हुआ था कि पिताजी का रेज़र, झाग लगे चेहरे के अधबीच रुक गया था। आज तक का ये पहला अवसर था कि उन्होंने किसी काम को बीच में विराम दिया हो। उन्होंने अपनी दिव्यदृष्टि वाली नज़र से बिना आईना देखे दाढ़ी बनाने के काम को रोक लिया था।

बस सामान्य जो हुआ वह था, दादा का मुलायम वाली खद्दर की धोती से अपना चश्मा पोंछना। इस बात की तफ़सील में जाया जाता और फिर बारीकी से देखा जाता तो एक गहरा शक दादा पर हो सकता था कि वे सीढ़ियों के ऐसा करने के बारे में कुछ पहले से जानते थे। लेकिन उन पर किसी ने शक नहीं किया क्योंकि उनके पास अनुभवों से भरा जीवन था। वे शायद ऐसे बहुत से हादसों की जानकारी रखते होंगे या फिर ऐसा भी संभव था कि उम्र ने उनकी प्रतिक्रिया करने की गति को शिथिल कर दिया था।

सीढ़ियों ने दीवार से अपनी बाँहें छुड़ाई और वे बाहर खुले रास्ते पर आ गयीं।

रास्तों को इससे ग़रज़ नहीं थी कि इन दिनों कैसा स्टफ़ उनका उपयोग करता है। वे रोज़ बुहारे जाने से उकता गए थे। रास्तों का वास्ता कचरे और गंदे पानी की नालियों से था। कचरा रास्ते के लिए अभिशाप था। गंदे पानी की नालियों की गंध रास्तों के लिए रोमन सभ्यताओं के विकास की कहानी से

अधिक जिज्ञासा नहीं जगा पाती थी। उन्हें अपने आविर्भाव की तिथि का कोई दर्प न था। उन्होंने किसी एक स्थान से एक ही दिशा में चलकर जाने वाले धरती के प्रथम जीव को अपना आविष्कारक सोच रखा था। उस जीव के प्रति रास्तों के मन में कोई ख़ास सम्मान अथवा असम्मान भी न था।

रास्तों ने हर किसी का रास्ता बन जाने का ख़ूब पश्चाताप किया था। इतिहास में दर्ज ब्यौरों के अनुसार आतताइयों, हमलावरों, चोर-लुटेरों और असामाजिक तत्वों के काम आ जाने के कारण रास्तों का ख़ुद से मोहभंग हो रखा था। कुछ रास्तों को इस बात का भी बेहद अफ़सोस था कि महाराजाओं, हुक्मरानों की देखा-देखी, शहर के कोतवाल और हर अदने सिपाही ने भी अपने लिए सुरक्षित रास्ते घोषित कर लिए थे। इन पर उनकी जितनी ऊँची पहुँच होती उतना ही लंबा हुक्म चलता। यह एक तरह से नाइंसाफ़ी थी।

रास्तों ने सीढ़ियों को घर से बाहर आते देखा तो मगरमच्छ-सी गुलाची खाई। सारा कूड़ा-करकट किनारों पर जाकर सिमट गया। ऐसा होना बेहद लाज़िमी था। हर कोई अपनों के लिए कितना कुछ तो करता है। रास्तों ने सीढ़ियों के स्वागत में ख़ुद को साफ़-सुथरा कर लिया था। रास्तों और सीढ़ियों में सदियों पुरानी निकट की रिश्तेदारी थी। जहाँ सीढ़ियाँ ख़त्म होतीं, वहाँ रास्ते शुरू हुआ करते थे। रास्तों से थके लोग सीढ़ियों पर बैठ जाते थे। सीढ़ियाँ रास्तों की गोदी में सर रखकर सो जाया करती थीं।

हर मौसम में सीढ़ियों का अपना एक अलग रंग हुआ करता था। गर्मियों में सीढ़ियाँ किसी पंखे की तरह हवा दिया करती थीं। सर्दियों में धूप की बाटियाँ सेंकतीं। बारिशों में चमकती हुई आँखें मटकाती रहतीं। रास्ते ने जाती हुई सीढ़ियों के चेहरे पर आज कोई ख़ुशी कोई अफ़सोस नहीं देखा। रास्ता न मुस्कुराया, न रोया। उसकी आँखें भी पनियल नहीं हुईं। वह सम्मोहन की मुद्रा में उलटे पड़े घड़ियाल की तरह आसमाँ को अपना पेट दिखाता रहा।

जिस तरह सीढ़ियों के लिए भी उनके होने का स्थान और काम तय था। वैसा ही कुछ हाल रास्तों का भी था। सीढ़ियाँ किसी ऊँचाई ओर जातीं या फिर उतरा करती थीं। रास्ते के बारे में यह प्रसिद्ध था कि वह कहीं जाया करता है। लोग पूछा करते थे कि ये रास्ता कहाँ जाता है। ऐसा पूछने वालों से कुछ मसख़रे कहते थे कि रास्ते कहीं नहीं जाते। वे वहीं पड़े रहते हैं लेकिन यह सच

बात न थी। रास्ते समय के साथ चलते रहते थे। वे आपको समय से आगे–पीछे होने का सही ठिकाना बता सकने का हुनर रखते थे।

जंगल के काँटों भरे दरख़्तों, पहाड़ की खड़ी ऊँचाई, नदी के वेगवान किनारों से निपटने के लिए रास्तों का निर्माण किया गया था। कुछ रास्ते ऐसे भी थे जैसी मुहब्बत भरी नज़र होती है और कुछ युद्ध के मैदान तक जाने वाले। हालाँकि रास्तों ने कभी किसी को टोका नहीं था कि युद्ध के रास्ते पर चलकर नफ़रत के मैदान के पार कोई मुहब्बत करने नहीं जायेगा। लेकिन लोगों ने जो सोच लिया था, वह मिट नहीं रहा था। बस इस तरह चोर रास्ते भी थे और साहूकार रास्ते भी।

सीढ़ियों के बारे में इतना ज़्यादा न था। उनके बारे में जितना सोचा गया था वह सब दीवार से बाँहें छुड़ाकर रास्ते पर आ जाने से बेकार हो चुका था।

सीढ़ियाँ रास्तों से होती हुई चौराहे के पास पहुँच गयीं। चौराहा भीड़ से ऊबा हुआ था। चिल्ल–पों से थककर उसने अपने कानों में घने बाल उगा लिए थे। संभव है कि उसे सब रास्तों का सच मालूम हो गया था और वह संन्यस्त जीवन जी रहा था। इस संन्यास में देह को कष्ट दिये जाने का भाव नहीं दिखाई पड़ता था। कई बार ऐसा लगता था कि चौराहा वलय में घूर्णन कर रहे मसख़रों और कमसिन लड़कियों की कलाबाज़ियाँ देखने जैसा जीवन जी रहा था। उसको किसी नवीन और अप्रत्याशित घटना की आशा नहीं थी। सीढ़ियों को अपनी ओर आते देखकर भी चौराहे के मन में कौतुहल नहीं जगा।

कुछ लोगों का ये भी आरोप था कि चौराहों को सही रास्तों का पता मालूम है। वे जानते हैं कि किस तरफ़ जाने से क्या मिलेगा। अपने इस ज्ञान के कारण चौराहे अभिमान से भर गए थे। वे अक्सर उपेक्षा भरी निगाहों से मुसाफ़िरों को देखा करते थे। कोई अगर उन के पास आराम करने लगता तो वे एक जादुई मंत्र का जाप करके मुसाफ़िर को वश में कर लिया करते थे। इस जादू से घिरे मुसाफ़िर को ये समझ नहीं आता था कि उठकर आगे चल दूँ या यहीं आराम करता रहूँ। कुछ लोगों का ये भी कहना था कि चौराहों को ग़लत रास्ता बताने में मज़ा आता है।

सीढ़ियों को अपने पास आते देखकर चौराहे ने एक लंबी साँस भरी और ख़ुद का पेट सीने में छुपा लिया। चौराहों और सीढ़ियों का भी सदियों पुराना रिश्ता था।

चौराहों के माथे को खुजाने के लिए कनखजूरे इन्हीं सीढ़ियों पर चढ़कर आया करते थे। कनखजूरे चौराहों के मित्र नहीं थे। वे हाकिम के हरकारे थे। उनका काम था कि जिस किसी ने भी ग़लत रास्ता बताया हो उसके सर की खेती को सही कर दिया जाये। कनखजूरे अपने सौ जोड़ी पाँवों से चौराहे के सर को खुजाकर सही आकार में ले आते और वह काफी समय तक ठीक-ठीक काम करता था।

सीढ़ियों से चौराहे ने कुछ नहीं कहा। वह सोचने लगा कि अपने बारे में लोगों की ग़लत बातें सुनते हुए कितना थक चुका हूँ। उसने ख़ुद से ही कहा कि मैं सिर्फ़ इतना ही बताता हूँ कि किस तरफ़ रास्ता जाता है। भला-बुरा सोचना मुसाफ़िर का काम है। मैं अपने घर में मुसाफ़िरों को आराम करने देता हूँ और अगर वे आराम के मोह में फँस जाते हैं तो इसमें मेरा क्या क़सूर है? उसे एक अच्छी बात याद आई कि सीढ़ियाँ न होतीं तो किस तरह नन्हे बच्चे मुझ तक आते। वह ये सोचकर ख़ुश था कि सीढ़ियाँ उसके साथ थीं।

चौराहे ने पीपल की ओर देखा। पीपल कोई महाज्ञानी नहीं था मगर उसके पत्तों के आकार के कारण रात को हवा से अनेक प्रकार की आवाज़ें निकला करती थीं। उन आवाज़ों से डरकर लोग सुबह उसे पूजा करते थे। ये भी कोई नयी बात न थी कि जमाने का दस्तूर ही कुछ ऐसा था कि जिससे भय था, उसी से सबको प्रीत थी। पीपल हल्की छाँव वाला, भूतों के वास वाला किंतु पूज्य था। कुछ लोग इन बातों से सहमत न थे, वे कहते थे कि आसमान की सारी बिजली पीपल के पत्तों से बनती हैं। कुछ कहते थे कि दिल जैसी शक्ल का ये पत्ता, वास्तव में सारी अग्नि को इकठ्ठा कर के पत्ती की सुई जैसी नोंक से पर रखता है। ये अगर किसी के दिल में चुभ सके तो वह उम्र भर के लिए उसका ग़ुलाम हो जाता है।

ये मालूम न था कि सीढ़ियों के घर से बाहर आ जाने में पीपल के दिल जैसे पत्तों की कोई भूमिका थी या नहीं, मगर चौराहे का पीपल की तरफ़ देखना, एक शक ज़रूर पैदा कर रहा था।

पीपल ने दलदल के पानी सोखू युक्लीप्टिस के ऊँचे पेड़ों की ओर देखा। ऐसा माना जाता था कि ये पेड़ दुखों के नासूर को सुखा सकने का हुनर रखते हैं। ये जिस तरह ज़मीन के गहरे से पानी को सोखकर हवा में उड़ा देते हैं, उसी तरह दुखों को सोखकर जख़्मों पर भी सूखी पपड़ी ले आते हैं। इसीलिए

आसमान की ओर सिर उठाये हुए खड़े रहते हैं। युक्लीप्टिस ने कौवों के पाँखों में खुजली की। कौवा बड़ा चतुर पक्षी समझा जाता है लेकिन अपनी मीठी बोली से पहचाने जाने वाली कोयल, हर साल उसके अंडों को घोंसले से गिरा देती थी। कोयल उस घोंसले में अपने अंडे रख जाती। कौवा, कोयल के बच्चों को पालता जाता था। मीठी ज़ुबान वाले धोखेबाज़ ही हुआ करते हैं किंतु ये कभी समझ न आया कि दुनिया ये सब जानते हुए भी कौवे को चतुर पक्षी कहना क्यों जारी रखे हुए थी। कौवों ने देखा कि बिना सीढ़ी वाली छत बहुत सुरक्षित दिखने लगी थी। उन्होंने पाया कि अब मुंडेरों तक पहुँचने के लिए आदमी को आदमी के ऊपर खड़ा होना होगा।

सब घरों में उदासी और आशंकाएँ पसरी हुई थीं। सीढ़ियों के घर से निकलते ही सही क़द के आदमियों की गिनती होने लगी थी। बाँस से छत की ऊँचाई नापी जा रही थी। बूढ़े होते सठियाये हुए नपारों के चेहरों के समर्थन में दादा ने अपना चेहरा कठोर कर लिया था। वे इस बात पर अडिग थे कि घर अपने लिए सीढ़ियाँ बनाता है। सीढ़ियों का अपना कोई स्वतंत्र अस्तित्व नहीं है। सीढ़ियों की उपयोगिता घर के मन पर निर्भर है। सीढ़ियाँ अगर अपने मन के अनुसार चलने लगेंगी तो एक दिन सब कुछ तबाह हो जायेगा।

दादा की हमउम्र औरतों के चेहरे पर और दिल में दादा के विपरीत भाव थे। असीम उपेक्षा का सैलाब, उनकी आँखों की कोर के बाँध से टूटकर बहने को था। उन्होंने मुँह फेरकर अपनी उम्र भर की चुप्पी का बदला ले लिया था। पिता जी तिरस्कार भरी निगाह से नाप-तौल करते लोगों को देख रहे थे। उन्होंने कई सप्ताह पहले ही सबके सामने कह दिया था कि घर और सीढ़ियाँ एक-दूसरे की पूरक हैं। सीढ़ियाँ सिर्फ़ क़ब्रों के लिए नहीं होतीं। लोगों का कहना था कि सीढ़ियाँ हमने बनायी हैं। इसलिए ये हम तय करेंगे कि उनको क्या करना चाहिए। सीढ़ियों को ये अधिकार कभी न मिलेगा कि वे स्वेच्छा से जहाँ चाहें, वहाँ रहें। पिताजी उस समय ज़रूर कुछ चिंतित थे मगर उन्होंने दादा और अन्य लोगों की परवाह किये बिना कहा था- ''सीढ़ियाँ ख़ुद अपनी इच्छा से मुड़ सकती हैं। आख़िर वे भी घर का ही हिस्सा हैं।''

घर बहुत ख़ाली हो गया था। पाबंदियाँ लगी हुई थीं लेकिन फिर भी माँ ने सीढ़ियों के नीचे रखे जूते उठा लिए और छोटे चाचा ब्रश पर फूँक मारकर

धूल झाड़ने लगे। ऐसा करना समाज के विरुद्ध जाने जैसा था लेकिन चाचा दूर शहर के एक आदमी का पता जानते थे। उस आदमी के पास एक ऐसी तलवार थी, जिसमें से आग निकला करती थी। लोगों ने चाचा की तरफ़ देखते हुए फुसफुसाहट में कहा कि इसीलिए आदमी को कभी ज़्यादा पढ़ाना नहीं चाहिए। पढ़ा-लिखा आदमी समाज की नींव खोदने के सिवा कोई काम नहीं करता। किताबें उसकी अक्ल निकाल लेती हैं।

घर के भीतरी कोने से दादी ने आवाज़ दी। ये आवाज़ नहीं रूदन था। "धरती को पलटो, उसे साँस लेने दो... हल चलने में सीना फटता नहीं, कोख फलती है।"

ऐसी आवाज़ें सदियों सुनी गई थीं और नियम से अनसुनी कर दी गई थीं। चौराहे के पार लोग साँसें रोके खड़े थे। पीपल के पत्ते सिहरने से डर रहे थे। कौवों ने शोक गीत की तैयारियाँ शुरू कर दी थी। मौसम, रास्ते, चौराहे, सँकरी गलियाँ और पेड़ चुप थे। इक्कीसवीं सदी के रंग उड़े एक होर्डिंग पर नीलकंठ बैठा था। होर्डिंग पर एक मुस्कुराती हुई नन्ही लड़की का धूमिल चेहरा बना हुआ था। एक अधपढ़े आदमी ने होर्डिंग को पढ़कर बताया था कि उस पर वेद से लिया एक श्लोक लिखा है। इसका आशय है कि अग्नि स्त्रीलिंग है। इसी से जीवन है और इसी से मृत्यु... आइये इसका सम्मान करें।

मौसम चिंतित था कि सीढ़ियाँ क्या करने जा रही हैं कि औचक सबका ध्यान प्रेम पनवाड़ी की आवाज़ से टूटा, "सीढ़ियाँ और मुहब्बत पददलित होने के सिवा जो दूसरा काम कर सकती हैं, वह है बावड़ियों में डूबकर आत्महत्या करना...।"

क्षणिक आवेश में कही इस बात से पनवाड़ी को ख़ुद की जीभ पर बहुत ग़ुस्सा आया। ग़ुस्साए हुए पनवाड़ी ने मुँह में तेज़ चूने वाला पान रखकर अपनी ही जीभ को काट दिया। कौवों ने युक्लीप्टिस पेड़ों पर बैठकर अपनी पाँखें अकड़ से फैला दीं। उन्हें पता था कि कल बिना सीढ़ियों वाले घर से कॉगोळ यानी मातमी भोजन के लिए बुलावा आएगा।

दूसरे दिन पिताजी ने कहा कि ज़िंदगी में आख़िरी बार चुप रहकर दादा की बात मान लो। मैं उनको जीते जी मरते हुए नहीं देखना चाहता हूँ। ऐसा कहते हुए, वे रो रहे थे। माँ ने घोषणा की कि वे जीवन से विदा ले चुकी हैं

और चाचा का ग़ुस्सा जो बाहर के लोगों के लिए था, अब अपने ही लिजलिजे परिवार पर उमड़ रहा था। दोपहर होने से पहले लोगों के समूह से एक राय होकर आवाज़ आई कि इस घर से बाहर गयी सीढ़ियाँ हम सबके लिए मर चुकी हैं। उनमें हमारी प्रतिष्ठा के लिए थोड़ी भी शर्म हो तो मुँह अँधेरे कहीं जाकर सच में मर जाना चाहिए।

कौवे गोल-गोल चक्कर लगा रहे थे। लोगों ने कहा- देखो, वह आत्मा मुक्त है।

एक मूर्ख पक्षी को इसीलिए चतुर कहता आया आदमी ख़ुश था। मगर ये समझ न आ सका कि दुखों को हरने वाला, चिंताओं की पोटली को चुरा ले जाने वाला नीलकंठ आख़िर उस रंग उड़े होर्डिंग पर क्यों बैठा था?

परमिंदर के इंतज़ार में ठहरा हुआ समय

पोल के साथ कामुक चेष्टाओं वाले नृत्य और 'टोइंग' अधोवस्त्रों के काल से बीस साल पहले एक पूरी पीढ़ी बचपन से पीछा छुड़ाने के लिए छटपटा रही थी। ये उन्हीं दिनों की बात है। हर तरफ़ बेचैनी थी। कहीं-कहीं अवसाद जैसी किसी मनःस्थिति के लक्षण देखे जा रहे थे। स्त्री-पुरुष उम्र के चाहे जिस पायदान पर खड़े थे, उनके पास एक विश-लिस्ट थी। कॉपी के चौथाई पन्ने में समा जाए जितनी लंबी विश-लिस्ट। इसका अनिवार्य आइटम था-सदी का संक्रमण। जो उभारों के बल पर अर्थव्यवस्था को गति प्रदान कर रहा था। इस माहौल को कुछ यूँ देखा जा सकता था कि इलेक्ट्रॉन से लेकर स्थूल तक सब कुछ इसके प्रभाव में था। शहर या क़स्बे की बसावट चाहे जैसी हो उनके चरित्र कमोबेश मिलते-जुलते थे कि वे सब एक ही जीन से बने हुए थे। साधु-संतों ने सब नगरों और क़स्बों को त्याग दिया था। इसलिए उस जीन को डिकोड करने का काम सुप्त अवस्था में था। सब क़स्बे और शहर, बड़े शहरों से आयात किए जा रहे लक्षणों को बिना जाँचे-परखे, अपनाए जा रहे थे। यह अपनाना कुछ ऐसा था कि जो ऐसा नहीं कर रहे थे, वे नए दौर की जाज़म से

नीचे सरकाये जा रहे थे। कुशल कारीगरों के समूहों ने चाहे कितनी भी बड़ी जाज़म बुन दी हो मगर नयेपन की होड़ के आगे हर बार छोटी पड़ रही थी। जिस तरह कचरे पर कचरा डाला जाना तय था, उसी तरह नयेपन का और नया हो जाने की कामना करना भी। ऐसे में वस्त्र, आभूषण, रहन-सहन तेज़ी से बदल रहे थे। लोग एक ही जीवन को उसी पुराने ढर्रे में व्यर्थ नहीं करना चाहते थे। कोई भी इस बात पर यक़ीन नहीं करना चाहता था कि अगला जनम होगा, तब इस जनम में किए गए सद्कर्म का फल भोगा जाएगा। एक आशंका हर किसी को थी कि ईश्वर नयी बसावट में चीज़ों को इधर-उधर कर बैठे तो? इस जनम में चाही गयी चीज़ अगले जनम में जाने किसके पास चली जाए।

ऐसे असंख्य क़स्बों में से जिस क़स्बे की यह बात है, उसकी एक तरफ़ पहाड़ियाँ थी दूजी तरफ़ रेत पसरी हुई थी। क़स्बे के बीच एक सूखा हुआ बगीचा था। उसमें कुछ एक बेशर्म पेड़ खड़े थे और बाक़ी लज्जावान फूल कब के मुरझा चुके थे। इस शहर की नींद अचेतन-सी हो चुकी थी। रात को रेतीली वेगवान हवाओं का शोर भी क़स्बे के आराम में कभी-कभी ही ख़लल डाल पाता था। इस क़स्बे की प्रोपर्टी के नाम पर दो सिनेमा हाल थे। जिन जगहों को होटल कहा जाता था वे वास्तव में भोजनालय थे और दो धर्मशालाएँ थीं। एक महाविद्यालय, तीन बड़े स्कूल और वे सब चीज़ें थी जो जीने के लिए ज़रूरी होती हैं।

किसकी कहानी

आपको, ये कहानी विकास देव और परमिंदर कौर नामक क्रमशः साढ़े सोलह और सोलह साल के ग्यारहवीं के एक छात्र और छात्रा की लग सकती है लेकिन ऐसा बिलकुल नहीं है। यह कहानी उस परिवेश और समय की है, जिसमें विकास और परमिंदर जी रहे थे। विकास का जन्म तेलियों की गली के पीछे, जैनियों के मुहल्ले में बसे हुए एक ब्राह्मण परिवार में हुआ था। पिताजी अध्यापक थे। वे कभी-कभार कुछ मित्रों के यहाँ धार्मिक अनुष्ठानों का आयोजन भी संपन्न करवा दिया करते थे। उन्होंने एक बार ख़ुद की कुंडली पढ़ ली थी। उसके बाद उन्होंने किसी और की कुंडली नहीं पढ़ी। कुछ जानकार साथी अध्यापकों का कहना था कि उस कुंडली में लिखा था कि उनकी मृत्यु सरकारी अस्पताल के बिस्तर पर होगी। जब प्राण छूट रहे होंगे तब पत्नी एक

टिफ़िन में दूध और खिचड़ी लेकर आती हुई, रास्ते में होगी। बेटा अपनी पत्नी के साथ छत पर खड़ा हुआ कलफ़ किए ओढ़ने सुखा रहा होगा। बेटी घर के आँगन में बिछी हुई चारपाई पर सूख रही बड़ियों की निगरानी करते हुए पड़ोस में झाँक रही होगी। ज़ाहिर है कि ऐसी मृत्यु को पढ़ लेने के बाद दुनिया के सभी कर्मों से विश्वास उठ ही जाना था इसलिए उन्होंने वे सारे नियम और बंदिशें तज दी थीं, जो जीवन को दीर्घायु होने का भरोसा देती थीं। जैसे चाट वाले के यहाँ छोले खाते समय इमली की चटनी का बहिष्कार करना, जैसे लाल टमाटर का छिलका उतार कर ही उसे सब्ज़ी में प्रविष्ट होने देना।

परमिंदर इस शहर के लिए नवीन थी। वह नयेपन की साढ़े चार फ़ीट ऊँची एक आशा भरी किरण थी। उसके टख़नों पर एक हल्का सुरमई अँधेरा बैठा रहता था। यह गुलाब के फूल के बीच वाले उस काले रंग का प्रतिनिधि था, जो काला होकर भी गहरा गुलाबी कहलाता था। कुछ का मानना था कि सारा बचपन गड्ढे खेलने के कारण उसके घुटने ऐसे हो गए थे। बाक़ी उसकी देह सुडौल थी। सब कुछ अपने सही रंग, रूप और आकार में था। उसका जन्म भारतीय वायुसेना के किसी एयरबेस के सरकारी अस्पताल में हुआ था।

शहर में नवीनता पर रोक नहीं थी वरन उसको उकसाया जाता था ताकि और अधिक नवीन होकर आश्चर्य रचे जा सकें। कुछ लोग कहते थे कि हवा ख़राब हो गयी है मगर वे रूढ़िवादी लोग थे। वे समाज को गर्त में ही पड़े रहने देना चाहते थे। इस तरह के छिटपुट विरोध के बावजूद नयी हवा चारों तरफ़ थी। अलीगढ़ के ताले बेचने वालों को यहीं पर ज्ञान प्राप्त हुआ कि कुएँ में भाँग पड़ने का अर्थ क्या होता है।

लुँगी पहनकर घूमते हुए ताला बेचने वालों ने अपने साथ हुई मसख़रियों से घबराकर ज़मीन पर बैठना छोड़ दिया था। बेशर्मी एक संक्रामक बीमारी की तरह पसर चुकी थी। स्त्रियाँ ताले में लगने वाली चाबियों की संख्या पूछकर ठिठोली करती दिख पड़ती थीं तो अन्य बेशर्मी से ताला कब तक ढीला नहीं होगा जैसी बातें पूछा करते थे। हालाँकि इतनी बेशर्मी भी नहीं थी कि दादा कौंडके की फ़िल्मों के पोस्टर गली में लगाए जाएँ।

विकास के अध्यापक-कम-ज्योतिषी पिता ने इस देश की कुंडली देखे बिना ही कह दिया था कि आने वाले समय में दादा कौंडके के दो अर्थ वाले

गीतों को दोयम दर्जे की तुकबंदी कहा जाएगा। नयी सदी के हर घर में सिर्फ़ अश्लील कहावतों पर बने हुए फ़िल्मी गीत बजा करेंगे। छोटे बच्चे उन पर नाचकर दिखाएँगे और मम्मा-डैडी नाम के प्राणी भावनाओं से भरकर अपने बच्चों पर मर मिटा करेंगे।

उद्घोषणा

स्कूल खुलने के पंद्रहवें दिन संस्कृत के व्याख्याता देवदत्त बजरंगी ने पूरी कक्षा को चेताया कि जिस महाकाल की आशंका व्यक्त की जा रही थी, वह अब क्षण भर की दूरी पर है। मनुष्य का बनाया हुआ एक ईश्वर विरोधी यंत्र 'स्काईलेप' आसमान में ईश्वर के कोप का भाजन बन चुका है। इस स्काईलेप के गिरने का तरीक़ा शुक्राचार्य के दंड के गिरने समान होगा और समस्त पृथ्वीवासियों का जीवन घोर संकट में फँस जाएगा। बजरंगी गुरुजी का कालांश शुरू होने के समय स्कूल के सामने स्थित गायत्री मंदिर में इस संकट को टालने के लिए लगातार श्लोकों का उच्चारण हो रहा था। संस्कृत की पुस्तक को बिना खोले, हाथ में थामे हुए, पूरी कक्षा के हर कोने-सिरे पर नज़र डालकर भी गुरुजी सीधे खड़े रहे। अनवरत श्लोक उच्चारण से स्काईलेप का संकट टला हुआ था। गुरुजी ने बाहर से आते हुए शोर से प्रेरित होकर संस्कृत के एक श्लोक का पाठ किया। यह उन्हें मुँहज़बानी याद था। उन्होंने पूछा कि कोई इसका अर्थ बता सकता है कि श्लोक में क्या कहा गया है? इस कक्षा में उपस्थित सभी छात्र वेदों, उपनिषदों और महाकवि कालिदास के कई सौ साल बाद की पीढ़ी के थे। इसलिए कोई इतना योग्य न था जोकि अर्थ कर सकता। इस कक्षा में कोई इतना मूरख भी न था कि श्लोक का अनर्थ करके हँसी का पात्र बनना चाहे।

गुरु और शिष्य के ज्ञान के बीच की दूरी का पूर्ण पता इस एक श्लोक से लग चुका था। आख़िर श्लोक का अर्थ गुरुजी ने स्पष्ट किया। श्लोक का अर्थ था कि सृष्टि के सभी तत्वों से मिलकर जिस श्रेष्ठ तत्व का निर्माण होता है, वह चरित्र है। चरित्र के बल से ही पृथ्वी करोड़ों सालों से बची हुई है। गुरुजी ने इसके आगे कहा- प्यारे विद्यार्थियो, इस निकटस्थ काल से बचाव का एक मात्र उपाय है, चरित्र। किंतु आपने इसे गंभीरता से नहीं लिया तो आगे घनघोर

अंधकार है। मेरी ये चेतावनी आपके कानों में गूँजती रहे और माँ सरस्वती का आशीष आप पर सदा बना रहे।

बाहर गायत्री मंदिर के ऊपर लगे हुए भोंपू से श्लोकों का उच्चारण निर्विघ्न जारी था। गुरुजी अपनी स.फ़ेद धोती का एक पल्ला पकड़े हुए स्टा.फ़ रूम की तर.फ़ भागे जा रहे थे। उनके बदन पर अटका हुआ भगवा कुर्ता रह-रहकर हवा में लहरा रहा था। पाँवों की खड़ाऊनुमा चप्पलें धूल उड़ा रही थीं। व्याकरण में कमज़ोर कक्षा के सभी बच्चे अचरित्रवान कामों में उलझ गए थे।

परियों का अवतरण

जुलाई महीने के आख़िरी सप्ताह के पहले सोमवार को दो लड़कियाँ कक्षा में दाख़िल हुईं। सबको लगा कि नई हैं, भूल से आ गई हैं। उन्होंने आते ही दो गुलाबी रंग की पर्चियाँ कक्षा अध्यापक के आगे बढ़ा दी। उन्होंने पर्ची पर लिखे हुए नामों पर ग़ौर किया फिर दोनों लड़कियों के चेहरे पर। अध्यापक जी का मानना था कि किसी चीज़ पर भरोसा मत करो। ख़ुद अपने विवेक से उसे परखकर सच्चाई का पता लगाओ। ऐसा करने से व्यक्ति धोखे जैसी चीज़ से बच जाता है। उन्होंने भी अपने अंदाज़े को एक तर.फ़ रखते हुए, लड़कियों से पूछा किसका नाम क्या है? जब उनके नाम रजिस्टर में दर्ज किए जा रहे थे उसी समय उमस भरी कक्षा में शीतल हवा बहने लगी। स्कूल के इतिहास में दसवीं पास करने के बाद विज्ञान में गणित विषय लेने वाले छात्रों का दारुण दुःख हुआ करता था, लड़कियों का अभाव। ये एक नियम-सा ही था कि सब लड़कियाँ डॉक्टर बनने की इच्छा के अधीन होकर बायो में चली जाया करती थीं। लेकिन इस साल चमत्कार हो चुका था। परिपाटी टूट चुकी थी। अब इस कक्षा के कायाकल्प के दिन आ गए थे। गोरी लड़की का नाम था परमिंदर कौर जो सबको याद रहा और काले रंग वाली का नाम याद करने के लिए दिमाग़ पर जोर डालना पड़ा। किंतु कुछ उत्साही और रंगभेद से न.फ़रत करने वाले छात्रों ने ज़ोर से बोलकर सबको याद करवा दिया, मरियम डिसूज़ा।

मरियम का रंग काला था। वह काजल की कोठरी में कई साल बिताकर उस मुहावरे को झुठला सकती थी कि एक लीक काजर की लागि है ते लागि है। उसका नाक ज़रा लंबा था, किंतु जिस पर नज़र अटक

जाए, वे थे उसके घुँघराले बाल। एक लड़के ने दूसरे से कहा कि घुँघराले कहने की जगह इन बालों को कर्ली हेयर कहना सम्मानजनक होगा।

लड़कियाँ कक्षा में बैठने की सीट खोजने लगीं लेकिन कोई भी लड़का अपनी जगह से नहीं हिला। ये उनका असभ्य आचरण न था, वरन उन सब लड़कों को डर था, वे अगर सरक जाते और फिर लड़कियाँ उनके पास न बैठतीं तो। इस भयानकतम बेइज़्ज़ती को बर्दाश्त करने का हौसला किसी के पास न था।

आख़िरी बेंच

हर रौशन दिल में एक अँधेरा कोना होता है। जिसमें कुछ छिपा के रखा जाता है। हर दिल में कुछ ऐसा भी होता है, जो बेवक़्त मुस्कुराने को मजबूर करता है। जिसे किसी को बताना भी आसान नहीं होता। बस एक ही उत्तर बन पड़ता है 'कुछ नहीं'। ऐसे ही आख़िरी बेंच पर विकास बैठता था और बैठने का कारण था 'कुछ नहीं'। उस बेंच पर बैठने वालों के लिए शिक्षकों का मूल्यांकन और ज़रूरत तय थी। जब भी उन्हें अपनी ऊब मिटानी होती वे हॉकी खेल के स्कूप की तरह सवाल को वहीं उछाल देते थे।

इस कक्षा के इतिहास में पहली बार एक बुरा दिन आया। फिजिक्स वाले सर ने ऐसा जुमला उछाला कि वह स्कूल और कक्षा ग्यारहवीं जी की तवारीख़ में दर्ज हो गया। पूरी कक्षा में पहले मुर्दनगी और बाद में हँसी की किलोल छा गई। खत्री जी ने कहा की जो पिछली सीट पर बैठते हैं, उनकी किताबों और लड़कियों दोनों से फटती है। एक भद्र शिक्षक के मुँह से इस तरह का वाक्य क्योंकर निकला ये समझ में न आने वाली बात थी। यह टुच्चा वाक्य भी आने वाले वक़्त में फिजिक्स वाले सर को ग़लत ठहराने वाला था।

वैश्विक रूप से आख़िरी बेंच पर बैठने वाले लड़के अंगुली करने यानी आधुनिक भाषा में पोक करने, च्युइंग्म चबाने, काग़ज़ के हवाई जहाज़ और फ़ुटबाल बनाने और शोर करने में पारंगत हुआ करते थे। उनका मानना था कि पहली बेंच के बच्चे ख़ुद को सुतवाने के लिए बने होते हैं, आख़िरी बेंच वाले मौज लेने के लिए। लेकिन इस मौज के कुशन में फिजिक्स वाले सर सुई चुभो गए थे।

बचपन से विद्रोह

अपमान से तिलमिलाए विकास और बेंच के अन्य सदस्यों ने तय किया कि किताबों को बाद में देखेंगे, पहले लड़कियों से डरने वाली बात को ग़लत साबित किया जाए। कुछ लोगों का कहना है कि गोरे रंग का ग़ुलाम होना दो सौ सालों तक हमारा प्रिय काम रहा था और उसके अवशेष अभी हमारे भीतर मौजूद हैं। इसलिए गोरी लड़की पर ही सब फ़िदा थे। हालाँकि दावा उनका ये था कि गोरी लड़की को इसलिए चुना गया है ताकि कोई ये ना समझे कि आसान शिकार किया है। रिसेस के दौरान परमिंदर से पहली बार कक्षा के किसी लड़के ने बात की। बातचीत के दौरान सबकी आँखें उसकी ओर थीं।

सवाल बड़े भोले-भाले थे। कहाँ से आई हैं, पहले वाला स्कूल कैसा था, उसके स्कूल के टीचर्स कैसे थे, कैसा पढ़ाते थे, को-करिकुलर ऐक्टिविटीज़ कितनी होती थीं और ऐसे ही अनेक सवाल... अचरज की बात ये थी कि सारे सवाल आख़िरी बेंच पर बैठने वाले लड़कों का प्रतिनिधि विकास पूछ रहा था। इससे भी बड़ा अचरज था कि सभी सवाल पढ़ाई-लिखाई से जुड़े थे। विकास ने कहा कि इस स्कूल में को-करिकुलर ऐक्टिविटीज़ के नाम पर साल में तीन महीने पौधों में पानी देने का काम करना होता है। कभी-कभी शाम को पीटीआई माड़साब एक फ़ुटबाल को मैदान में उछाल देते हैं। फिर जिसकी लाठी उसकी भैंस।

क़स्बे में बह रही हवा के असर में सब लड़के परमिंदर की ओर ही देखे जा रहे थे। परमिंदर भी इस देखे जाने से बिलकुल असहज नहीं थी। शायद वह जिस क़स्बे से आई थी वहाँ भी यही हवा बह रही होगी। इस पूरी बातचीत में अपने नाम से शुरू हुआ परिचय किसी प्याज से ज़्यादा असर नहीं डाल पाया। छिलके उतरते रहे और प्याज में कुछ नहीं निकला। विकास ने आख़िर में पूछा आपके पिताजी क्या करते हैं? इस पर साथी मुस्कुराए कि इस नासमझ ने कितना निष्प्रभावी प्रश्न पूछा है। परंतु ये बात परमिंदर के दिल को छू गई। उसने बड़ी मेहरबाँ निगाहों से विकास को देखा।

बूँद से सागर

नाले झरनों की तरफ़, झरने नदियों और नदियाँ सागर में समाहित हो जाने को आँखें मूँदकर प्रवाहित हो रही थीं। वे अपनी राह में आने वाले सजीव और जड़ सबको बहा ले जाने को आतुर थीं। चारों तरफ़ परमिंदर...परमिंदर, हाय वो श्वेत फेन-सी, वो उजली किरण-सी, वो धूप में गहरी छाँव-सी। उसकी पलकों के गिरते ही कक्षा में अँधियारा छा जाता, होंठों का खुलना हज़ार किसलय के कली में बदलने की प्राकृतिक सुंदरता को मात कर जाता। परमिंदर के गोरे रंग पर स्कूल यूनिफॉर्म भी ग़ज़ब ढाती थी। उस पर भी वे सफ़ेद रंग के लोटो के जूते जिस तरफ़ का रुख़ करते हवा भी उधर ही मुड़ जाती। परमिंदर के ख़यालों में कक्षा खोई रहती थी। गुरुजी आते और तीस मिनट तक बच्चों के बोरों में ठूँस-ठूँसकर ज्ञान भरकर चले जाया करते। नियम से रिसेस भी आया करती। इस सुकून भरे अवसर में सब कक्षाएँ ख़ाली हो जाया करतीं।

ग्यारहवीं की गणित के बच्चे इस समय का भी सदुपयोग करने के लिए कक्षा में ही बैठे रहने लगे थे। कुछ बच्चे पानी पीकर वापस आ जाया करते थे। कुछ जो जेब ख़र्च लाते थे, उसे कक्षा में बैठकर बचाने लगे। माएँ टिफ़िन बनाने जैसी किसी कला में यक़ीन नहीं रखती थीं। अगर भूख लगी है तो खाकर जाओ, नहीं लगी है तो स्कूल से आकर खाना।

एक दिन ऐसा समय आया जब रिसेस थी भी और नहीं भी। केमेस्ट्री वाले सर सायकिल से गिर पड़े थे और उनका कोई स्थानापन्न न था। आगे वाली पंक्ति में बायीं तरफ़ बैठने वाली परमिंदर उठी और आख़िरी बेंच तक चली गई। इस बेंच के पास खिड़की का एक पल्ला खुलता था। यहीं पर कोने वाली सीट पर विकास बैठा करता था। परमिंदर टेबल के किनारे पर बैठ गई। उसने किताब के नीचे से धीरे से विकास के हाथ को छुआ। विकास का चेहरा इतने सारे भावों से भर गया कि सर्कस में रोने और हँसने के बीच का अभिनय कर रहा जोकर लगने लगा। उस अद्वितीय पल में परमिंदर ने कहा चलो अंताक्षरी खेलते हैं। कई सारे गीतों के मुखड़े गाए जाने के बाद विकास का चेहरा जोकर से एक कमसिन प्रेमी में ढल गया।

और जो आख़िरी गीत परमिंदर ने गाया, उसके बाद कुछ और गाए जाने की गुंजाइश न थी। सब उसी को सुनते जाना चाहते थे। एक नन्ही सलमा आगा

गाए जा रही थीं, फ़ज़ा भी है जवां जवां...

शैतान के कान में उँगली

एक लोकतांत्रिक देश में किसी एक पर मेहरबानी के विरुद्ध स्वतः स्फूर्त जनांदोलन की सुगबुगाहट होने लगती है। विकास को प्राप्त सुख से उपजी ईर्ष्या ने संगठित रूप ले लिया। विकास और परमिंदर के बीच क्या है? इसका किसी को कुछ भी मालूम न था। मगर सब इस बात पर सहमत थे कि यह पटाए जाने जैसा खेल है। इस आयोजन के विरुद्ध कक्षा में एक राजेश नामक स्मार्ट छात्र को नेता चुनकर उसे राजपाट का दावेदार बनाकर पेश किया गया। वैसे कौन नहीं था जो उस स्वर्ग से उतरी अप्सरा की मेहरबानियों की चाह लिए हुए न था! दसवीं का टॉपर भी अब मज़े लेने लगा था। हर टॉपर की तरह उसे भी विशिष्ट हो जाने की बीमारी थी। यानी सबसे अलग दिखने की। वह क़मीज़ की बाँहों को बारीकी से फोल्ड किया करता था। उसकी क़मीज़ के कॉलर छोटी स्टाइल के थे। वह किताबों को साफ़-सुथरा रखने के लिए अपनी जेब में रूमाल रखा करता था। बाक़ी सब लड़कों के पास रूमाल सिर्फ़ उन दिनों होते थे, जब उनको ज़ुकाम हो जाता था।

यूँ तो उसने अपने बारे में फैला रखा था कि उसे पढ़ाई के सिवा कोई होश ही नहीं रहता। मगर परमिंदर को लेकर होने वाली हर चर्चा को सुनकर उसके कान खड़े हो जाते थे। उसने घोषणा की- बरसात के मौसम में जो नहाने का इरादा आगे सरका देगा उसे फिर बाल्टी भरकर ही नहाना होगा। पढ़ाकू लड़कों के प्रति परमिंदर की उपेक्षा देखकर उसने आख़िर एक दिन लड़के-लड़कियों की हथाई में एक शेर कह ही डाला- "कोई घास भी न डालेगा जो गले पड़ोगे तपाक से, ये केंद्रीय विद्यालय से आई लड़कियाँ हैं ज़रा फ़ासले से मिला करो।" यह न मालूम हो सका कि बशीर बद्र साहब ने शेर की दुर्गति करने पर उसकी ये गुस्ताख़ी माफ़ की या नहीं।

असली साज़िश कुछ और थी। राजेश का नाम तय था कि वह परमिंदर के सामने अपना हाथ बढ़ाएगा। उसने एक ग़लत युक्ति से काम लिया। एक दिन टेबल के नीचे से परमिंदर के पाँव को अपने पाँव से छू लिया। परमिंदर

ने मुस्कुराते हुए पीछे देखा और आँख से इशारा किया कि ये तुम हो। राजेश ने जाने किस सोच में हाँ भर ली। परमिंदर ने अपनी एक किताब उठाई और उसके चेहरे पर फेंक मारी। उसे घटिया घोषित कर दिया गया था। जबकि राजेश ने इसे वो लड़ाई बताया जो प्यार की नींव बनती है।

अनुभवी चिंतन

स्कूल के मेन गेट पर चिंतामण दास माँगीलाल ने अपनी स्मृति को स्थायी रखने और पुण्य कमाने के लोभ में पानी पीने की प्याऊ बनवा रखी थी। इसके आगे पत्थर की पट्टियाँ लगी हुई थीं। उन पर सीमेंट की हुई थी ताकि प्यासा विद्यार्थी कुछ पल वहाँ बैठकर आराम कर सके। इस स्थान पर एक ही कक्षा में दो-तीन साल का अनुभव रखने वाले वरिष्ठ छात्र चिंतन किया करते थे। यह जगह स्वर्ग और नरक के बीच का सेतु थी। यहाँ बैठे होने का अर्थ था कि आप स्कूल में उपस्थित भी हैं और अनुपस्थित भी।

चिंतकों को किसी दूत ने सूचित किया कि परमिंदर की शर्ट की बाँहें छोटी और फ़िल्मी स्टाइल में कटी हुई हैं। वह अपना ऊपर का बटन बंद नहीं करती और दो लड़के उसके पीछे पड़े हुए हैं। लड़कों के बारे में सुनकर सबसे अनुभवी चिंतक मुस्कुराया "ये क्लास की दोस्ती है, इसका रिजल्ट अपने वार्षिक परिणाम जैसा ही होगा। एक दिन वे दोनों लड़के अपने ही घर में पिटेंगे और उसके बाद कोई इंदर-परमिंदर याद नहीं आएगी।"

"यार लड़की मस्त है।" इसी एक बात ने इस बात को आई-गई नहीं होने दिया। सारे चिंतक दिन भर उन ख़ास पलों का इंतज़ार करते, जब परमिंदर दिख जाए। अक्सर ऐसा ही होता कि छुट्टी होते ही स्कूल के सब बच्चे एक साथ इस तरह भागते जैसे क़साई के बाड़े से बकरियाँ छूट गयी हों। उस भीड़-भाड़ के बीच कुछ देख, कह, सुन पाना असंभव-सा काम होता था। चिंतकों का चिंतन व्यर्थ चला जाया करता। फिर भी दोपहर भर प्याऊ के पास तीन-चार लड़के जमा रहते। वे यूँ कोई बीस-पच्चीस थे मगर तीन चार से ज़्यादा एक-साथ रुकते नहीं थे ताकि नोटिस न किया जा सके।

गली के एक मोड़ पर

अंबर सिनेमा के पास वाली गली में एक वीडियो पार्लर था। ऐसे वीडियो पार्लर हर मोहल्ले में थे। वे सब सुबह रामायण और संतोषी माँ जैसी फ़िल्में दिखाया करते थे। दिन में धर्मेंद्र और मिथुन की फ़िल्में चलती थीं। इन फ़िल्मों में एक सर्वगुण संपन्न नायक मनुष्य के समस्त गुणों का वाहक होता था। रात के आख़िरी शो से पहले वह नायक अपने घर सोने चला जाया करता था। अब उस नायक की जगह कई आदिम लोगों के करतब होते। कपड़े के आविष्कार के पहले के आदिम लोग।

अनुभवी चिंतक ऐसे नायकों के प्रति जिज्ञासु थे जबकि स्कूल के कुछ मास्टर उन नायकों की योग्यता के प्रशंसक थे। एक रात ऐसे ही जिज्ञासु और प्रशंसक दल वीडियो पार्लर के अँधेरे में आपस में टकरा गए। दोनों दलों को जैसे साँप सूँघ गया हो। सबकी ज़ुबानें मुँह के दरवाज़े के भीतर बंद हो गईं। आहिस्ता-आहिस्ता सबकी छँटनी हुई। मास्टर अपने मुँह पर ज़रा-सा अफ़सोस चिपकाकर निकले। नन्हे चिंतक रात भर इसी अचरज में सो न सके कि अपने माड़साब भी...

अगले दिन चिंतकों ने एक माड़साब पर रात वाले हथियार को आज़माना चाहा। सर रात को तो आप... इतना कहते ही माड़साब ने कहा- तेरे पिताजी का नाम विरध सिंह है न... इतना सुनने के बाद लड़के में रुकने का सामर्थ्य नहीं बचा। लड़के को याद नहीं रहा कि उसकी कक्षा किस तरफ़ लगती है और माड़साब कुछ देर रुककर स्टाफ़ रूम की तरफ़ चले गए।

मज़ा तो तब है, जिगर के पार उतरे

ऐसी त्वरित घटनाओं का घटित होना जारी था। एक दिन बीमारी के कारण विकास स्कूल नहीं आया। राजेश को अनुभवी चिंतकों ने स्कूल गेट पर रोक लिया। उसे भारतीय सभ्यता को कलुषित करने और विद्यालय के माहौल में गंदगी फैलाने के अपराध में कॉलर पकड़कर ऊपर-नीचे किया गया। फिर उसके लंबे बालों पर माँ-बाप को संबोधित कर फब्तियाँ कसीं। आख़री में राजेश के प्रतिरोध करने पर दो थप्पड़ और तीन लात के दंड के साथ ये कहते

हुए रवाना कर दिया गया कि माँ-बाप की मेहनत की कमाई को उड़ाओ मत, पढ़ाई में ध्यान दो। उसी वक़्त परमिंदर उनके पास से गुज़र रही थी। उन्होंने अभयदान देने के अंदाज़ में कहा कि तुमको कोई सताये तो हमें बताना। साथ ही कोई आवश्यकता हो तो दरवाज़ा खुला समझो का निमंत्रण भी पकड़ा दिया। इस पर परमिंदर ने कहा कि उसके जूते बहुत मज़बूत हैं और उसके पापा के जूतों की साइज़ उससे भी बड़ी है। तुम सब ना, अपना दरवाज़ा बंद रखना।

ऐसी तौहीन और वह भी सरेआम कभी न हुई थी। चिंतामण दास माँगीलाल की स्मृति में बनी हुई इस प्याऊ की दीवारों पर लिखी शेर-शायरी और पीपल के पत्तों के बीच बने हुए तीरों का रंग भी उड़ गया। चिंतकों के सारे चिंतन में धूल गिर गई थी।

आसमानी करिश्मा

दो दिन से ज्वर पीड़ित विकास अपने कमरे में लेटा हुआ था। समय था सवेरे के सात से आठ के बीच का। विकास की माँ सुबह के काम निपटाकर घर के आगे बैठी हुई थी। बाहर ही किसी लड़की ने पूछा- "आंटी विकास है?" माँ ने घर के पहले कमरे की तरफ़ इशारा किया। लड़की एकाएक भीतर चली आई। उसने विकास के माथे को चूमा, हाथ पकड़कर बुख़ार का पता किया फिर उसके जल्द ही ठीक होने की कामना करते हुए प्यार भरी नज़रों से देखा।

वह परमिंदर थी। साथ वाली लड़की भी वही थी मरियम डिसूज़ा। विकास को आश्चर्य हुआ कि मरियम को ज़रा भी ऑड न लगा कि उसकी सहेली ने ऐसे चूम लिया। पलक झपकते ही वे दोनों जा चुकी थीं। बुख़ार को लात मारकर विकास दौड़कर बाहर आया। इस फुर्ती के बावजूद, उसे गली के छोर पर मुड़ती हुई दो साइकल सवार लड़कियों की धुँधली छवि ही दिखाई दे सकी। ये सुख अकेले सिपाही की तरह आया और पीछे छोड़ गया यादों की फ़ौज।

परमिंदर के अभी थोड़ी ही देर पहले यहाँ होने के अहसास से विकास के कमरे का तापमान शीतल हो जाता और फिर कुछ न कह पाने के कारण कमरे में पसरी उदासी, उष्ण कटिबंधीय रेगिस्तान जैसा आभास कराने लगती।

विकास ने चाहा कि काश चूमने का वाक़या फ़िल्म में दिखाए जाने वाले स्लो मोशन दृश्यों की तरह फिर से हो सकता और इसे बार-बार रिपीट किया जा सकता। लेकिन आसमानी करिश्मा पूरा हो चुका था। अब इस कमरे के मौसम की भविष्यवाणी असंभव थी।

नीली पगड़ी का रहस्य

एक पूरे हेक्टिक महीने के बीत जाने के बाद, रिसेस के समय एक सरदार स्कूल में दाखिल हुआ। पहली हलचल प्याऊ पर हुई, दूसरी हलचल कक्षा ग्यारहवीं 'जी' में। सरदार जी के पीछे जासूस लगाये गए। सूचनाएँ देर से आ रही थीं। सब ख़बरें अनुमानों पर आधारित थीं। उस पर कोई नई जानकारी का ना मिल पाना संशय को बढ़ा रहा था। चिंतकों के समूह में संख्या बल कम होता जा रहा था।

स्कूल से बाहर जाते हुए विक्रम सर ने प्याऊ की तरफ़ जिस आँख से देखा उसने कइयों का पानी उतार दिया। 'नमस्ते सर' के कई उद्बोधन नियमित अंतराल से हवा में बिखरे। उन्होंने एक नए चिंतक को अपने पास बुलाया और आईंदा यहाँ दिखाई देने पर खाल खींच लेने की चेतावनी दे दी। इतने में तीन फ़ौजी एक साथ स्कूल में प्रविष्ट हुए तो बचे-खुचे तमाशाई छात्र भी हवा हो लिए।

सरदार जी स्कूल में क्यों आए थे ये साफ़ किसी को मालूम न था। बस यह फ़ाइनल रहा कि सरदार जी की पगड़ी नीली है मगर तबीयत ज़रा ढीली है। वे यूँ हट्टे-कट्टे छः फ़ीट के आदमी थे। उनकी बॉडी चुस्त थी। चाल एकदम सिपाही जैसी। मगर जिस तरह दीमक अंदर से लकड़ी को खोखला कर देती है वैसा ही कुछ उनके साथ भी हुआ होगा कि उनकी 'सिपाही चाल' खोखली नज़र आ रही थी। स्टाफ़ रूम से प्रिंसिपल साहब के रूम तक। वहाँ से गेम्स रूम और फिर वहाँ से एडमिन तक। सरदार जी लगभग हर उस रूम तक जा रहे थे, जो आस-पास थे। उनके पीछे-पीछे एक फ़ौजी भी उसी हिसाब से क़दमताल कर रहा था। उन्होंने मिलकर कई चक्कर लगाए।

एक घंटे बाद सरदार जी और उनके सहयोगी चिंतित मुद्रा में स्कूल से चले गए।

परमिंदर की कोई ख़बर ना थी। स्कूल से ग़ायब हुए बीस दिन हो चुके थे। विकास इंतज़ार कर रहा था। आकाशवाणी से बेग़म अख़्तर की आवाज़ में ठुमरी बज रही थी। 'ना जा बलम परदेस' कोई पाँच सात मिनट से बेग़म अख़्तर एक ही पंक्ति गाए जा रही थी। 'ना जा बलम परदेस' विकास का एकांत घनीभूत हो रहा था। ठुमरी में दो ही पंक्तियाँ थीं। वे दोनों ही उसे पसंद थीं। सुबह-शाम वे ही चार आखर गुनगुनाता। जुदाई के इस मौसम में बुरी ख़बरों से ही उसका सामना होता। परमिंदर के घर जाना संभव नहीं था कि परमिंदर एयरफ़ोर्स की आवासीय कॉलोनी में रहती थी। विकास एक बार अपने दूर के रिश्तेदार से मिलने गया था तब उसने उस कॉलोनी को देखा था। खुली-खुली, साफ़-सुथरी सड़कें और एक शॉपिंग के लिए बना हुआ कॉम्प्लेक्स। सीएसडी से मिलने वाले सामान के अलावा छोटी-मोटी चीज़ों की ख़रीदारी के लिए बना हुआ बाज़ार। कॉलोनी भी प्यार हो जाने लायक़ थी।

उस इकलौती याद के सहारे विकास उन्हीं रस्तों पर भटका करता था। सोचता काश कि वह स्टेशनरी वाली दुकान पर नौकर हो जाता। आने वाले सब ग्राहकों पर नज़र रख सकता था। हो सकता है कि उसे साइकिल पर जाती हुई परमिंदर भी दिख जाती। लेकिन यह सब ख़याल मात्र ही थे। विकास की तन्हाई में उपजे हुए ख़याल।

इधर कक्षा में आता तो भी उदासी घेर लेती। जिस आख़िरी बेंच पर बैठने से कभी गर्व हुआ करता था, वह बेंच अब तन्हा और कटखनी हो गयी थी। उसका मन लगता नहीं था। वह खिड़की के बाहर के दृश्यों को देखता रहता था। उसे कक्षा के भीतर पढ़ाए जाने वाले पाठों का होमवर्क याद रखना होता था। उसे भी किसी की कॉपी से टीपा जा सकता था।

परमिंदर के बाद एक लंबी उदासी थी। कक्षा और स्कूल में कई अफ़वाहें थीं। उनमें से एक अफ़वाह ने ठुमरी से पीछा छुड़वा दिया। वैसे भी उसे गाने में बहुत कष्ट होता था। संगीत की कक्षा में उसने हारमोनियम पर सिर्फ़ गाड़ियों के हार्न बजाने का ही हुनर सीखा था। ख़बर जितनी चौंकाने वाली नहीं थी, उससे ज़्यादा दिल तोड़ने वाली थी। धुर प्रतिद्वंदी राजेश ने कक्षा में बताया कि मैंने पता लगा लिया है, परमिंदर एक वायुसैनिक के साथ भाग गयी है।

क़फ़स की तीलियों से छन रही उदासी

शो मस्ट गो ऑन की तर्ज़ पर विकास ने पढ़ाई जारी रखी। पाईथोगोरस प्रमेय को पढ़ते हुए सवाल के उत्तर में सवाल लिखता जाता। क्रॉस चेक किए गए प्रश्नों से उसका रजिस्टर भरता गया। डायगनल स्क्वायर इज इक्वल टू, परपेंडीकूलर स्क्वायर... प्लस बेस स्क्वायर। इसके आगे लिखा था- खो गया है, मेरा प्यार... ओ पायथोगोरस यू आर जीनियस, ओ पायथोगोरस आय एम फेल्ड। हेन्स प्रूव्ड, उसको मेरी याद कभी नहीं आएगी।

परमिंदर के जाने के बाद, काली वाली लड़की कुछ दिन अनुपस्थित रही और फिर स्कूल से टीसी लेकर लड़कियों वाले स्कूल में चली गयी। कक्षा में जिन वातानुकूलन यंत्रों से शीतल हवा बहा करती थी, वे रहे नहीं। अध्यापकों ने भी ट्यूशन पढ़ने आने वाले लड़कों की अलग लिस्ट बना ली थी। कक्षा में सिर्फ़ उन्हीं से सवाल-जवाब किए जाते। बाक़ी सब बच्चों का भविष्य बरबाद-सा ही प्रतीत होता था कि अध्यापकों को उनसे कोई उम्मीद न बची थी।

अर्द्धवार्षिक परीक्षा के नतीजे स्काईलेप के गिरने से होने वाले संभावित विनाश से भी बड़े भयानक निकले। देवदत्त बजरंगी सर ने सब को धिक्कारा और याद दिलाया- चरित्रहीन के पास विद्या वास नहीं करती इसीलिए चरित्र सबसे बड़ा गुण है। चरित्र का सबसे बड़ा शत्रु है, चंचल मन। कुछ लड़के किताबों में मुँह डालकर खीं-खीं करने लगे।

अभी तक कुछ हवाई जहाज़ उड़ते हुए आने चाहिए थे। कुछ काग़ज़ी फ़ुटबाल ब्लैकबोर्ड के पास गिरने थे। कुछ बबल्स के फूटने की आवाज़ आनी थी। मगर कुछ हुआ नहीं। बीच वाली बेंचों पर खीं-खीं कर रहे लड़कों को नज़रअंदाज़ करते हुए बजरंगी जी ने देखा कि पीछे की बेंच पर ख़ामोशी छाई है। वहाँ एक जड़वत निःशब्द समय था। परमिंदर के इंतज़ार में ठहरा हुआ समय।

उदास रात में झींगुरों का करुण गान

झींगुर सन्नाटे को तोड़ते थे और बुनते भी थे। ये उसके भीतर के शोर की लय में विघ्न उत्पन्न किया करते थे। उनसे ऊब कम और चिढ़ अधिक हुआ करती थी। चिन-चिन की इस आवाज़ को बंद करने के लिये वह अपने कानों पर हाथ रखती फिर उन्हें तकिये से दबा देती। इसके बाद भी जब भीतर का शोर झींगुरों के स्वर के साथ गड्मगड्ड होने लगता तो वह चादर तान लिया करती थी।

उजला दिन पीली-सफ़ेद पतंग-सा आसमान में टँगा रहता। घरों के बाहर कच्ची सड़कों पर हवा बुहारी लगाती रहती। वह सुबह से ही अपने काम में जुट जाती। वह खिड़की खोलती और रसोई में छाया अँधेरा हटाती। कभी दो पल की फ़ुरसत में आईने के उतरते हुए पानी को लंबी उम्र की दुआ देने लगती। कैक्टस पर उग आये गुलाबी फूलों को बर्दाश्त करने का हौसला पढ़ाती। काँसे के रंग वाली साँझ आती और दिन सुस्ताने चला जाता। धुँधली-धुँधली साँझ घिरती हुई मीनारों, बुर्जों, मेहराबों, छतों, दीवारों और सायों को बुझाती चली जाती। उसके भीतर का शोर मुस्कुराता हुआ जागने लगता कि नासमझ झींगुर फिर गाने लग जाते।

बहुत सालों पहले भी उसकी सुबहें झींगुरों के सो जाने पर ही हुआ करती थीं। झींगुर उसके दुश्मन थे। उसने कोई अपराध नहीं किया था, सिवा इसके कि उसका नाम प्रथमा था। वह अपने माँ-बाप की पहली संतान थी। जिस साल वह ग्यारहवीं कक्षा में पढ़ती थी, उसी साल टीचर्स डे के पाँच दिन बाद आई रात में उसने पहली बार झींगुरों को बोलते हुए सुना था। उस दिन ही पहली बार स्कूल के स्टेज पर बैठकर दोपहर के लंच का सिलसिला भी टूटा था।

"सुनो, सुनो..." निधि ने उसका हाथ पकड़ा और एक तरफ़ खींच ले गयी थी।

आधी अचरज से भरी हुई आँखों से देखती और थोड़ा मुस्कुराने जैसे होंठ बनाते हुए वह निधि के साथ तेज़ चलती गयी। ऐसे बहुत से बच्चे होते हैं, जिनके कम दोस्त होते हैं। दोस्त न भी हों तो भी कोई-न-कोई, किसी-न-किसी के मन को पढ़ता रहता है। निधि ऐसे ही प्रथमा को पढ़ा करती थी। प्रथमा के आस-पास सिर्फ़ अल्हड़पन का घेरा रहता था। वह सब चीज़ों को हँसी और उपहास में उड़ा देने के सिवा कोई काम न जानती थी। वे तेज़ क़दम चल रही थीं। दोनों की साँस ज़रा तेज़ थी मगर इतनी भी नहीं कि सोलह साल की लड़कियों को उसका अहसास हो। कॉमन टॉयलेट के पास की ख़ाली जगह पर लोहे की जाली से बाड़ करके बनाए हुए छोटे सुंदर बग़ीचे के पास निधि गंभीर हो गयी।

उसने कहा- "तुझे मालूम है? हिंदी के टीजीटी सर ने अपनी जेब में तुम्हारा साड़ी पहने हुए फ़ोटो रखा हुआ है।"

प्रथमा ने मुँह बिचकाते हुए कहा- "मेरा फ़ोटो मगर किसलिए?"

"यही तो... किसलिए रखा हुआ है?"

"तो क्या?"

"हाँ... और क्या?"

"अरे नहीं वे ऐसा क्यों करेंगे?"

"करेंगे नहीं... वो कुत्ता ऐसा ही करेगा।"

निधि ने आस-पास देखा और कहा- "तू महा ढपोरशंख है।"

बात बस इतनी-सी ही थी मगर इसके बाद सब बातें बदल गयी थीं। कौन-सा विषय कौन पढ़ा रहा था उसे कुछ मालूम न था। उसके दिमाग़ में

घूम रहा था कि एक ज़रा-सी बात समझ नहीं आई मुझे। मैं पागल हूँ। ठीक इसी ज़मीन पर उगी हुई बातें प्रथमा को हर पीरियड में घेरे हुए रहीं। सोच की कतरनें छितरा गयीं। वह कोई छोटी बच्ची न थी। उसके आस-पास की दुनिया इतनी सुकोमल और पवित्र न थी कि ऐसी हरकतों का मतलब मालूम न हो।

एक इत्ती-सी बात पर उसे दिखने लगा कि लाल-बैंगनी रंगों वाली चॉक से विज्ञान वाली मैम अश्लील चित्र बनाए जा रही हैं। उसने दोनों मुट्ठियाँ कस कर बंद कर ली जैसे दुआ कर रही हो कि आगे के चित्र बनने बंद हो जायें। अच्छे-भले मौसम में उसने ख़ुद को पसीना पोंछते हुए देखा। जब बदन ने सीधा बैठने से जवाब दे दिया तो उसने अपनी टेबल पर सर रखने से पहले नीचे देखा कि जूतों से ऊपर कहीं कुछ दिख तो नहीं रहा। ऐसा सोचते हुए, कई बार लगता कि वह कुछ ज़्यादा ही रिएक्ट कर रही है।

"सिरियस मत हो यार, मज़े लेने की बात है। देखना आज क्लास में आएगा न वो घोंचू तब मैं कहूँगी वॉव सर आप कितने स्मार्ट लग रहे हैं!" निधि हँसने लगी थी। "और फिर देखना कैसे इतराता है। मैं उसे ये दो-तीन बार कहने वाली हूँ और इतनी बार कि उसे ख़ुद इस बात पर शक हो जाए कि वह स्मार्ट है या घोंचू है।"

प्रथमा को इस बात में ज़रा भी हँसी या समझदारी या कोई भी बेहतर चीज़ न दिखी। "उसने मेरी तस्वीर रखी है, मैं यही सोचकर डिप्रेस हूँ और तुझे मज़ाक़ सूझ रहा है।" वह सच में नर्वस-सी लगने लगी। "मुझे नहीं करना ये सब, मैं उन सर को जाकर कह दूँगी कि आपको मेरी तस्वीर नहीं रखनी चाहिए।"

"तो क्या सर कहेंगे कि मैंने रखी हुई है तुम्हारी तस्वीर? पगली, इसको ठीक करने का तरीक़ा ये नहीं है। मैं जो कहती हूँ वही करते हैं। और क्या मुँह उतार रही है इत्ती-सी बात पर!" क्लास रूम के एंटरेंस के ठीक सामने बैठने वाली उन दोनों लड़कियों ने देखा कि कोई आ रहा है। वे मुस्कुराती हुई अभिवादन के लिए खड़ी हो गई। हिंदी के टीजीटी, हीरो बने हुए। एक मोटे फ्रेम का फ़िल्मी स्टाइल का चश्मा लगाए हुए। हालाँकि दिखता उनको बहुत दूर का था और पढ़ कुछ भी सकते थे मगर ऐसा चश्मा लगाने के कुछ ही पलों में वे ख़ुद को विद्वान समझने लगते थे। प्रथमा एक ही चीज़ देख लेना चाहती

थी कि उनकी जेब में तस्वीर है या नहीं। तस्वीर अपने आप उछलकर बाहर नहीं आ सकती थी। हवा का कोई झोंका उस तस्वीर को उद्घाटित नहीं कर सकता था। वह नहीं चाहती थी कि सर से पूछ ले, क्योंकि अगर ऐसा करने की कोशिश की तो वह उन पर बरस पड़ेगी और ख़ुद भी रोने लग सकती है।

निधि ने मौक़ा लगते ही कह डाला– "सर आप जीनियस तो हो ही साथ में स्मार्ट भी हो। मैंने आप जैसे कोई दूसरे सर नहीं देखे।" हिंदी के टीजीटी जैसे बरसों से इसी चुहल का इंतज़ार कर रहे थे। "स्मार्ट तो आप लोग हैं। आज कल के बच्चे कितने स्मार्ट होते हैं!" बच्चों की तारीफ़ का दौर जारी रहा। प्रथमा को बीच-बीच में देखते रहने का भी। प्रथमा को लग रहा था कि वह उठे और इस आदमी का सर फोड़ डाले। उस घोंचू को कुछ समझ नहीं आया। निधि ने अपना सर पकड़ लिया।

उस दिन के बाद से प्रथमा एक दार्शनिक हो गयी थी। उसे हर बार जगाकर सवाल और कक्षा में पढ़ाये जा रहे के बारे में पूछना पड़ता था। वह रिसेस होते ही पाती कि सब बच्चे कब के बाहर जा चुके हैं और वह अकेली रह गयी है। अचानक लगता कि हिंदी वाले सर अपने शर्ट की जेब में उसका साड़ी पहने हुए फ़ोटो रखे हुए चले आ रहे हैं। वह फटाफट से अपना टिफ़िन निकालती, बाहर बच्चों की भीड़ में खो जाने के लिए भाग जाती। उसे लगता था कि एक दुश्मन इस स्कूल में आ गया है। उसके साथ एक निरंतर लड़ाई चल रही है। वह इस लड़ाई से परेशान होने लगी। कभी सहेलियों का खाना छीनकर खाने वाली लड़की के पास उसी का लंच बॉक्स उदास धरा रहने लगा। पास के पेड़ों की चिड़ियाँ कभी एक साथ झुंड बनकर उड़ जातीं तो उसके भीतर पसरता मौन टूटता। प्रेयर स्टेज की सबसे नीचे वाली सीढ़ी पर बैठे हुए प्रथमा स्वेटर की बाजुओं को उँगलियों तक सरकाती हुई बच्चों को खेलते हुए देखती रहती। कभी उसके हाथ में एक तिनका आ जाता और मिट्टी पर स्वतः आकृतियाँ बनने लगतीं। पेड़, बादल और चिड़िया के पंख जैसी कुछ आकृतियों के बाद अँग्रेज़ी के अक्षर आकार लेने लगे। आर... माने रास्कल. यस ही इज अ... रास्कल।

स्कूल का कॉरिडोर, जिसे वह चंद क़दमों से नाप लिया करती थी, अनंत तक फैल गया था। उससे पार ही नहीं होता। उसकी आँखें सूक्ष्मदर्शी में बदल

गई थीं। वह कक्षा में आते हुए डस्टर और चॉक थामे पुतलों पर उग आये काँटों को देखती। उसने भाषण, नृत्य और खेलकूद जैसे सब कामों से ख़ुद को विड्रो कर लिया। इससे स्कूल को यह फ़र्क़ पड़ा कि नयी लड़की कहाँ से लायी जाए। जो ले भी आओ तो उसे नए सिरे से तैयार करना। आख़िर इंचार्ज को ही ये तकलीफ़ उठानी थी इसलिए मीना मैम ने प्रथमा को बुलाकर ख़ूब डाँटा। कहाँ उलझी रहती हो? ध्यान किस चीज़ में है तुम्हारा? कुछ गड़बड़ है? इसके बाद प्रथमा की चुप्पी और कठोर चेहरे को देखकर वे ख़ुद डर गयी।

सच में इत्ती-सी बात से बहुत कुछ हो गया। महीने भर बाद ही उसने देखा कि पापा स्कूल में हैं। प्रिंसिपल के चैंबर से बाहर आ रहे हैं। वे आज भी सिविल यूनिफ़ॉर्म में थे। आज भी वैसे ही सब तरफ़ का हाल पढ़ते हुए। आज भी ज़रा से भी चिंतित नहीं। आज भी उसी चाल से वापस लौटते हुए। प्रथमा ने निधि से कहा-

"कुछ गड़बड़ है?"

"क्या?"

"आज पापा किसलिए आए हैं?"

"तुझे नहीं पता?"

"नहीं"

"मीना मैम ने कुछ कहा होगा?"

"नहीं हो सकता है किसी और काम से आए हों।"

कक्षा का सातवाँ पीरियड हिंदी का होता है और हिंदी वाले टीजीटी इसे कभी मिस नहीं करते। वे कक्षा में आते ही नियम से ये जाँचते हैं कि कौन-कौन आया है, कौन नहीं। टेबल का सहारा लेकर खड़े होते हैं और किताब हाथ में लेकर पाठ के बारे में संवाद आरंभ कर दिया करते हैं। उनके पढ़ाने की ख़ास विधि है बच्चों से विषय के बारे में बहुत सारा संवाद करना। कुछ बच्चे कहते हैं कि ऐसा किए जाने के निर्देश किताब में छपे हुए हैं।

लियो टाल्स्टॉय की कहानी शुरू करने से पहले हिंदी वाले सर ने कहा- टाल्स्टॉय के जीवन का एक ही सबसे बड़ा दुख था, उनकी पत्नी। वे उससे इतने दुखी थे कि उन्होंने मरने से पहले अपनी पत्नी को पत्र लिखकर पूछा कि क्या वह मर जाने के बाद तो उनका पीछा छोड़ देगी।

कहानी का तीसरा पैरा। इवान वसील्येविच का चेहरा तमतमा उठा। उसने ऊँची आवाज़ में कहा- "तुम अपने बारे में या आजकल के युवकों के बारे में सोच रहे होगे। तुम लोग शरीर के सिवा किसी बात के बारे में सोच ही नहीं सकते। हमारा ज़माना ऐसा नहीं था। ज्यों-ज्यों हमारा प्रेम किसी लड़की के लिए गहरा होता जाता था, हमारी नज़रों में उसका रूप एक देवी के समान निखरता जाता था। आज तुम्हें केवल टाँगें और टख़ने और शरीर के अंग-प्रत्यंग ही नज़र आते हैं।" इतना पढ़कर सर रुक गए। प्रथमा सोचने लगी कि इस पाठ में टोल्सटॉय की पत्नी के बारे में तो कुछ नहीं लिखा हुआ है फिर इसका क्या मतलब है। क्या सर अपनी पत्नी से दुखी हैं और छुटकारा चाहते हैं। क्या इसीलिए वे अपनी जेब में मेरी तस्वीर लिए फिरते हैं। एक साड़ी पहनी हुई तस्वीर। प्रथमा उदास हो गयी। प्रथमा ने चाहा कि वह ज़ोर से किसी के मुँह पर थूक दे। कक्षा में पाठ पर विमर्श जारी रहा।

सर ने कहा- टोल्सटॉय ने अपने पात्र इवान के मुख से एक कालजयी बात कही है। क्या आज भी हम अपने आस-पास ऐसा ही नहीं पाते हैं? मनुष्य एक बुद्धिमान प्राणी है। बुद्धिमान होने का आशय अच्छा या सद्‌गुणी होने से क़तई नहीं है। बुद्धि से युक्तियों का जन्म होता है। युक्ति किसी भी प्रकार की हो सकती है। सद्‌कर्म की भी या दुष्कर्म की भी...।

आख़िर दुष्कर्म का पीरियड ख़त्म हो गया। सर के जाते ही प्रथमा सोचने लगी कि सबसे अच्छी गालियाँ कौन-कौन-सी हैं। उन सबको लिखकर सर के नाम पोस्ट कर दिया जाए। कभी प्रथमा का जी चाहता कि वह इस बात पर हँसे, कभी लगता कितना तो बुरा है कि एक पेरेंट जैसा टीचर किसी लड़की की तस्वीर को अपने पास रख ले। स्कूल से निकलते समय निधि ने उसे आश्वस्त किया कि उसके पापा यूँ ही आए होंगे मगर ये आश्वस्ति एक आशा मात्र निकली। रात को प्रथमा ने खाने की मेज़ पर अलग-अलग बरतनों में कई ताज़ा पके हुए प्रश्न देखे- "व्हाट हेप्पन... एनिथिंग रॉन्ग... इज़ समवन ?"

"नथिंग पापा, आई एम फ़ाइन, जस्ट नाट फ़ीलिंग गुड। आई कांट एक्स्प्लेन व्हाट इज रॉन्ग। ईवन आई डोंट नो..." ख़ामोशी... ख़ामोशी या झींगुरों के घर में बोलती हुई ख़ामोशी।

पापा का ट्रांसफ़र हुए और हिंदी के टीजीटी सर के ख़याल से पीछा

छूटे हुए काफ़ी अरसा हो गया था। प्रथमा के जीवन में अचानक से एक तीन साल का लीप आया। मगर कहाँ सब कुछ क़रीने से होता है! तीन और साल का झाड़-झंखाड़ बीए के दौरान उग आया। स्मृतियों के तलछट में कई चेहरे जमा थे। वह घुमावदार अनगढ़ गलियों को छोड़कर नए शहर में आ गयी थी। सुयोग्य वर की तलाश के साल थे। वह माँ से मिलकर हमेशा पापा को पटाने में लगी रहती। पापा प्लीज़ कुछ और साल, बस एक बार और यह वाला एक्ज़ाम दे लूँ। इसका रिज़ल्ट आ जाने दो। वह ख़ुद को देखती तो सोचती कि जाने किसलिए बड़ी हो गयी है। छोटी थी तब कितनी अच्छी थी। फिर याद आता कि जेब में फ़ोटो लिए घूमने वाले सर अब किसी मोड़ पर मिल जाएँ तो कितना अच्छा हो। वह उनकी ऐसे सवालों से हजामत बनाए कि ज़िंदगी में किसी लड़की की तस्वीर को देखते ही भाग जाएँ। उसके ऐसे अनेक बेकार के ख़यालों में कोई ख़ुशी की बात न आ पाती थी। क्यूँ इस तरह तन्हाई कभी-न-कभी हर एक की ज़िंदगी के दरख़्त में घोंसला बना लिया करती है। उसके पास एक ख़्वाब था कि एक दिन उसका अपना घर होगा और वह सब चीज़ों को सलीक़े में ले आएगी।

इन दिनों उदासी के घर की दीवारों से चूना झड़ रहा था। मुंडेरें कई जगहों से टूट चुकी थीं। दिन उम्रदराज़ दिखने लगे। शामों पर भी बीते दिनों का असर आने लगा। जिन चीज़ों से सख़्त नफ़रत थी, अब वे उपेक्षित हो चुकी थीं। कॉलेज और घर के बीच की दूरी में कई सुंदर मोड़ थे। नालियाँ थी, स्पीड ब्रेकर थे, दवाई की दुकानें थीं और कुछ लड़के थे। मगर कुछ भी न था।

किसी को आना था। कौन आए ये तय किया जाना था। बहुत सारे रिश्ते आते। सुंदर लड़की के लिए आधी हाँ तो साथ ही चिपकी रहती है। उसके लिए भी हाँ होने जैसे हालात बनने लगते और वह पापा को मनाने लगती। सदा की ही भाँति माँ संजीदगी से इस संवाद के दौरान चुप रहती। रात को माँ और पापा लड़ा करते। उनकी लड़ाई कई महीनों के लिए बातचीत के दरवाज़े बंद कर देती थी। दिन भर माँ साड़ी के पल्लू से पसीना पोंछती हुई काम में लगी रहती। प्रथमा को ऐसे हर दिन लगता कि माँ और पापा के न बोलने की वजह वही है। वह क्या करती। उसे सिर्फ़ कुछ और वक़्त चाहिए था। वह रसोई में काम करते समय कुछ एक तरफ़ हटकर खड़ी होती ताकि माँ अगर उससे ख़ुश हो

तो उसके पास आकर खड़ी हो जाए। माँ ऐसा ही करती थी कि उसको विश्वास था मेरी बेटी जो कर रही है, सही कर रही है।

सारा घर सो जाता। रात के तीन बजे तक इस नए शहर के नए घर में करवट बदलती हुई प्रथमा जाने क्या-क्या सोचती रहती। सब कुछ अनिश्चित और आशंका से भरा। जाने इस ज़िंदगी का क्या होगा। कोचिंग इंस्टीट्यूटस में शादी टालने की ग़रज़ और घर से दूर पर्यटन के प्रयोजन वाली लड़कियों के अलावा बाक़ी लड़कियाँ अपनी या परिवार की अतृप्त इच्छाओं के लिये रात भर किताबों में सर खपाया करती थीं। उनके ख़्वाब उदास टूटे हुए काँच की किरचों में बदल चुके थे। ये सदी एक विकराल प्रतियोगी सदी थी। प्रतियोगिता ने सहज जीवन के आरोहण की सरल रेखा को पेंचीदा कर दिया था।

कुछ महीने पहले प्रथमा को एक दिन अचानक परिचित चेहरा मिला। झबरेली झुनझुना कहलाने वाली दीप्ति का भाई। वह इन दिनों एक मल्टी नेशनल कंपनी में सीनियर लेवल का अफ़सर है मगर सिर्फ़ चार साल आगे पढ़ता था। इतना बड़ा अफ़सर कि जितना कोई हो सके। उससे मिलते हुए ऐसा बिलकुल नहीं लगा कि वह वाक़ई इतना बड़ा अफ़सर हो चुका है। कंपीटीशन के लिए उससे अच्छा गाईड कहाँ मिल सकता था। वह भी इतना परिचित। वह एक अच्छा दोस्त हो सकता था। उसे उन किताबों की जानकारी देता, जिनको पढ़कर अच्छे मार्क्स स्कोर किए जा सकते हैं। वह बहुत जल्द ही शाम को कहीं कॉफी हाउस या फिर किसी रेस्तराँ में कुछ खा-पी लेने के साथ-साथ पढ़ाई का अच्छा मददगार बन गया। मुलाक़ातों का एक सिलसिला बन गया। उसकी बातों से प्रथमा को हौसला मिलता था। शहर के रास्ते आसान हो गए थे।

घर मगर घर-सा ही था। बाहर से बिलकुल शांत, सुंदर दिखने वाला और भीतर से थोड़ा गुनगुना, थोड़ा उदास। जो सबसे अच्छी बात लग रही थी, वही बात एक नयी मुश्किल ले आई थी। उसने एक दिन हग करने के लिए अपनी बाँहें आगे कर दी और प्रथमा इंकार न कर सकी। ये बहुत नॉर्मल था। हाँ ऐसा करना ठीक है। इसमें कहीं भी कोई खोट नहीं लेकिन प्रथमा को डर लगने लगता था कि अगर उसके मन में कुछ ग़लत हुआ तो। इसलिए वह हर तरह से सोच-समझकर बात करती और ख़ूब अपना भला-बुरा सोचती थी। इस एक आशंका के सिवा ये भी सच था कि वह

उसके सिवा कुछ नहीं सोचती थी। ये बताना मुश्किल था कि वह क़रीब जा रही थी या इंकार न कर पाने की हालत में थी। मगर अब हर रोज़ उसके पास बीस से ज़्यादा एसएमएस आते थे। दिन में चार-पाँच बार उसका फोन आता था। दिन में एक बार वह ख़ुद उसके कोचिंग इंस्टीट्यूट के पास चक्कर लगाया करता था। हर वीकएंड पर कार लेकर आता और कहीं लंच के लिए लेकर जाता था। ये भी बताना मुश्किल होता है कि कैसे इस तरह कुछ ही मुलाक़ातें इतना क़रीब ले आती हैं। वैसे वे दोनों उन्हीं दिनों के परिचित थे जब सुंदर मोड़ वाली गलियों में बिना साज़ के बजते हुए इकतारे सुने जाते थे।

प्रथमा का अफ़सर दोस्त फोन पर पढ़ते रहने की हिदायतें नियम से दिया करता था। उसके पास आने वाले फोन कॉल्स को नोटिस किया करता। कभी ये कहना नहीं भूलता कि यही सबसे क़ीमती वक़्त है, खो मत देना बेकार की बातों में। उसके मैसेज़ कुछ इस तरह के होते थे- मैं तुम्हारी पढ़ाई डिस्टर्ब नहीं करना चाहता हूँ फिर भी एक चाय हो जाये या फिर बहुत दिन हुए हैं, चलो कहीं मिलते हैं। इसके बाद के मैसेज़ होते- तुम तो बहुत भाव खाती हो। आगे चलकर वे अनुरोध अधिकारपूर्ण संवादों में बदल गए।

साल के आख़िरी दिन होने वाली पार्टी में अपने कुलीग्स के बीच वह अनुपस्थित नहीं रह सकता था। इसलिए उसने प्रथमा को प्रपोज़ किया कि हम इस साल के एक दिन बाक़ी रहते हुए इसे थैंक्स कहेंगे। शहर के पास स्थित पहाड़ी पर एक ख़ूबसूरत रिसोर्ट में दोनों के बीच सुंदर कार्ड और महकते फूलों के गुलदस्ते ही थे। प्रथमा कॉफी ले रही थी। वह फोन पर कुछ बात कर रहा था। अभी आता हूँ कहता हुआ वह बाहर चला गया और आधा घंटा नहीं लौटा।

हर किसी में एक इन बिल्ट इंसटिक्ट होती ही होगी, जिससे वह उस गंध तक पहुँचता है, अपने होने की गंध। वह भी उस गंध तक पहुँच गयी थी। उसने सोचा कि वह अगर इस बार सलेक्ट हो गयी तो इसी रेस्तराँ में सबको ट्रीट देगी। प्रथमा अनेक बातें सोचे जा रही थी। ऐसी अनेक बातें सोचते हुए भी उसे लगता रहा कि इतना समय नहीं लेना चाहिए था। इससे पहले प्रथमा ने अपनी उदास शामों में बुरा ही सोचा था। प्रथमा ने जाने किस तरह अपने आस-पास

ऐसी ख़बरों का जाल बुन लिया था जिनसे सिर्फ़ उदासी ही भीतर आ पाती थी। उसने ज़िंदगी की उन घटनाओं को याद रखा जो बहुत निराश थी। वह कहती थी कि जिन्हें बहुत जीने की चाह होती है या फिर वे जो हज़ार झंझावतों के बाद भी ख़ुश दिखते हैं, अक्सर मुकम्मल उम्र नहीं पाते हैं।

प्रथमा रेस्तराँ में इंतज़ार कर रही थी। उसे दरवाज़ा खुलने का स्वर सुनाई दिया। झबरेली झुनझुना का भाई लौट आया। उसने टेरेस के साथ वाला हिस्सा बुक करवा रखा था। वह एक अच्छा सुइट था। प्रथमा इस साल को विदा करने और नए साल के लिए बहुत सारा सेलिब्रेशन लिए बैठी थी। वह कुछ चॉकलेट्स और एक नन्हा-सा शुक्रिया कहने वाला कार्ड साथ में लायी थी। वह दिल से आभार व्यक्त करना चाहती थी कि उसकी उपस्थिति ने उसके पिछले छह महीने बहुत आसान कर दिये थे। उसने आते ही प्रथमा को हग किया, नहीं उसने हग नहीं किया। कुछ और किया फिर वह सोफ़े पर बैठ गया। वह प्रथमा को अपने बारे में बताने लगा कि किस तरह से वह इस मुक़ाम तक पहुँच सका है। कभी तुम भी यहाँ तक पहुँच जाओगी। इन बातों को बताना क्यों शुरू किया था ये समझना ज़्यादा मुश्किल न था। उसके बारे में प्रथमा को हालाँकि मालूम था कि उसने कितनी मेहनत की थी मगर वह सुनने लगी।

"मेरा एक भाई था। उसके दिमाग़ में पानी भर गया था। वह एक अजब बीमारी थी। बड़े अस्पतालों के सिवा उसका कहीं इलाज न होता था। मेरे पिताजी किसान थे। एक ऐसे किसान जिनकी ज़मीन पर ईश्वर के बादल नहीं बरसते थे। माँ और पिताजी ख़ूब भटके, उन्होंने अस्पतालों के कई साल चक्कर लगाए। दवाएँ इतनी महँगी थी जितने रुपये हमारे घर में कभी एक साथ नहीं देखे गए थे।" ऐसा कहते हुए मल्टी नेशनल कंपनी का बड़ा अफ़सर बहुत भावुक हो गया था।

साल के बीतने में बस एक और दिन बाक़ी था मगर वह बीते हुए कई सालों में उलझ गया था। प्रथमा सरककर उसके पास आ गयी। उसने एक बार प्रथमा के सामने देखा और फिर छत की तरफ़ देखते हुए कहने लगा- "मेरी माँ ने अपना गहना बेच दिया। पिताजी ख़ुद को बेचने को तैयार हो गए थे। वे दोनों हौसले से छोटे भाई की बीमारी से लड़ते रहे और आख़िर में जिसके लिए ये सब किया था, वह चला गया। मेरी माँ ने ग़रीबी पर आँसू बहाये। पिताजी ने

मौन धारण कर लिया। मैं बच्चों को ट्यूशन पढ़ा कर पढ़ता था। उन दिनों मैंने सोच लिया था कि एक दिन मेरे पास सब कुछ होना चाहिए... सब कुछ...''

सब कुछ ने प्रथमा के कंधे पर सर रख दिया। इसके बाद उसने प्रथमा को हग किया। कुछ और देर तक वे ऐसे ही बने रहे। प्रथमा फिर से सोफ़े के किनारे पर बैठ गयी तो उसने हाथ पकड़कर उठाया और फिर से हग किया। नहीं ये हग नहीं था। शायद नहीं या फिर पक्का नहीं...।

अपने घर के कमरे में बुझी हुई बत्ती और एक भारी रात के साये में प्रथमा जाग रही थी। एक ऐसी रात जो अपने ही सितारों को ढक लिया करती है। काली घनी और अँधेरी रात। किसी खिले हुए फूल को क़त्ल करने वाली रात। अजनबी छुअन के अहसासों से भरी हुई रात। दुख भरी कहानियों की रात।

सहसा उसे एक तमाचे की याद आई। अपने ही गाल पर पड़े हुए तमाचे की याद। आज ही शाम को पड़े हुए सचमुच के तमाचे की याद। एक बेहद कड़वी याद। मरे हुए भाई की लाश पर भीगी आँखें लिए उदास बैठे हुए दोस्त की याद। एक अफ़सर की आत्मा की खुलती हुई ज़िप की याद। ''तुम क्या मुझे पागल समझती हो? साली महीनों से चिपकती रही हो और आज नख़रे दिखा रही हो''

प्रथमा वहाँ से आई तो उसके साथ-साथ झींगुरों की सेना भी आई। हिंदी के टीजीटी सर भी टोल्सटॉय के पात्र इवान वसील्येविच में ढलकर कविता गाते हुए आए। मैं एक नौजवान हूँ, जिसे हो गया है, एक नाज़ुक लड़की से प्यार, कुछ ऐसा प्यार, कि तुम चाहो तो भी कर न सको, जिस तरह करता हूँ मैं... वे गाते हुए साथ-साथ चल रहे थे। उनकी जेब में एक नन्ही लड़की की तस्वीर रखी हुई थी। शिक्षक दिवस पर अध्यापिका बनी हुई लड़की। साड़ी पहने हुए लड़की।

उसकी बेतरतीब यादों में बहुत सारे लोग आए। जमूरे, मसख़रे, ज़हीन, आत्मीय, अपनेपन से भरे हुए और बेहद सरल लोग याद आए। उन सब में निधि नहीं आई। अगर वह आ सकती तो प्रथमा कहना चाहती थी कि सवाल देह का नहीं है। सवाल तो मन का है कि किसके छूने से ये कंचन होगा और किसके

छूने से मिट्टी का ढेला। एकाएक सब बुझ गया। अब ऐसी कोई लगावट न थी जो दूर ही सही मगर मृगतृष्णा-सी चमकती तो हो। रात पखावज-सी बज रही थी। रात के तीसरे पहर कुत्ते रो रहे थे। पता नहीं क्यों, एक दोस्त कहा करता था कि सारंगी से ह्यूमन नोट्स बजते हैं। जैसे रोता हुआ आदमी, विरह की मारी युवती, जैसे दुख से भरे हुए पिता की भाषा। आज वह ख़ुद भीतर और बाहर से एक सारंगी हो गयी थी। ऐसी सारंगी जिसको ग़लत तरीक़े से छेड़ा गया हो। जिससे आती आवाज़ बेसुरी हो। लेकिन उसके भीतर की सारंगी सुर में बज रही थी, ह्यूमन नोट्स वाली सारंगी। रोते हुए इंसान के दर्द को बुन रही सारंगी। इन नोट्स के साथ सिम्फ़नी बुन रहे थे गाते हुए झींगुर।

ख़ुशबू बारिश की नहीं मिट्टी की है

धुएँ से भरी शाम अधखुले रोशनदानों से घर में आती। इन शामों के आते ही दबे पाँव उदासी भी घर में इस तरह पसर जाती जैसे यह उसी का घर हो। दरवाज़े से देखो तो दूर सामने राजपरिवार का विशाल महल दिखाई पड़ता जबकि पिछवाड़े की खिड़की कुछ इस तरह का दृश्य उत्पन्न करती जैसे किसी विराट निर्जन मैदान की कोई तस्वीर दीवार में लगा दी गयी हो। दरवाज़े से भी ऊब और थकान आती थी। लेकिन इस खिड़की से उतरने वाला हर लम्हा साँस को भारी कर देता था।

वह पलंग पर बैठी ज़मीन पर पैर लटकाए हुए चौकोर खिड़की से आसमान को देखती रहती। कोई उड़ता हुआ पंछी नज़र आता तो उसका देर तक पीछा करती। हवाई जहाज़ की कानफोड़ू आवाज़ आते ही वह अपनी आँखें बंदकर लेती। असीमित आकाश की इन आँखों के बंद होते ही उसकी छोटी-सी दुनिया अवनीश के नाटे क़द और चार साल की बेटी सीपी की कोमल मुस्कान में सिमट जाती। इतनी ही दुनिया होती है जिसे वर्तमान कहते हैं। भविष्य की अनदेखी तस्वीर के सम्मुख अतीत के विशाल पहाड़ हमारे वर्तमान को बौना

और निरर्थक कर दिया करते हैं। वर्तमान में वह टिन्नी हो जाना चाहती थी मगर टीना डबराल अवनीश जैसा बड़ा नाम उसके साथ-साथ चलता रहता था।

उसे ज़िंदगी के बारे में एक सबसे ठीक बात पता थी कि स्मृतियाँ हमेशा उन कलग़ी वाले जंगली पंछियों में तब्दील हो जाती हैं जिनके पंखों के रंग कभी भी धुँधले नहीं होते। वे सपनों में नाचते हैं और वर्तमान पर अपनी चोंच से दस्तक देते रहते हैं।

टीना के पास इस बीस किलोमीटर के दायरे में फैले हुए शहर का अजनबीपन पसरा रहता। कोयल की कुहू-कुहू के अलावा कोई ऐसा स्वर नहीं था जो इन पत्थरों और जीवित चीज़ों के बीच एक लकीर खींचकर अलग करता हो। वह घर के बासीपन से मुक्त होने के लिए बालकनी में आकर बैठ जाती। यहाँ सीधे चलते हुए क्षितिज में खो जाने वाली सड़क पर भी बरसों कोई अपना दिखाई नहीं देता था। लेकिन टीना यहीं बैठे हुए कोटद्वार की घुमावदार सर्पिल गलियों तक पहुँच जाया करती थी। उसके दिल में बचपन और उसके कुछ साल बाद तक की स्मृतियाँ फेरे लगाती रहती थीं। वे दिल में एक टीस-सी पैदा करतीं। जहाँ दिखता कुछ ना था पर दूर से किसी की पदचाप और गंध से पहले उसकी पहचान चली आया करती थी। नदी के गोल पत्थरों से सड़क के किनारे बनी दो हाथ ऊँची दीवार पर बैठकर नीचे खोह में चरती गायों को देखते तो वे चींटी जैसी दिखाई पड़ती थी। दाज्यू हाथ पकड़कर खींच ले जाते। यहाँ से देखेगी तो एक दिन ख़ुद चींटी हो जायेगी फिर किसे गले लगाऊँगा मैं ?

टीना उन पहाड़ों से जो उतरी तो रूप बदल गया, श्वेत निर्मल जल रेगिस्तान की मीलों पसरी रेत में खो गया था। हरेपन का रंग धूसर हो चला था। अफ़ग़ानी क़द वाली दूधिया रंग की टीना की साँसें जिसके साथ गुँथी थीं वह पेशेवर रूप से वाचाल और विनम्र था। दिन भर की दूरी को पल भर में पाट देना उसके लिए पलक झपकाने से अधिक श्रमसाध्य न था। होटल मैनेजमेंट का कोर्स किया हुआ उसका हमराह अवनीश, क़द में साढ़े पाँच फ़ीट, रंग से गोरा और गोलमटोल चेहरे का धनी था। उसकी मिचियाई हुई आँखें, खुली आँखों से अधिक और दूर तक देखती थीं। जहाँ जाता वहाँ हर कोई उसे नौकरी देने को तत्पर दिखता था। उसके पास तिलिस्मी ख़ज़ानों के बीजक थे।

जिनसे वह रोज़गार के नए किले सहजता से फ़तह कर लिया करता था। उसने कई जगह नौकरी की, दिल्ली और मुंबई जैसे महानगरों के बाद अब पिछले तीन साल से रजवाड़े के होटल 'मूमल विलास' की सेवा में था। इस होटल के मालिक राजघराने के वंशज थे परंतु इस महल के होटल में बदल जाने के बाद यहाँ माँगणियारों से गवाते और कालबेलियों को नचाकर डॉलर छापते थे। काग़ज़ के डॉलर से आती सोने की खनक होटल के हर कोने को चमकाती जाती। सैलानी ये अचरज करते हुए आते थे कि इस भयावह और दुरूह रेगिस्तान में किस तरह से इतना भव्य महल बनाया गया होगा। वे कारीगरी पर फ़िदा होते और डॉलर की खनक फिर से लंबे बरामदों में तैरने लगती। उसी खनक में अवनीश भी खोया रहता। टीना को अपने घर की बालकनी से होटल का कंगूरा ही दिखता था। वह उस कंगूरे के ऊपर अपने इंतज़ार को सावधानी से टिका देती। यह इंतज़ार रेगिस्तानी नदी-सा था जो कभी खुल के बहती थी और कभी बरसों तक सीपियों और कौड़ियों के मिट्टी सने खोल उगलती रहती थी।

हर रात एक बार ग्यारह ज़रूर बजते थे। वह कभी-कभी सोचती थी कि अगर कभी ग्यारह नहीं बजे तो... ऐसा सोचकर डर जाती इसलिए इस सोचने को पल भर में सोचकर पूरा कर लिया करती। उसे देर तक डरते रहना अच्छा नहीं लगता था। उस रात भी आख़िर ग्यारह बज गए।

कार के रुकने की आवाज़ से टीना ने पीछे की रेलिंग से झुककर गली में झाँका। अवनीश कार के दरवाज़े बंद कर चुका था और उसके हाथों में इतना सामान था कि एक को पकड़ता तो दूसरी चीज़ छूटने लगती। ये भी हर रात का ही काम था। हर रात इसकी प्रतिक्रिया भी तय थी। टीना लगभग दौड़ते हुए सीढ़ियाँ उतरती और ख़ाकी लिफ़ाफ़े और शॉपिंग बैग्स को ले लेती। एक बात तय नहीं थी कि इन थैलों में निकलेगा क्या? विदेशी लोग अपने पर्यटन से लौटने को होते तो अपना बोझ हल्का करने के लिए कैमरे, वॉकी, स्लीपिंग बैग, बस कुशन जैसे आइटम गिफ्ट कर जाते या सस्ते और शून्य से दाम पर बेच जाया करते थे।

"सीपी सो गयी?" अवनीश ने पूछा। इस वक़्त तक वह हमेशा सो ही चुकी होती है। इसलिए टीना ने इस सवाल को अपनी नज़रों से रिडायरेक्ट

करके उसके ही चेहरे पर चिपका दिया। वह आज भी सो चुकी थी। इसलिए उपेक्षा भरी दृष्टि से टीना ने अवनीश की ओर देखते हुए उत्तर दिया-"हाँ।" उसने ताड़ लिया कि ये मूर्ख प्रश्न का उचित ही उत्तर था।

"जल्दी करो हम लोग डिनर के लिए बाहर जा रहे हैं।" कहता हुआ अवनीश बाथरूम में घुस गया।

सामान को पलंग के पास ही टेबल पर रखते हुए टीना ने पूछा-"कहीं ज़रूरी है?" उसमें भी और औरतों जैसी आदतें थीं कि ज़रा मिज़ाज मालूम हो जाये उतना ही पूछा जाये। बाथरूम के अंदर से पानी गिरने की आवाज़ के साथ सुनाई दिया। जानू... फिर शॉवर की आवाज़ तेज़ हो गई। टीना अपने वार्डरोब के सामने खड़ी हो गयी। ये हैप्पी आवर्स थे। अवनीश लौट आता और सब उदासियाँ छू हो जाती थीं। वार्डरोब में लटके हुए कपड़ों के अलग-अलग रंगों पर हाथ फेरते हुए टीना ने देखा कि अवनीश बाथरूम के आगे रखे हुए पायदान पर खड़ा टॉवेल से बाल पोंछते हुए कह रहा है- "एक कलीग का बर्थडे है, कल देर से उठेंगे और मैं नाश्ता बनाऊँगा... चलो चाय भी मैं ही दूँगा तुम्हें... प्लीज़, प्लीज़।"

"देखो ये कोई तरीक़ा है, वो कुलीग आज ही पैदा हुआ है क्या... पहले याद नहीं आया।" टीना जब ऐसा कह रही थी तब उसका दिन भर के एकांत से पीछा छूट रहा था। वह ख़ुश थी कि चलो देर ही सही कहीं बाहर तो निकला जाये। उसने सोचा कि पहले पता होता तो विधु को कहती। वह सीपी को रख लेती। विधु मकान मालिक की बिटिया है। उसके साथ पूरा दिन बीतता है। वह जब भी कॉलेज से लौट आती है तो टीना दीदी से चिपकी रहती है। बड़ी होती हुई लड़कियाँ इसी तरह से अपने सपनों के घर की टोह लेती रहती हैं।

सीढ़ियाँ उतरते ही पहली खिड़की विधु के बेड के पास खुलती है। टीना ने आहिस्ता से आवाज़ लगायी और तुरंत ख़ुश हो गयी कि विधु पूरी तरह से जाग ही रही थी। "आह मेरी डार्लिंग, ज़रा देर सीपी को रख ले। मैं एक पार्टी के मज़े लेकर आती हूँ।" लकड़ी की हील वाले चप्पलों की आवाज़ कार की तरफ़ बढ़ती गयी। रोशनदान से उतरकर आई उदासी डरकर भाग गयी। सारे गुलाबी फूल टीना के पैरहन से चिपक गए।

सड़क पर मद्धम रोशनी के बीच इक्के-दुक्के वाहन आ जा रहे थे।

लैम्पपोस्ट की कतारों के नीचे नीरवता बिखरी हुई थी। यही शहर दिन में किसी बकरा मंडी-सा हुआ करता है, चिल्ल-पों से भरा जहाँ एक अजीब-सी गंध पीछा करती रहती है। लोग एक-दूसरे से टकराते हुए भीड़ में खो जाया करते हैं। रात बारह बजे इस शहर को जब पहली बार देखा था तब टीना ने महसूस किया कि वह किसी फ़िल्म के सेट पर आ गयी है। जहाँ फ़िलहाल जूनियर आर्टिस्ट और एक्स्ट्राज आने शेष है।

कार के डैशबोर्ड पर गुलाब की महक वाले टिशु-पेपर का डिब्बा रखा था। टीना ने एक पेपर बाहर निकालते हुए पूछा-' 'ये क्या है ?''

''टिशु-पेपर।''

''मैं इतना भी नहीं जानती कि ये क्या है ? मैं पूछ रही हूँ कि तुम कभी यूज़ नहीं करते हो फिर यहाँ कहाँ से आया ?''

''एक दोस्त के पास था गाड़ी में छूट गया।''

''तुम्हारे दोस्त टिशु-पेपर का पूरा डिब्बा साथ लेकर चलते हैं ?''

कार में एसी की आवाज़ के सिवा सिर्फ़ एक चुप्पी। टीना को लगने लगा कि वही शाम का सन्नाटा उसे फिर से ना घेर ले। ये ख़ुशी मनाने का समय था और ऐसा भी तो कुछ नहीं था जिस पर चिंता की जाये। दो-तीन मोड़ आये। फिर कुछ और मोड़ आये। कार सब जगह आसानी से मुड़ गयी। टीना ने सोचा कि ज़िंदगी भी ऐसे ही आसानी से मुड़ जानी चाहिए हर बार, जहाँ कहीं रास्ता ख़त्म होता दिखे।

शहर से बाहर स्थित एक रिसोर्ट के बड़े हाल में रंग-बिरंगे गुब्बारे और झालरें लटक रही थीं। भीगी हुई घास की गंध को ढक देने को आतुर मोगरा और रजनीगंधा के फूलों से सजे बुके थे। वे गोल टेबल पर एक हाथ से दूसरे हाथ में सौंपे जाने और फिर भुला दिये जाने की प्रतीक्षा में थे। नीली मादक रोशनी में उन्हें देखते ही लोगों ने बाँहें फैलाकर स्वागत किया। हल्के प्रकाश में रात भी बहुत हल्की-सी थी। वे दोनों एक-दूसरे का हाथ थामे हुए आहिस्ता-आहिस्ता सबसे मिलते रहे। आपसी बातचीत के शोर के बीच सन्नी सर ने सबका ध्यान अपनी ओर खींचा- ''दोस्तो, आज 13 सितंबर का दिन है। ये दिन इस दुनिया का सबसे ख़ास दिन है कि हमारी प्यारी, सबके दिलों पर राज

करने वाली मिस क्षिप्रा इस दुनिया में आई...''

तालियों के बीच बर्थडे कैंडल बुझाई गई, हेप्पी बर्थडे टू यू... उपहार पकड़ाते हुए सब अपने गाल से उसके गालों को छूते, कंधों पर हाथ रखकर बधाई देते हुए बड़े विनम्र अभिवादन कर शालीनता से अपनी पत्नियों के पास इस तरह खड़े हो जाते जैसे उनसे प्रिय कोई कभी रहा ही नहीं। रंगीन पैकेट्स के बीच खड़ी वह दुबली-सी लड़की, चूड़ीदार शलवार और लखनवी चिकन का हल्का गुलाबी कुरता पहने हुए मंद-मंद मुस्काती आभार व्यक्त कर रही थी। स्त्रियों ने क्षिप्रा को उम्र के हिसाब से बधाई दी, कुछ ने पेट में गुदगुदी की तो कुछ ने सिर पर हाथ फेरा, कुछ ने उसकी ठोढ़ी को सहलाया जैसे किसी छोटी बच्ची का बर्थडे हो।

जनाना पार्टी रसगुल्लों और गुलाब जामुन के बीच बर्फ़ी के साईड इफेक्ट्स पर अपनी परिचर्चा में व्यस्त थी। साड़ियाँ, ज्वेलरी, डेली सोप और मिस्टर बजाज से होती हुई चर्चा आख़िर फूटे हुए गुब्बारों भरे हाल में वापस लौट आई। मिसेज सिंह ने आँख से इशारा करते हुए कहा- ''कुछ भी कहो, सूखे काँटे भी सुंदर लगते हैं।'' एक सदी से हो रही घुटन को बाहर का रास्ता मिला। दो-तीन स्त्रियाँ एक साथ खिल के हँसी। अब पार्टी का असली स्वाद जिह्वा तक पहुँचा। खेतान मैम ने राज़ की बात को सार्वजनिक सूचना की तरह ज़ाहिर किया- ''इसको भी कोई चाहता है, यार कौन-सी साईड से चाहता होगा... ?'' पार्टी से भारी हुए पेट को हाज़मा की दवा मिल गई थी। ये एक ऐसा सुख है जो सदियों से असम्माननीय रहा है लेकिन इससे उपजे रस के आगे सब रस फीके हैं।

अपने-अपने ग्लास थामे हुए सब मर्द एक-दूसरे से इतने दूर खड़े थे कि कहीं छूत फैली हो। लेकिन शहरी जीवन में एक-दूसरे से दूर हो जाना ही असली सफलता है। इस मकड़जाल में ख़ुद के लिये रास्ता खोज पाना ही कठिन हो तो भला कौन किसका गला बचाने के लिये हाथ पाँव मारे! यहाँ अपरिचित रहने में जो सुख है, वो दुनियादारी और किसी की चोट पर अपनेपन का महरम रखने में कहाँ! इसी रवायत में, ये पल भर के परिचित अगले कुछ और महीनों के लिये मशीन होकर उसी चूहा दौड़ में लग जाने वाले थे जो अपने पास बहुत सारा पनीर इकट्ठा कर सकें।

कार्नर की टेबल पर बैठा हुआ विनोद जुल्का बेहद सभ्य और शालीन आदमी है। होटल में रिसेप्शन का हेड है। पीने के मामले में बहुत होशियार कि कितनी पी चुका है और कितनी बाक़ी है किसी को पता न चले। लेकिन पाँचवें पैग के बाद अफ़सोस कि उसे जाने क्या हुआ- "बिना कबाब वाली सींक में भी कुछ होता है यारो, वरना इधर भाभी को देखो और उधर अवनीश के मुँह में दबी हुई तीली को देखो..."

इस बैड-नोट के साथ पार्टी का अवांछित अंत हुआ। इस आघात से टीना और अवनीश मूक-बधिर हो गए।

घर के जिस बरामदे में लकड़ी वाली हील ने ठक-ठक की आवाज़ से सब उदासियों को भगा दिया था। वे बेशर्मी से टीना के स्वागत में खड़ी थी। मुस्कुराती हुई विधु बाहर आई- "दीदी, सीपी सो रही है। उसे यहीं सोने दो, जगेगी तो मैं आपको आवाज़ दूँगी।" मगर टीना इस वक़्त अकेली थी, बिलकुल अकेली। उसका आख़िरी सहारा थी, सीपी। बोझिल क़दम पलंग तक पहुँचते-पहुँचते दम तोड़ चुके थे। सोफ़े पर अवनीश की आशंकाएँ सिर थामे बैठी थीं। अवनीश के ईमान के बचे हुए हज़ारवें हिस्से पर काले लिजलिजे तिलचट्टे रेंग रहे थे।

एक हरामज़ादा था, साला जुल्का। कमीना किस बात का बदला लेना चाहता था। होटल के कॉरिडोर में काले रंग का सूट पहने हुए सभ्यता का पुतला बना हुआ। रिसेप्शन के कोने में ऊँची-लंबी कुर्सियों पर बैठी ट्रेनीज़ के पाँवों को खुजाने वाला। मैनेजमेंट के आगे करेक्टर के जुमले बोलने वाला। गोरी मेमों की आँखों में घुसकर "आर यू फ़ाइन मेम ?" कहकर रात को उनके पाँवों की चंपी करने वाला। अवनीश के आस-पास बहुत सारी गालियाँ जमा हो गयी थीं और वह मन-ही-मन बके जा रहा था। उसने कई बार चाहा कि जब जुल्का भारत माता के लिए मर मिटने जैसी बातें करता है, काश! तब उसे कह दिया होता कि साले गाँड़ पर लात खाकर कश्मीर से भाग आया। यहाँ आकर देशभक्ति जाग रही है। फट्टू...

इन सब गालियों के बाद भी असली मुश्किल कुछ और थी। सीपी सो रही थी और टीना चुप थी। ये रोने से पहले की आवश्यक चुप्पी थी। इसका बीजगणित की तरह हल होता था। पहले अवनीश उससे बात करने की कोशिश

करता। टीना झिड़क देती कि कोई बात नहीं सुननी। वह थोड़ी देर चुप रहकर कोशिश करता तो वह ज़ोर से बोलते हुए उसकी आवाज़ को दबाने की कोशिश करती। इसके दो घंटे बाद वह चुपचाप सफ़ाई सुनती और अवनीश कहता जाता। आख़िर में वह रोने लगती और अवनीश चुप कराने की कोशिश करता हुआ उसका हाथ तेज़ी से छोड़ते हुए मुँह फेरकर सो जाता।

ऐसा ही हुआ। अवनीश दूसरी तरफ़ मुँह किया हुआ सोच रहा था कि वाक़ई क्षिप्रा बेहतर है। पिछले साल की बात थी। रूम सर्विस की कम्पलेंट लेने के लिए कमरे में बुलाकर एक गोरे ने क्षिप्रा को पकड़ लिया था। वह जबरन चूमते हुए लालच देकर रुक जाने को कहता रहा। क्षिप्रा ने मैनेजर के कमरे में जाकर रोना-धोना शुरू कर दिया और किसी तरह का एक्शन लेने की ज़िद करने लगी थी। सर ऐसे कैसे छू लेगा कोई भी... मेरा कोई सम्मान नहीं है? ऐसे सवालों की गोल पटरी पर क्षिप्रा अटक गयी थी।

अवनीश का अनुभव कहता था कि ये क्षिप्रा के करियर का अंत है। उसने सबसे कहा- एक मिनट मुझे इससे बात करने दीजिए। वह प्यार से क्षिप्रा को ले जाने की कोशिश करने लगा तो क्षिप्रा ने उसका हाथ झटक दिया। अवनीश ने बेहद अधिकार भरे भाव से क्षिप्रा को डाँटा और लगभग खींचता हुआ-सा एक तरफ़ ले गया।

मुझे मालूम है बुरा हुआ तुम्हारे साथ। सबके साथ सब ऐसा ही करना चाहते हैं। क्षिप्रा रोती जाती और वह उसके आँसू पोंछता जाता। मेरी बात सुनो। कल सुबह तक चुप रहो। अपने दिमाग़ को शांत हो जाने दो। तुम्हारा करियर अभी शुरू हुआ है। क्षिप्रा जो गालियाँ उस गोरे को और मैनेजमेंट को देना चाहती थी, वे सब उसने अवनीश के सामने दी। कोई दस मिनट बाद क्षिप्रा अवनीश के सीने से लगी हुई सिसकियाँ भर रही थी। अवनीश ने कहा- तुम एक बहुत अच्छी लड़की हो। बहुत ही अच्छी...।

क्षिप्रा नदी के बीच का भँवर थी, उसके वर्तुल में ज़िंदगी का सामान गोल-गोल घूमने लगा था। बरसात में अवसर सबके लिए बराबर होते हैं मगर चरित्र की फ़सल की जगह मौज की खरपतवार ज़्यादा फलती-फूलती है। ऐसे ही उस रात के बाद किसी भीगे हुए पल में सहकर्म की निकटता से

कुछ पिघल गया होगा। क्षिप्रा को यक़ीन था कि अवनीश सर के पास इस फ़ील्ड का वो नॉलिज है जो किसी के पास नहीं है। मगर तब तक शायद वे दोनों कुछ ज़रूरी नॉलिज भूल चुके थे। दीवार की तरफ़ मुँह करके सोयी हुई टीना अब टिन्नी हो जाना चाहती थी। उसे लग रहा था कि वह सोच रही है, उसे लग रहा था कि वह कोई सपना देख रही। जो भी था, बड़ा डरावना था। लोग पूछते जा रहे थे, ये लड़की कहाँ से आई है। पहाड़ पर छः हाथ ऊँची हमने कभी नहीं देखी। माँ उँगली थामे कहती- किसी दूर देश की राजकुमारी पहाड़ों की देवी का आशीर्वाद लेने आई है। पाँव के नीचे का एक पत्थर फिसला और हाथ छूट गया। वह गिरते हुए वह नुकीली चट्टानों को पकड़ने की कोशिश करती मगर कहीं रुक नहीं पाती। वह और ज़्यादा नीचे गिरती जाती। पहाड़ों की बड़ी बिल्लियाँ एक साथ उसे नोच लेने को बढ़ी चली आती दिखीं तो उसने चिल्लाना चाहा लेकिन गले की आवाज़ गले में ही घुट के रह गई। अँधेरी घाटी में समाती जा रही टीना को सीपी का स्मरण हुआ तो गले से चीख निकल पड़ी... ईजा... अवनीश ने जान लिया कि टीना बुरा सपना देख रही है। उसने भय से भरे चेहरे को अपने पास कर लिया। टीना ने उसका हाथ झटककर फिर करवट ले ली।

सपना फिर लौट आया। टीना देखती है कि वह एक मछली है, जो शिकारी के जाल में उलझ गयी है। छूट जाना चाहती है मगर लगता है कि यहीं तड़प-तड़प कर जान चली जायेगी। सपना फिर टूट गया। सामने दीवार से रिसता कोलतार-सा दिखाई दिया। हवा से हिलते परदों के पीछे जंगली मुखौटों वाले डरावने चहरे थे।

सुबह सीपी ने अपने छोटे हाथों से मम्मा का चेहरा छुआ। टीना को समझ नहीं आया कि वह कैसे रिएक्ट करे। सामने कुर्सी पर अवनीश बैठा था। उन दोनों के बीच रखी हुई ड्राईंग टेबल पर चाय के दो प्याले सॉसर से ढककर रखे हुए थे।

अवनीश ने पूछा नहीं, टीना ने हाथ बढ़ाया नहीं। चुप्पी में वक़्त ने भी न सरकने की क़सम खा ली थी। आख़िर टीना ने सीपी को गोदी में लिया और मकान मालकिन के पास चली गयी। विधु के मम्मी-पापा के बीच बैठकर टीना

ने महीनों से पसरी उदासी के सबब को कच्चे सूत की पूली की तरह खोलना आरंभ किया। टीना की उदासी आंटी के चेहरे पर आकर बैठ गयी। आशंकाओं के रंग उतरने-चढ़ने लगे।

टीना सदा ही विधु की मम्मी को आंटी कहा करती थी किंतु आज चेहरे पर लटके चिंताओं के जाले के पार उसे ख़ुद की माँ बहुत याद आने लगी। घुघुतिये पकाती, काग बुलाती, पहाड़ पर कोई सफ़ेद रंग देखकर देवियों का आह्वान करती, शहरी लोगों को गाँव में ले आने वाली मोटर गाड़ियों को कोसती हुई माँ। आँखें छलक उठी। आंटी ने टीना को इस तरह थामा जैसे उनकी अपनी बेटी विधु पर कोई संकट आन पड़ा हो। उनके लिये वे दोनों भी बेटे-बेटी जैसे थे पर आज अवनीश पराया हो चुका था। एक माँ जिस तल्ख़ी को हमेशा छुपाकर रखना चाहती है, वही उसके होंठों पर आ गयी- "विधु, अवनीश को नीचे बुला के ला।" विधु सीढ़ियाँ चढ़ी और उसके पापा कमरे से बाहर चले गये।

अवनीश ने आते ही आंटी को नमस्ते किया और कुर्सी पर बैठ गया। सब चुप। दोपहर आने को थी मगर लगता था कि इस घर में आज अभी सुबह हुई ही नहीं है। "बेटा मेरा कोई हक़ तो नहीं है मगर फिर भी कहती हूँ कि ये ग़लत बात है।" एक माँ का क्षोभ इसी रूप में व्यक्त हो सकता था। वह इससे ज़्यादा कुछ कह न सकती थी।

अवनीश का स्वर आर्द्र था मगर ज़रूरी शब्दों को सिलसिले में लाना काफ़ी मुश्किल था- "आंटी, आपने आज से पहले कभी मेरे बारे में ऐसा सोचा क्या? नहीं ना...पर अब ऐसा हमेशा सोचा जा सकता है। मुझे पता है टीना को प्रॉबलम क्या है, मैं रात को देर से घर पहुँचता हूँ, मैं इसको समय नहीं दे पाता हूँ। मैं सवेरे से रात ग्यारह बजे तक सर-सर कहते हुए रोज़ जीता हूँ, किसके लिये? इसको नहीं पता कि आजकल घर से बाहर पैर रखते ही आपके पास सोचने की फ़ुरसत ही नहीं होती, कौन ये नोट करता रहे कि कौन आदमी है और कौन औरत... साथ में काम करते हैं तो मदद भी करनी पड़ती है। जहाँ चार लोगों से आपकी बनती है तो पाँच बेवजह आपसे जलते हैं। कल रात को एक बेवक़ूफ़ ने नशे में कुछ बक दिया तो..."

विधु चाय ले आई। ड्राईंग हाल में ख़ामोशी थी। आंटी के चाय के प्याले

से चाय सुड़कने का जो स्वर आता उसके सिवा कोई आवाज़ न थी। बाक़ी सब सभ्य और शालीन थे।

अब घर में एक सीपी और दो यंत्र थे। खाने की मेज़ थी। साफ़-सुथरे बर्तन थे। चाय की प्यालियाँ थीं। ताज़ा संतरे थे। रंगीन कपड़े थे। टायलेट से आती लेवेंडर की महक थी। एक आदमक़द आईना था लेकिन उसमें कोई चेहरा न था। खिड़की से बहती हवा उन यंत्रों से कम बासी थी। घर में ही फु टपाथ और हाईवे बन गये थे, जहाँ कोई किसी से टकराता न था। दो और दिन बीत जाने के बाद समय पानी की तरह कुछ उड़ा तो काई भी सूखने लगी।

आंटी और विधु आते थे। वे चाहते थे कि बोलचाल फिर से शुरू हो सके। हुआ कुछ नहीं बस वक़्त बीतता रहा। टीना रसोई में होती तो अवनीश बालकनी में, अवनीश कभी रसोई में होता तो टीना सीपी को लेकर नीचे आंटी के पास।

पाँच दिन बाद टीना होटल पहुँच गयी। बाँस की खप्पचियों पर बँधे हुये तिरपाल से बनी अनेक घरों की कच्ची बस्ती खुले मैदान में फैली थी। उन्हीं घरों के आगे तीन पत्थरों से बने चूल्हों से धुआँ उठ रहा था। फटे-पुराने जूतों से खेलते हुए आवारा कुत्तों, कुछ एक मुर्ग़ियों की टहल के ऊपर एक महल खड़ा था। एक तरफ़ ज़िंदगी की बिसात पर समेटने के लिए कुछ न था, दूसरी तरफ़ हज़ार चीज़ें थीं। ऐसी चीज़ें कि जिनका मौत के बाद यहीं छूट जाने का अफ़सोस दिल में रह जाए। एक तरफ़ कीचट से सने फटे-पुराने लीरे थे और दूसरी तरफ़ रजवाड़ी वेशभूषा से सजे हुए कारिंदे। ऐसा इस अद्‌भुत ख़ूबसूरत दुनिया में ही संभव था।

दरबान आगंतुकों को देखकर अभिवादन में अदब से झुके जा रहे थे। लाल मखमली कारपेट पर चलकर वह जिस चेंबर में खड़ी थी, वह आधुनिक था। इस चेंबर तक आने से पहले उसने दो लड़कियों को देखा। वे अर्धवृत्त ाकार टेबल के पीछे खड़ी हुई थी। उन्होंने हल्के नीले रंग की क़मीज़ पहनी थी। इससे भी ज़रूरी चीज़ जो पहनी हुई थी, वह थी मुस्कान। टीना ने सोचा कि घर जाते ही ये लड़कियाँ कितनी बदल जाएँगी। ये भी उतनी ही मामूली होंगी जितना कि हम सब होते हैं।

इस कमरे में दीवार पर कुछेक पुरानी तस्वीरें थीं। इन तस्वीरों में मूँछों वाले ठाकुर गंभीर बैठे थे। उनकी इस गंभीरता को देखते हुए लगता था कि जैसे उन सबको भी टीना की तकलीफ़ का अहसास हो गया था। बढ़ते हुए इंतज़ार में ख़याल आया कि हो सकता है कि ये सब ठाकुर इसलिए गंभीर हैं कि एक औरत शिकायत करने की हिम्मत करके यहाँ तक चली आई है या फिर हो सकता है कि वे उस नाकाम आदमी के बारे सोच रहे थे, जिससे एक औरत क़ाबू में नहीं रखी जाती। टीना का मन अजीब-सा हो गया। उसने सोचा कि यहाँ नहीं आना चाहिए था। उसने फ़ैसला हालाँकि कई दिनों के सोच-विचार के बाद ही लिया था मगर जाने क्यों ये फ़ैसला अब फ़ालतू जान पड़ रहा था।

टीना का इंतज़ार ख़त्म हुआ। लकड़ी पर खुदाई करके बनाये गए जालीदार ख़ूबसूरत पार्टीशन के पीछे से निकलकर एक अंग्रेज जैसा दिखने वाला आदमी आया। बैठिये, ऐसा कहते हुए ख़ुद रिवाल्विंग चेयर पर बैठ गया। टीना ने नमस्ते किया और कहा-" सर, अजय सिंह जी से मिलना चाहती हूँ।"

वह आदमी मुस्कुराया और बोला-" मैं ही हूँ।"

टीना के हाथ में रोज़गार की कोई दरख़्वास्त न थी और दिल के ज़ख़्मों को लिखने की स्याही उसे मिली नहीं थी। विस्मित नेत्रों से कुछ पल देखने के बाद टीना ने कहा- "मैं आपका अधिक समय नहीं लूँगी। एक निवेदन लेकर आई हूँ अगर आप मान लेंगे तो आभारी रहूँगी।" फिर थोड़े से विराम के बाद कहा -"मेरे पति अवनीश आपके होटल में काम करते हैं। मुझे लगता है कि यहीं पर अपने साथ में काम करने वाली किसी लड़की के क़रीब हैं। मैं चाहती हूँ कि..."

अजय सिंह ने चिंतित मुद्रा में कहा- "हमारी नज़र में अवनीश ऐसे नहीं हैं। फिर भी आप बतायें कि लड़की कौन है हम उसे कहीं और भेज देंगे।"

कातर आँखों से एक हिरण टीना को लगातार देख रहा था। उसकी सिर्फ़ मुंडी सही-सलामत थी। बाक़ी खाल दीवार पर टँगी हुई थी। हिरण अगर शिकार न होता तो एक दिन बूढ़ा होकर शिकारी कुत्तों द्वारा मार गिराया जाता। कोई उसे देखने वाला कहाँ होता! राजसी घराने के शिकारियों ने उसे अमर कर दिया था। वह कई सालों से दीवार पर शान से लटका हुआ था। उसकी आँखें

जाने कितने ही सालों को गुज़रते हुए देखने का मज़ा ले रही थी। जंगल की बेकार दुनिया से ये जगह कितनी साफ़-सुथरी और सुंदर है। उस हिरण को देखते हुए टीना ने कहा- "मुझे लड़की से कोई शिकायत नहीं है। आप कृपया अवनीश को अगले महीने से न आने के लिये कह दें।"

"आप कुछ काम करती हैं?"

"नहीं, शादी से पहले एमबीए की थी। उसके बाद वॉस्कोकैम में काम करती थी। अवनीश के कहने पर छोड़ दिया था।"

"तो आप नहीं चाहती है कि अवनीश यहाँ नौकरी करें?"

"जी हाँ..."

"फिर आपको मेरा आभार नहीं ढोना पड़ेगा क्योंकि वह चार दिन पहले ही रिजाइन लिखकर दे चुका है। एक सफ़ेद काग़ज़ पर कोई पहचानी-सी लिखावट उसके सामने अजय सिंह के हाथ में हवा के साथ हिल रही थी।

टीना को याद नहीं रहा कि आभार व्यक्त कर के उठा जाए।

टीना लाल कार्पेट के क़दमों में बसे हुए झुग्गी वालों जैसा आज़ाद महसूस करने लगी। उसने चाहा कि वह पथरीली मुख्य सड़क से उतरकर बाँस पर बँधे हुए तिरपाल वाले किसी घर के पास बैठ जाए। उसे लगा कि ज़िंदगी को जीने के लिए सिर्फ़ अवनीश की ही ज़रूरत है। सड़क के किनारे एक नौजवान औरत काष्ठ कला के एंटीक पीस बेच रही थी। उसके पास ही लाल रंग के ओढ़ने से बने झूले में कोई नन्हा बच्चा झूला खा रहा था। गर्मी थी, उमस भरी गर्मी। सावन सूखे ही रहते हैं। यहाँ बारिश किसी प्यास का ही नाम है। आज लग रहा था कि काले-भूरे उमड़ते हुए बादल बरस सकते हैं। टीना पैदल ही चलती रही। उसके साथ कितने ही ख़याल भी चलते रहे। वह थोड़ी आसान थी, थोड़ी ख़ुश भी।

घर के दरवाज़े पर खड़ी विधु ने देखा। दूर से वही पुरानी दीदी चली आ रही है। आँगन में आते ही अचानक तेज़ फुहारें गिरने लगीं। विधु ने टीना का हाथ पकड़ा और बाहर खुले आँगन में खीच लिया। टीना भीगे जा रही थी। विधु ने मुट्ठी भर पानी टीना की ओर उछाल दिया तो वह मुस्कुराने लगी। बालकनी से अवनीश ने देखा चमेली के सफ़ेद फूल बारिश में धुलकर कुछ और खिल गये हैं।

विधु जोर से चिल्लाई- "दीदी बारिश की ख़ुशबू कितनी अच्छी है!"

टीना ने कहा- "पगली ये मिट्‌टी की ख़ुशबू है, बारिश ने तो सिर्फ़ याद दिलाई है।" बदन से चिपकी हुई भीगी साड़ी में टीना ऊपर आई। अवनीश उसे देख रहा था। टीना ने उसे नज़रअंदाज़ किया और भीतर चली गयी। टीना ने भीतर से आवाज़ लगाई- "सारे टॉवेल किधर हैं?"

अवनीश ने ख़ुद को यक़ीन दिलाया कि टीना ने उसी से पूछा है। बारिश और तेज़ होने लगी थी।

रेगिस्तानी मकड़ी के जाले

दीवार में बनी हुई खिड़की अच्छी थी। उसमें से रह-रहकर हवा का झोंका आता था। खिड़की में लगी हुई लोहे की सलाख़ें भी अच्छी थीं कि इस रास्ते कोई अंदर नहीं आ सकता था। अचानक कोई घुस आता तो जाने क्या-क्या सुन-पढ़ लेता। खिड़की से आते प्रकाश के अलावा दरवाज़े के नीचे से भी एक लकीर आ रही थी। दो रास्तों से आते प्रकाश के मिलन के स्थान पर आँगन में बैठी हुई मक्खियों के पर चमक रहे थे। स्टील की कटोरी के आस-पास कुछ एक मक्खियाँ फेरा देकर कुछ दूर बैठ जातीं। अभी-अभी सीमा ने गरम चाय लाकर रखी थी। चाय की दो कटोरियों को माँ और किरते के बीच रखकर वह वापस बाहर चली गयी थी। उसे चला ही जाना चहिये था कि बड़ों की बातों को कान न देना एक अच्छी लड़की होने के लिए ज़रूरी था।

किरते ने अपनी जेब में पॉलिथीन का वह टुकड़ा वापस रखा जिसमें शक्कर की चाशनी में अफ़ीम का दूध घोलकर बनायी हुई डलियाँ रखी थीं। चाय की कटोरी को किनारी से पकड़े हुए उसने सीमा की माँ की आँखों में देखा। वहाँ कुछ नहीं था। जहाँ कुछ नहीं होता, वहाँ कुछ समझ नहीं आता।

कुछ न होना बहुत सारी आशंकाएँ पैदा करता है। सीमा की माँ की आँखों में इस कुछ न होने ने किरते को फिर उलझन में डाल दिया था। किरता मेधावी था। वह उलझनों से निकलना जानता था। उसने दसवीं की परीक्षा को पैंसठ फ़ीसद अंक लेकर पास किया था। ये उस वक़्त की बात है जब गाँव के स्कूल में कुल चार मास्टर थे और स्कूल के सिवा कहीं कोई पढ़ने का ठिकाना न था। दस साल पहले तक थर्ड डिविज़न में पास हुए लोग भी सरकारी नौकर हो गए थे। वह तो पहली डिविज़न में दसवीं पास हुआ था। उसके हाथ में भी कोई अच्छे जीवन की लकीर होनी चाहिए थी। लेकिन उसके हाथ में एक दोस्त के होने की लकीर थी। उस दोस्त का नाम था रामा राम और वह उससे उम्र में पाँच साल बड़ा था। रामे ने आठवीं तक ही पढ़ाई की थी। स्कूल छोड़ देने के बाद वह किराये की जीप चलाने लगा था। इधर किरते के अच्छे नंबर आये और उधर उसने कहा चल घूमकर आते हैं। वह अपने दोस्त के साथ चित्तौड़गढ़ गया था। यह एक ऐसी यात्रा थी जिसने उसके जीवन की गाड़ी को दूसरी पटरी पर डाल दिया था। उस यात्रा से ही किरते ने दुस्साहस का पाठ पढ़ा था और फिर वह दुस्साहस का दीवाना हो गया था। चित्तौड़गढ़ जाने का मतलब था कि मध्य प्रदेश के आसपास पहुँच जाना। इसका एक ही मक़सद होता था अफ़ीम और पोस्त चूरे की तस्करी करना।

किरते के सुनहरे जीवन के सामने से काली बिल्ली की तरह पुलिस की जीप रास्ता काट गई थी। तीन किलो अफ़ीम का दूध गाड़ी में छुपाकर रखा हो और पास से पुलिस की हवा गुज़र जाये तो सब हवा निकल जाती है। बाक़ी हवा जोधपुर सेंट्रल जेल की खानी पड़ती है। रामे की पीठ पर असंख्य काले नाग सरसराने लगे। किरता कच्ची उम्र में इस ख़तरे को नहीं समझता था तो उसने जीप को खेल की तरह दौड़ाया। इस भागती हुई गाड़ी के साथ सुखमय जीवन का रास्ता पीछे छूट गया। वह गाड़ी को भगाता रहा। किरते के भीतर एक रोमांच अँगड़ाई ले चुका था। उसे इस वास्तविक किंतु काल्पनिक लग रही दौड़ में मज़ा आने लगा। उसने तीन सौ पाँच किलोमीटर की दूरी को मात्र पौने तीन घंटे में नाप लिया। इसके बाद से ज़िंदगी में हर किसी से आगे निकल जाने की होड़ शुरू हो गई। उसने पढ़ना छोड़ दिया और फुल टाइम अफ़ीम का तस्कर हो गया था।

ज़िंदगी का रोमांच अक्सर सुखद हो ज़रूरी नहीं होता। कई बार एक थकान घेर लेती है। आदमी भँवर में घूम रही वस्तु होकर रह जाता है। इस समय किरता ख़ाली सूखी आँखों के भँवर में पड़ा हुआ था। लोगों के हिसाब से उसने गले में चूसी हुई हड्डी लटका रखी थी। किरते ने जेब में अफ़ीम वाला पॉलिथीन रखकर चाय की कटोरी उठाते हुए कहा- "मैं कबसे यही बात कह रहा हूँ।" चाय का एक छोटा-सा घूँट उसके मुँह में घुलता रहा।

"भूल मत जाना, लड़की कुछ भी कर सकती है। वह अपने लिए हम सबको भी बर्बाद कर देगी।"

सीमा की माँ ने उसकी आँखों के सामने फिर से अपनी ख़ाली आँखें कर दी- "तो ये ठीक है कि मैं जानते-बूझते हुए अपनी बेटी को..."

किरते के चेहरे पर चिढ़ उतर आई- "तो क्या इंतज़ार करें कि इसका बाप आये और ये सब खोल-खोलकर सुनाना शुरू करे!"

विषय बहुत बोझिल था। ऐसा कि हर एक बात कहते ही कोई-न-कोई उखड़ जाता। कमरे में आ रही हवा नाकाफ़ी थी। सीमा की माँ के लिए किरता अच्छा या बुरा आदमी नहीं था। बस एक मजबूरी था। वह ऐसी जगह खड़ी थी, जहाँ किरता ये आभास देता था कि वह गिरने नहीं देगा। उसे इस जगह पर खड़ा भी किरते ने ही किया था।

चेहरे पर दो बड़ी हड्डियाँ बाहर निकली हुईं, पतली ठोढ़ी और पतले-से होंठ चेहरे के किनारों तक फैले हुए। सीमा की माँ गहरा गुलाबी ओढ़ना ओढ़े हुए दीवार से थोड़ा हटकर बैठी हुई थी। किरता खिड़की के पास चारपाई पर बैठा हुआ था। मक्खियाँ हर जगह की छानबीन करती हुई उड़ रही थीं। वे अनचाहे सवालों जैसी थीं जिनसे हर कोई बचना चाहता हो। सीमा की माँ ने कहा- "ठीक है, सही तो कर देगा ना?" किरते का चेहरा हल्का हो गया- "उसके ससुराल वाले मान जाएँगे, गौना हो गया तो फिर बाई का भाग बाई के साथ..." वह उसी तरह का फ़ील करने लगा जैसा पुलिस की गाड़ी से बचकर ठिकाने लग जाने पर किया करता था। उसने ठसक से उठते हुए अपने कुरते का ऊपर वाला बटन बंद किया और घर से बाहर निकल गया।

उसने ख़ुद से दसवीं की परीक्षा पास करने के तुरंत बाद सीखी वही पुरानी बात दोहराई- हाँ, हर उलझन का अंत होता है। वह अब अट्ठाईस साल

का नौजवान आदमी था। उसके सामने मुश्किलें बौनी थीं कि अब तक जाने कितनी बार उलझनों के भँवर में फँसकर भी ख़ुद को किनारे लगा लिया था।

हाउसिंग बोर्ड की चौथी गली में बने हुए सीमा के घर के सामने वाले घर में जीतू नाम का अट्ठारह साल का लड़का रहता था। फ़रिश्तों ने कोई जादुई शक्ति जीतू को दे रखी थी। सीमा को परियों ने मोह लेने का हुनर दे रखा था। जीतू हर शाम को अपने घर की छत से आश्चर्यों को सजीव घटित होते हुए देखा करता था। उसकी छत से पड़ोस के घर का स्नानघर साफ़ दिखा करता था। उसका दरवाज़ा खुलते ही स्नानघर चौबीस इंच के टीवी में बदल जाया करता। पहली बार सिर्फ़ इतना हुआ था कि एक लड़की ने दरवाज़ा खोला और झट से बंद कर लिया था। वह पहली शाम थी, जब दोनों ने एक-दूसरे को देखा था। उस शाम के बाद से एक सिने तारिका हर शाम को नहाया करती। एक अभिनेता शाम होने का इंतज़ार किया करता था।

उन दोनों के बीच बहुत दूरी थी इसलिए स्नानघर में खड़ी हुई सीमा छत पर बैठे हुए जीतू के इशारों की नक़ल करती थी। दोनों संकेतात्मक भाषा से स्वयं को अभिव्यक्त करते थे। इस बेतार के संवाद और मूक अभिनय में अप्रत्याशित आनंद मिला करता था। आनंद के अतिरेक में जीतू ने अपना कुरता उतारा। लड़की ने वक़्त ज़रूर लगाया पर उसकी नक़ल उतार दी। फिर इधर जीतू ने अपनी बनियान को उतारने की भंगिमा बनायी उधर लड़की का कलेजा मुँह तक आ गया। "कहत नटत रीझत खीजत मिलत खिलत लजियात, भरे भौन हूँ करत है नैनन ही सौं बात" ये दोहा बिहारी ने राधा और कृष्ण के लिए लिखा था परंतु जीतू और सीमा के लिए भी बराबर काम आता था।

कवियों और शायरों को कोसने वाला अगर ये दृश्य देख रहा होता तो उनका शागिर्द हो जाता। जीतू रूठने का ड्रामा करके मुँह फेरकर बैठ जाता। थोड़ी देर बाद वह फिर से स्नानघर की ओर देखता। प्रेम के बाण बहुत नुकीले होते हैं। वे हर सख़्त चीज़ को बींध जाते हैं। जीतू रूठा हुआ बैठा था। उसे मनाने के लिए आख़िर सीमा ने हामी भरी। जीतू की साँसें बेलगाम हो गईं। उसकी धड़कनें बेक़ाबू हो गईं। वह मुस्कुराने लगा। टीवी के परदे पर दृश्य बदलने को ही था कि सीमा ने चिढ़ाने का इशारा करते हुए स्नानघर की बिजली

बंद कर दी।

उन दोनों को ही याद नहीं था कि एक-दूसरे को एकटक देखते हुए पहले किसने देखा था। बहुत पुरानी बात नहीं थी। ये पिछली सर्दियों में शुरू हुआ था और तीव्र चाल से यहाँ तक पहुँच गया। कुछ पत्रों का आदान-प्रदान हुआ। उनमें सस्ती शेर-ओ-शायरी, सुनी हुई कविताओं के टूटे हुए वाक्य और कुछ फ़िल्मी संवाद थे किंतु इनका असर किसी महाकवि के खंड-काव्य से भी गहरा था। यह एक प्रेम की ठोस शुरुआत थी।

हाउसिंग बोर्ड की इस कॉलोनी में आधे मकान ख़ाली पड़े हुए थे। जिन घरों के आगे दरवाज़े नहीं थे, वे नन्हे बच्चों के शौचगाह थे। कुछ जिनकी खिड़कियाँ भी ग़ायब थीं, उनमें कुत्ते और सूअरों का वास था। सीमा के सामने वाला घर सही-सलामत था। उस घर के अंदर दो कमरों के दरवाज़ों पर मकान मालिक ने ताला लगा रखा था। खुले चौक में सीमा की माँ ने बकरियों के लिए चारा रखा हुआ था। जानवरों के लिए रखे हुए चारे के पास ही एक 'ढाई दिन के झोपड़े' की परंपरा का अधूरा-सा कमरा था। यानी दीवारें थीं, दरवाज़े न थे। कोने थे मगर छुपने लायक़ कोई जगह न थी।

स्नानघर से बेज़ुबान फ़िल्मों जैसे नज़ारे देखते-देखते ऊब होने लगी। प्रेम का बिरवा बढ़ता ही जाता है। वह अपने आस-पास की हर एक चीज़ पर पसर जाना चाहता है। प्रेम ज्यों-ज्यों फैला, वे दोनों त्यों-त्यों सिमटकर क़रीब आते गए। दो-तीन महीने बाद प्रेम की दूसरी सीढ़ी वही कमरा बना। दिन के ठीक तीन बजे वहीं मुलाक़ात होती। छोटे क़स्बों में दोपहर का ये समय आराम का होता है। लिहाज़ा महीने भर तक दस से पंद्रह मिनट की संक्षिप्त मीटिंग्स वहाँ होती रही थी। इस मीटिंग के दौरान सीमा एक भी शब्द नहीं बोलती। जीतू ही बोलता। वह भी 'आई लव यू' जैसे कोई दो-एक बीज वाक्य थे, जिनको दोहराता रहता था। सीमा अपनी आँखों से बहुत कम इशारे करके उपस्थिति को सजीव बनाती। दोनों एक-दूसरे को पास में पाकर असीम आनंद का अनुभव किया करते। बाहर गली में किसी के आने की पदचाप या किसी भी तरह की आहट, उनके लिए तुरंत कल का शेड्यूल तय करती और अवसर देखकर दोनों विदा हो जाते।

उस दिन घर से चाय-अमल लेकर निकला किरता मुख्य सड़क से होता हुआ टैक्सी स्टैंड पहुँच गया। यहाँ किराये पर चलने वाले चार पहिया वाहनों का जमावड़ा रहता है। रेगिस्तान में सड़कों की कमी है। लोग गाँव की जगह ढाणियाँ बनाकर रहते हैं। सुख-दुःख में परिवार सहित कहीं आने-जाने के लिए यही स्टैंड और यहाँ खड़ी रहनी वाली गाड़ियाँ ही आसरा हैं। शहर में ज़्यादा गाड़ियाँ मिल जाती हैं और गाँवों में दो चार। स्टैंड पर बने एक चबूतरे पर बैठे हुए ड्राइवरों के बीच बैठकर किरता सिगरेट पीने लगा। मौसम में उमस थी। क़तार में खड़ी गाड़ियों के शीशों से टकराकर आती हुई चमक थी। कोई हवा का झोंका आता और धूल को उड़ाकर चला जाता था।

किरते ने रामे को साथ लिया और उसकी नई गाड़ी में जाकर बैठ गया। वह चिंतित था। रामे ने पूछा- "है तो सब राज़ी-ख़ुशी?" सीट को पीछे की ओर करते हुए किरते ने कहा- "गोमाराम भोपा को लेकर आना है। अपने गाँव वाले फ़ौजी की बेटी बीमार है। उसको ख़ूब जगह दिखाया मगर कोई इलाज लग ही नहीं रहा। परसों रात को रोटी बनाते हुए चक्कर आया और वह गिर पड़ी। अच्छा हुआ पीछे की ओर गिरी वरना बेचारी का मुँह जल जाता।"

रामे को इससे सहमति नहीं हुई- "तूने अब तक कितने भोपे देखे हैं? और उनमें से कितने सही हैं, पता है तेरे को?"

किरते ने वैसे ही सीट पर अधलेटे हुए कहा- "सब कहाँ सही होते हैं मगर कुछ लोग ज़्यादा ही बदनाम कर देते हैं। महाराज भवानी गिरी जी को देखा न, वे सही आदमी थे।"

रामे ने ऐसे देखा जैसे बात ही पलट दी हो- "भवानी गिरी जी का ऐसे भोपों से क्या मेल है! वे साधु आदमी सिर्फ़ आशीर्वाद देते थे। उनकी मड़ी में तो ईश्वर का वासा था। ये गोमा तो हरामख़ोर आदमी है। इसने तो अपने ही परिवार में किसी को नहीं छोड़ा।"

किरता जैसे ये सब जानता था। वह उसी तरह अधलेटा पड़ा रहा- "दोस्त बात ऐसी है कि लड़की की उम्र हो गयी है सत्रह साल और उसकी शादी की हुई है। जिस घर में शादी की है, वे लोग लेकर जा नहीं रहे। उसका फ़ौजी बाप गौना करना चाहता है मगर चक्कर वाली बीमारी के कारण वे लोग ना-नुकर

कर रहे हैं। अब लड़की ने कुछ ऐसा किया है कि उसकी माँ परेशान हो रही है। उस बेचारी औरत को वह लड़की रोज़ रुलाती रहती है। आज लड़की की माँ ने मुझे रात भर सिरहाने रखी हुई गेहूँ की छोटी-सी पोटली दी है। ये आखे गोमे को दिखा देते हैं।''

रामे ने कहा- ''वो इस लड़की को खा जायेगा और मुझे कुछ पता नहीं। तेरे बहन नहीं लगती क्या वो लड़की?'' किरते ने झटके से सीट सीधी कर ली- ''तभी तो, गड़बड़ और है... लड़की बड़ी हो गयी है और पड़ोस ख़राब है। फ़ौजी साला पागल हो गया था, जो पढ़ाने के नाम पर बच्चों को यहाँ शहर लाकर पटक दिया। अब संभलते थोड़े ही हैं। यहाँ कौन कहने वाला और कौन सुने किसी की... सब मज़े लेते हैं। बिगड़ा हुआ खेल है सब''

रामे ने सिगरेट जलाई- ''मेरी बात मान ले टाबर को ख़राब मत कर। शहर में बैठे हैं, पढ़े-लिखे आदमी हैं और भोपों के चक्कर में पड़कर बरबाद होने जा रहे हैं। कल लोग कहेंगे ये ही अक्ल आई थी, पढ़ाई से... बाक़ी गाँव में भले ही कोई कुछ न कहे पर जानते सब हैं कि भोपे करते क्या हैं। बाक़ी तेरी मरज़ी।''

किरते के पास कोई रास्ता था ही नहीं। बीमारी के बारे में उनको मालूम था कि ये पूरी तरह से ठीक हो जाये कोई भरोसा नहीं है बस हर समय बीमार का ध्यान रखना पड़ता है। कभी दौरा आये छः महीनों में, कभी छः साल भी ना आये। इस वक़्त क ीज़रूरत है कि लड़की का गौना हो जाये। गोमा राम भोपे पर लड़की के ससुराल वालों का भी पूरा भरोसा है। इसलिए वह समझा भी देगा और उसकी बात वे टाल नहीं सकेंगे।

उन दोनों ने गाड़ी स्टार्ट की और गोमा राम के गाँव की ओर चल पड़े।

ढाई दिन के झोपड़े में दीवार का सहारा लिए सीमा खड़ी थी। उसके ठीक साँस सूँघने जितनी दूरी पर जीतू खड़ा था। दोपहर की गरम हवा खुले दरवाज़े से भीतर की ओर आ रही थी। कच्चे फ़र्श पर बजरी के दाने बिखरे थे। दीवार से सटी हुई सीमा की पीठ पसीने से भीगती जा रही थी। जीतू ने कंधे पर हाथ रखा तो पसीने से भीगे बदन पर कुरता चिपक गया। वह और क़रीब आया मगर सीमा ने टीवी सीरियल्स में देखे हुए दृश्यों की तरह उसके होंठों पर अपनी

उँगली रखकर उसका चेहरा दूर कर दिया। इसके बाद ख़ुद नज़रें झुका ली। वह पाँव के अँगूठे से बिखरी हुई बजरी को इधर-उधर करने लगी। वह ज़मीन पर कुछ लिख रही थी।

"क्या हुआ?" जीतू ने पूछा।

सीमा ने कहा- "मुझे कुछ अच्छा नहीं लग रहा।"

सीमा को क्या अच्छा नहीं लग रहा था, ये साफ़ शब्दों में बता पाना मुश्किल था। उसे कुछ ख़ास तरह के भय थे, जिनकी कोई निश्चित शक्ल न थी। वह जान रही थी कि उसे गाँव भेज दिया जायेगा। गाँव इसलिए भेजा जायेगा कि उसका गौना किया जा सके। अभी तक तय था कि ससुराल वाले तभी ले जाएँगे जब वह पूरी तरह से ठीक हो जाएगी। इसलिए उसे विश्वास था कि पापा जब तक नहीं चाहेंगे कोई उसे न भेज सकेगा। कल आख़िर पापा ने माँ से फोन पर कह दिया था कि अगर ससुराल वाले तैयार हो जाएँ तो हम कल गौना कर देंगे। ये तो ख़ुशी की बात है। इसके बाद रात भर उसे नींद नहीं आई थी। वह जीतू के साथ रहना चाहती थी। ऐसी कोई जगह नहीं थी जहाँ जीतू और वह रह सकें।

जीतू को एक बात मालूम थी कि सीमा के पास खड़े होने पर उसकी धड़कन बढ़ जाती है। सीमा को अपने साथ रखने के लिए उसके पास भी कोई जगह न थी। जीतू की शादी भी बचपन में ही हो गई थी। कल जाने क्या हो की तर्ज़ पर लोग सारे काम वक़्त से पहले निपटाने में यक़ीन रखते हैं। पिताजी ने उसकी शादी दस साल की उम्र में ही कर दी थी। उस दिन एक ही घर में चौदह शादियाँ हुई थीं। उसके सब भाई-बहन चाहे जिस उम्र के थे, शादीशुदा हो गए थे। शादी करके वापस आए और फिर गलियों में कंचे और गुल्ली-डंडा खेलने लग गए थे। कुछ दिन तक हलुए और तेज़ मिर्च वाले काले चनों की याद रही फिर सब बच्चे विवाह को लगभग भूल गए थे। सीमा की तरह उसका भी सिर्फ़ गौना होना बाक़ी था। कल पर भरोसा नहीं करने वाले पिताजी सचमुच पैंतालीस साल की उम्र में ही चल बसे। पिछले साल उनका एक्सीडेंट हुआ और फिर अस्पताल से घर लाने में सिर्फ़ आधा घंटा लगा। वह पिताजी की जगह पंचायत समिति में बाबू लगा हुआ था। उसको अपने लिए अपनी पसंद की लड़की चाहिए थी। वह सीमा से किसी भी सूरत में जुदा नहीं होना चाहता

था। उसके लिए यह सोच पाना भी कठिन था कि सीमा के बिना इसी घर, इसी गली और इसी दुनिया में कभी रह पायेगा।

"आईई..." एक हल्की चीख सीमा के मुँह से निकली और वह जीतू के चिपक गई। सीमा उसके गले में बाँहें डाले हुए लगभग उसकी गोदी में थी। एक बड़ी ऊँची-ऊँची टाँगों वाला पीले रंग का मकड़ा चला आ रहा था। उसकी चाल बहुत तेज़ थी। उसकी तेज़ चाल के कारण डर भी तेज़ी से आ रहा था। सीमा ने कहा- "देखो गेलड़!" जीतू ने देखा कि वह दूसरी तरफ़ जा रहा है। कमरे की दीवार के सहारे चलते-चलते वह खुली जगह से बाहर निकल गया। उसने सीमा को चूम लिया। "ये ऊँट मकड़ी है। इसकी लंबी टाँगों के कारण इसको पढ़े-लिखे लोग कैमल स्पाइडर कहते हैं। इसमें ज़हर भी होता है।" ऊँट मकड़ी ने उनको मूमल और महेंद्रा बना दिया था। मूमल और महेंद्रा की प्रेम कहानी के बारे में लोग इतना ही जानते हैं कि वे ऊँट पर दौड़ते फिरते थे। ऊँट पर ही बैठकर प्यार किया करते थे। वे दोनों एक-दूसरे से चिपके हुए ऊँट मकड़ी पर सवार थे। कैमल स्पाइडर जा चुका था मगर उसकी बेढब फुर्तीली चाल और ज़हरीला डर बचा हुआ रह गया था।

किरता गाड़ी लेकर घर के बाहर खड़ा था। उसके पास भोपे के द्वारा बताया हुआ सारा सामान था। इसमें स्त्री के शृंगार के सामान के अलावा मजीठी और कच्चा सूत भी था। सीमा के पापा छुट्टी लेकर आ चुके थे। उनको यह ज़रूरी काम निपटा देना था कि बेटी ससुराल चली जाये। अब यक़ीन हो गया था कि ये भोपा उनको मना लेगा। पूरा परिवार गाँव जाने को तैयार था। किरता गाड़ी चला रहा था और फौज़ी उसके बराबर वाली सीट पर बैठा था। सीमा माँ के साथ पिछली सीट पर थी। जैसे ही गाड़ी गली से बाहर निकली सीमा बेसुध होने लगी। उसे लगा कि अभी फिर से चक्कर वाली बीमारी आने को ही है। माँ ने उसकी इस हालत को देखकर मुँह फेर लिया। माँ को यक़ीन था कि वह नाटक कर रही है। जीतू के साथ वाली दुनिया पीछे छूट रही थी और साँस तेज़ होती जा रही थी। वह सीट पर लुढ़क गयी।

आज रात को भोपा को उसका इलाज करना था। पुश्तैनी घर से अलग

फाटक निकालकर हिस्से में आया एक कच्चा कमरा और दो झोपड़े, ये सीमा के फ़ौजी बाप का घर था। सीमा के बचपन की तमाम अच्छी-बुरी यादों की जगह। साथ में खेली-कूदी बहनों की यादें। वे सब जो उसकी हमउम्र थीं और कई सालों से ससुराल में रह रही थीं। याद आया कि जब वह ग्यारह साल की थी तब पहली बार उसका भोपे से सामना हुआ था। वह नहीं समझ पाई थी कि उसकी हरकतें क्या थीं किंतु अब उमर और किवाड़ों के बीच से दिखाई देते दृश्यों ने भोपे के उन कृत्यों से उपजे अनसुलझे सवालों को हल कर दिया था।

गाँव की कुछ औरतें भी भोपे की आमद की ख़बर पाकर दर्शन करने चली आईं। बहुत ही विनोद प्रिय, सहज ठहाके मारता, स्त्रैण गुणों से भरा, सबका दुःख दूर करने वाला कई देवी देवताओं का प्रिय भोपा सफ़ेद आसन पर बैठा हुआ सबके लिए सुख-वर्षा का आश्वासन बरसा रहा था। बातों के दौरान वह एक निश्चित समयावधि के पश्चात् एकाएक अकड़ जाता किंतु तुरंत ही किसी पिशाच से मुक्त होने जैसा अभिनय करता और फिर से सबको आश्वस्त करता- "मैंने ऐसे बहुत देखे हैं।"

बड़ी ही विद्रूप हँसी हँसता। उसके चेहरे की कुटिलता और मींची हुई आँखों से किसी भी भले इंसान को नफ़रत हो जाये। स्त्रियाँ उसे घेरे हुए बैठी थीं। गाँव की औरतें घर का धन थीं। इस धन के सुख और दुख को समझने की जगह गाँव वाले बेहतर उपयोग कैसे हो की परवाह करते थे। औरतें बीमार हो जातीं तो आदमी उनको शहर ले जाकर इलाज करवाने की जगह किसी झाड़-फूँक वाले के पास ले जाना पसंद करते। या फिर किसी देवस्थान की फेरी लगाना पसंद करते थे। इससे उनका काम खोटी नहीं होता था। ऐसी बीमार औरतों को जो ठीक करे वह ख़ुद देवता से कम थोड़े ही होता है। लेकिन भोपे देवता होने की जगह ख़ुद औरत हो जाना ज़्यादा पसंद करते थे ताकि दिन और रात औरतों के बीच इस तरह बस जाएँ जैसे बाजरे के साथ बाजरा मिल जाता है।

वह भोपा भी ख़ुद स्त्री सरीखा हो चला था। वह स्त्रियों के रूप में ढलकर सदा के लिए उनका हिस्सा हो चुका था। रात गहराने लगी, पड़ोस के सभी स्त्री-पुरुष अपने अपने घर चले गए, घरवालों ने ब्यालू (रात का भोजन)

किया। उसके बाद घर के बीच वाले आँगन में भोपा बहुत देर तक अपने पुराने क़िस्से सुनाता रहा। वे ऐसी औरतों के क़िस्से थे, जिन्होंने प्रेत बाधा से ग्रसित होकर जान दे दी थी। उन औरतों की रूहें कुँओं में उल्टी लटकी हुई थी। वे औरतें खेजड़ियों पर सांगरियाँ बन के लटकी रहती थीं और हर बार खेजड़ी पर चढ़ने वाले किसी-न-किसी को लात मारकर नीचे गिरा देती थीं। उनकी अकाल मृत्यु का डरावना वर्णन आसमान में खिले हुए चाँद को भी धुंधला कर देता था। अलौकिक शक्ति को न मानने वाले लोगों के भी क़िस्से थे कि वे किस तरह बरबाद हुए। इन बातों में आधी रात जा चुकी थी।

गोमा राम भोपे ने कच्चे कमरे में एक दरी और उस पर एक स.फ़ेद रंग का चद्दर बिछ्वा दिया। दरी के सामने दीवार थी। इस आसन पर सीमा के माँ और पापा को आमने-सामने बिठा दिया। उन दोनों के बीच में एक पीतल का बड़ा दीपक था। पास में घी की घिलुड़ी रखी थी। इस दीपक की बाती को सुबह होने तक अखंड जलाये रखना था। भोपे ने कुछ मंत्रों का पाठ किया और उन दोनों को सूत के धागे में गोल बाँध दिया। घर की बाक़ी औरतों को आँगन में लाल रंग के कपड़े ओढ़ा दिये गए। पुरुषों को स.फ़ेद रंग के बिस्तरों पर सर ढककर सुला दिया। उन सबके चारों तर.फ़ भी मंत्र-पाठ के साथ सूत के धागे से घेरा बना दिया।

ये घोषित कर्फ़्यू था।

शराब की बोतल, तंत्र सामग्री की आवश्यक वस्तु थी। भोपे ने शराब पीना शुरू कर दिया। वह शराब इसलिए पी रहा था कि होश में बुरी आत्मा से लड़ता तो पागल हो सकता था। घर के सब लोग बँधे हुए थे। सि.र्फ़ एक ही आदमी आज़ाद था गोमा राम भोपा। वह बोतल से गिलास भरता और कुछ बड़बड़ाता जाता। यूँ वह किसी आत्मा को युद्ध के लिए उकसाता हुआ प्रतीत हो रहा था। लेकिन सच में उसके भीतर भी कोई इंसान रहता होगा। उस इंसान को शायद अच्छे-बुरे का कुछ मालूम होगा। वह भी कभी प्रतिरोध में और कभी भय में कमज़ोर पड़ जाता होगा। इसलिए शराब सहारा थी। भीतर कहीं बचे हुए इंसान को मदहोश कर रही थी। अपने ही घर में स.फ़ेद क.फ़न ओढ़ी लाशों की तरह एक पंक्ति में मर्द पड़े हुए थे। वे मर्द जो परिवार की किसी बहन-बेटी की इज़्ज़त बचाने के लिए मौत से भी नहीं डरते।

कमरे में सीमा के माँ और पापा लगातार दीपक की अखंड जोत को साध रहे थे। ख़ाली झोपड़े में सीमा एक कोने में सहमी हुई बैठी थी। शराब के मद में भोपे ने बिना हिचक झोपड़े का दरवाज़ा बंद किया और सीमा से कहा- इस दरी पर आकर लेट जाओ। सीमा ने कोई जवाब नहीं दिया। भोपे ने उसका हाथ पकड़ा और उसके मुँह के पास अपना मुँह लाकर एक बहुत बुरी खद-बद करती हँसी उगल दी। अचानक से उसने सीमा की गरदन पकड़ी और ज़ोर से बोला- "बता चाहती क्या है?" उसने सीमा को उठाकर उस दरी पर लगभग पटक दिया। नशे में चूर एक पैंतालीस साल का अधेड़ और एक सत्रह साल की निरीह लड़की। जैसे एक ही बाड़े में बंद भेड़ और भेड़िया। मुर्दाघर में सीमा ज़ोर से रोने लगी। भोपा उसे छोटे बच्चे की तरह प्यार करने लगा। शराब की बोतल ख़ाली होकर लुढ़क गयी।

रेत के समंदर में सियार और उल्लू के बोलने की आवाज़ें रह-रहकर आ रही थीं मगर सुनने वाला कोई न था।

जीतू ने बहुत दिनों तक इंतज़ार किया। उसे मालूम हो चुका था कि सीमा के ससुराल वाले उसे लेकर जाने वाले हैं। वह चाहता था कि एक बार मिल सके। एक बार उसको बहुत सारा प्यार कर सके, नहीं एक बार बहुत सारी गालियाँ दे सके कि सीमा ने कुछ किया क्यों नहीं। कुछ ही दिन बाद क़िस्तों में सीमा का परिवार लौट आया। जीतू ने मिलने का प्रयास नहीं किया। वह सीमा से नाराज़ था, शायद ख़ुद से और ज़्यादा नाराज़। अब उसने लंच में घर आना छोड़ दिया था। वह सारे दिन पंचायत समिति के दफ़्तर में बैठा हुआ कुछ-न-कुछ सोचता रहता था। इसी सोच में रहा नहीं गया और दोनों के बीच आपस में बात हुई। सीमा ने मिलने से मना कर दिया।

बहुत दिनों तक फिर दोनों चुपचाप एक-दूसरे को देखते हुए निकल जाते पर देसी बबूल के काँटे से उपजी पीड़ जैसा प्यार था। इस दर्द को आसानी से भुलाया नहीं जा सकता था। वही ढाई दिन का झोपड़ा फिर से एक और मुलाक़ात का गवाह बना। जीतू पूरी तरह से मन बनाकर आया था कि सब कुछ ख़त्म कर देगा। चुप से दोनों एक-दूसरे को देखते रहे...

फिर एक नया अचंभा देखा जीतू ने। सीमा बोल पड़ी- "मुझे मालूम है

तुम क्यों मिलना चाह रहे थे। तुम्हें शायद ये मालूम नहीं कि हुआ क्या है?''

सीमा चुप हो गई। पहले हुआ करने वाली प्यार की चुहल और छेड़ने के लिए बेताबी जीतू में नहीं थी ना ही सीमा को सूझ रहा था कि आज जीतू छेड़े और वह मीठा-मीठा-सा प्रतिरोध करती हूई समर्पण कर दे। वे दोनों एक-दूसरे को बाँहों में भर लें। जीतू की चुप्पी क़ायम थी। सीमा रो लेना चाहती थी मगर वह रो ना सकी कि अब वह बड़ी हो चुकी थी।

''जब मैं सात-आठ साल की थी, तब पापा साल भर बाद छुट्टी आए थे। पापा के आने की ख़ुशी में, मैं बहुत देर रात तक सो न सकी थी। मैं जाग रही थी और मेरी माँ पापा के आगे मन्नतें कर रही थीं। मुझे अपने साथ ले चलो। मुझे यहाँ नहीं रहना। आपके बिना सब पराये हो जाते हैं... माँ की सब बातें अनसुनी हो गईं। जब पापा के वापस लौटने का दिन आया, तब भी माँ रोती रही और पापा हमको साथ नहीं ले गए।'' हर मुलाक़ात में सीमा की चुप्पी, आँखों में झाँकती शरारत, हद से बढ़ने पर डाँटती निगाहें और असीम प्यार के सिवा जीतू को कभी कुछ दिखाई नहीं दिया था। वह सीमा को बोलते हुए सुन रहा था।

''माँ का दुःख क्या था, ये मुझे एक रात खुली रह गई खिड़की ने बताया। माँ मेरे एक चचेरे ताऊ से लड़ रही थी। वे माँ को जबरन खींच रहे थे और माँ हाथ जोड़ रही थी। उस रात के बाद माँ रोई नहीं। ये आख़िरी बार का रोना था। इन ताऊ के कहने पर ही पापा हम सबको अपने साथ नहीं ले गए थे। उस रात के बाद मैंने देखा था कि सबकी निगाहें एक जैसी हो गई थीं। हर कोई लार टपकाता हुआ आता। एक दिन ये किरता भी आया। उसने कहा फ़ौजी को ख़बर करनी पड़ेगी मामी।''

जीतू और सीमा बजरी वाले फ़र्श पर बैठे हुए थे। सीमा ने बताना जारी रखा- ''माँ ने किरते से कहा- जा ख़बर कर। वह कमीना कहीं नहीं गया। जब उसका मन होता यहीं आ जाता था। मैंने एक दिन माँ से कहा कि मैं बताऊँगी पापा को... उस रात मुझे इन दोनों ने मिलकर बहुत पीटा था। उसने मेरे हाथ पकड़कर रखे और माँ ने चोटी पकड़कर मारा। मुझे कई दिनों तक एक ही कमरे में बंद रखा।'' सीमा रोने लगी। ''मैं जिस दिन वापस आई, सारे दिन यहीं तुम्हारा इंतज़ार करती रही मगर तुम नहीं आए। मेरे पापा ने मेरी माँ की

बात नहीं सुनी थी फिर तुम्हारी मैं लगती क्या थी जो तुम आते!"

जरा रुककर सीमा ने कहा- "जीतू तुम्हें पता है, देवता और राक्षस होते हैं, लेकिन वे कहीं बाहर से नहीं आते बल्कि हमारे रिश्तेदार ही होते हैं, जिनको कभी हम पहचान नहीं पाते तो कभी हरा नहीं पाते..."

सीमा चुप हो गई।

कल तक झील के किनारे उग आई मख़मली दूब पर फैली लताओं से घिरा स्वर्ग का कोना लगने वाला ये ढाई दिन का झोपड़ा, अब एक सूख चुके कँटीले जंगल-सा लगने लगा। जहाँ मुर्दा सपने चमगादड़ों की भाँति उल्टे लटक रहे थे। उनके मुँह में सुर्ख़ जोड़ों की चिंदियाँ लटकी थीं। ऐसा लग रहा था कि सूखे पेड़ के तनों से कुछ लाल-लाल-सा रिस रहा है। वे दोनों चुपचाप एक-दूसरे का सहारा लिए हुए बैठे थे कि बाहर पदचाप सुनाई दी। वे अलग नहीं होना चाहते थे। वे यहीं इसी लम्हे को रोककर रख लेना चाह रहे थे। मगर क़दमों की आवाज़ बढ़ती आ रही थी। दोनों को लगा कि स्पाइडर कैमल की फौज़ बेढब चाल से तेज़-तेज़ चली आ रही है। किवाड़ और खिड़की पर लगे मकड़ी के जालों का आकार बढ़ता ही जा रहा है।

सड़क जो हाशिये से कम चौड़ी थी

ऐसा कैसे हो सकता है? ये सोचता हुआ महीप सिंह इधर-उधर देखता हुआ अख़बार ढूँढ़ने लगा। वह अभी-अभी ही जागा था और मुँह धोने से पहले ही सोच में डूब गया था। बच्चों की नींद अभी खुली नहीं थी। वे आँगन में घड़ी की सुइयों के रूप में अलग-अलग दिशाओं का बोध कराने की स्थिति में सो रहे थे। रात होते ही बच्चे सोने के लिए अपनी पसंद की जगह बताना शुरू कर देते। सुबह वे हमेशा कहीं और ही मिलते। महीप ने सोचा कि बच्चे रात को सोते समय घूर्णन क्यों करते हैं? कहते हैं कि इंसान मरने के बाद तारा बन जाता है तो क्या ये बच्चे कोई नक्षत्र हैं, जो हमारे घरों में उतर आते हैं और अपनी स्थिति बदलते रहते हैं। जब तक कि हम उनको हमारे जैसा ना बना दें।

महीप तीस साल का एक नौजवान है। उसके जीवन में अब तक घटित सभी घटनाएँ बहुत सामान्य हैं। वे किसी भी तरह से रोचक नहीं हैं कि उनके बारे में बातें की जाएँ या उनको डायरी में दर्ज कर लिया जाए या फिर किसी आत्मकथा के क्षेपक के रूप में सँजोया जा सके। वे उतनी ही सामान्य हैं

जितनी कि एक आम आदमी की हुआ करती हैं। उसकी स्मृति में दो-तीन बातें बची हुई हैं। स्कूल के गेट पर हुई एक संक्षिप्त-सी लड़ाई, चिड़िया के घोंसले को देखते वक़्त एक अंडे के गिरकर फूट जाने से जन्मा अपराधबोध और पहाड़ी वाले मंदिर के रास्ते में बने बरसाती तालाब में डूबते, मुहल्ले के एक बच्चे की आख़िरी तस्वीर।

इन दो-तीन बातों से उसका गहरा जुड़ाव शायद इसलिए है कि ये सब अनचाही घटनाएँ हैं। हम सब अपने जीवन में घटित अनचाही चीज़ों को कभी भूल नहीं पाते हैं। ऐसा ही होता है कि जिन अच्छी बातों के साथ ख़ुश रहना चाहिए वे छू-मंतर हो जाती हैं और सारी बेकार चीज़ें पीछा करती रहती हैं। महीप के पिताजी के हिसाब में भी ऐसे अनेक चेहरे हैं, जिनसे उनको बहुत पछतावा है। वे अक्सर उदास होकर कहते हैं- "अरे क्या-क्या नहीं किया उसके लिए, भूखों मर रहा था तब उसे काम दिलवाया। रहने को ज़मीन का टुकड़ा दिलवाया और उसके लिए लड़की वालों को मनाया। परोपकार की यही क़ीमत मिलती है।"

अभी सुबह का ही वक़्त था यानी सुबह अभी तीन घंटे और चलनी थी। महीप जाग चुका था। उसके इस सवेरे वाले ताज़ा विचार ने फिर ज़ोर मारा और महीप फिर से अख़बार को खोजने लगा। अख़बार हमेशा शौचालय के आगे ही गिरा करता था। ये अख़बार के गिरने की सही जगह भी थी कि उसकी सबसे अधिक ज़रूरत वहीं महसूस होती थी। अख़बार सुनियोजित रूप से प्रकाशित समाचारों के दैनिक पुलिंदे को कहते हैं। लोग इस सुनियोजित को भूल जाते हैं और वैसे ही पढ़ते हैं जैसी सारा सच उनके दरवाज़े से टपक पड़ा हो। फिर भी रात भर के अनगढ़ सपनों से आज़ाद होने और इस दुनिया से नया रिश्ता क़ायम कर लेने के लिए अख़बार एक उपहार की तरह है।

शुरुआत के दिनों में जब वह अख़बार को शौचालय में ले जाने लगा तब पिताजी ने कहा वहाँ एक कुर्सी भी लगवा ले। फिर छोटे भाई ने कुछ दिन अपनी पसंद की तस्वीरें काटनी बंद कर दी। बहन ने बता दिया था कि अख़बार के साथ आने वाले परिशिष्ट भूल से भी शौचालय में जाने न पायें और माँ ने शौचालय में गए अख़बार को अपनी नज़रों के सामने ना लाने की हिदायत दे दी थी। महीप का एक ही तर्क था कि वे सभी तो हर रोज़ शौचालय हो कर

आते हैं, क्या उन सबका भी तिरस्कार किया जाना चाहिए। सब लोग अपवित्र हैं तो निकलें घर से बाहर। कुछ गरमा-गरम वाक्यों का आदान-प्रदान होता, आस्था और तर्क बिना किसी सुलह के विपरीत रास्ते पर चल देते।

घर में एक बड़ा आँगन था। एक बरामदा था और दो कमरे थे। उन कमरों की छोटी-छोटी चार खिड़कियाँ एक बाड़े की ओर खुलती थीं। वे खिड़कियाँ पड़ोस में ताक-झाँक करती रहती थीं। दीवारों पर नीले रंग का चूना पुता हुआ था। रंग काफ़ी हल्का हो चुका था यानी दीवाली आने ही वाली थी और दीवार से पपड़ियाँ गिर रही थीं यानी पलस्तर हुए कई साल बीत चुके थे। दीवारों में बने हुए आलों में पुराने अख़बार, बर्तन, बच्चों की कॉपी-किताबें और झेरणी और छोटी मथनी जैसी चीज़ें रखी हुईं थीं। आँगन में कई चीज़ें बेतरतीब पड़ी हुई थीं।

चीज़ों और बच्चों को फाँदता हुआ महीप अख़बार तक पहुँचा। उसका रोल शेप देखकर उसे अपना विचार सत्य-सा प्रतीत हुआ कि अख़बार की तरह दुनिया के भूंगली बनने का दिन आस-पास ही है। मुख पृष्ठ पर सितंबर की गरमी, चुनाव और इस्लामाबाद पर बढ़ती क़बीलाई पहुँच के सिवा कोई बड़ी ख़बर नहीं दिखाई दी। मन थोड़ा संयत हुआ। पहले पन्ने पर ऐसी कोई साफ़-सुथरी ख़बर नहीं थी, जो सृष्टि के विनाश की सूचना देती हो। सिगरेट ख़त्म थी तो पिताजी के कुरते की जेब में हाथ डाला। एलोपैथी दवाओं की स्ट्रिप्स, एक पुराना पेन, एक दशक पुरानी डायरी के पन्ने और सबसे अंत में लंगर छाप बीड़ी का बंडल हाथ आया। भले ही सृष्टि का आख़िरी दिन हो पर उसे बिना फ्रेश हुए कैसे बिताया जा सकता था इसलिए अख़बार और बीड़ी लेकर शौचालय में घुस गया।

ऊकडू बैठे उसने देखा कि अख़बार के तीसरे पन्ने पर महात्मा जी का मुस्काता फ़ोटो और बड़ा-सा कैप्शन लगा था- "ज़िंदगी ख़ुशी के लिए है, मातम के लिए नहीं।" महीप ने अपनी इच्छाओं और ख़ुशियों के बारे में सोचना शुरू किया। अगर सृष्टि का अंत हुआ तो मैं कौन-सी इच्छा पूरी करके मरूँगा... बचपन में लाल रंग की रबर की गेंद खरीदने की इच्छा थी, जो इसलिए मर गई क्योंकि माँ का कहना था 'मैं तुम्हें कपड़े की उससे भी सुंदर सिल के दूँगी'। जबकि पिताजी का उपदेश था 'उतने पैसे में दो वक़्त की

सब्ज़ी आ जायेगी और आप साहब जब बड़े हों तब अपने बच्चों को दिलवाना, हमें भी ख़ुशी होगी।' नौवीं में पढ़ने के दिनों में महीप डॉक्टर बनना चाहता था किंतु खत्री जी हर महीने फिजिक्स के दो सौ पचास, मेहता जी रसायन के तीन सौ और जैन सर गणित के लिए ट्यूशन फीस एडवांस लिया करते थे। तकलीफ़ें दुखी तो करती ही हैं पर समझदार भी बना देती हैं। जैसे पिताजी हो गए थे। एक साल की आमदनी चौबीस हज़ार और पाँच बच्चे... बेटा कलेक्टर बनने वाली पढ़ाई कर ले। उसके लिए तो ट्यूशन नहीं जाना पड़ता ना?

शौचालय में उसे डूबी हुई खाँसी सुनाई दी, पिताजी जाग गए थे। उसने सोचा कि वे उसके बाहर निकलने की प्रतीक्षा कर रहे होंगे। यही सोचता हुआ उठा। हर दिन की भाँति शौचालय के खुलते हुए दरवाज़े पर कोई-न-कोई ब्रह्म वाक्य उसका इंतज़ार कर रहा होता था। जैसे दिन भर चाय पीने वाले पता नहीं शौचालय में क्या करने जाते हैं? या फिर आमदनी चार हज़ार और होटल पे चाय पियेंगे एक हज़ार की। सरकारी आदमी पैसा पटाते हैं, हमारे लेखक सुपुत्र लुटाते हैं। ख़ास जुमला होता था- कहानियाँ शौचालय की दीवारों से रिसती हैं। ऐसे ही किसी चोटिल कर देने वाले वाक्य का सामना करने की तैयारी के साथ वह बाहर आया तो पिताजी सर नीचा किए खड़े थे। मौन के बीच जिन शब्दों को वह सुन पाया वे थे- मेघ जी नहीं रहे, तू अभी पहुँच वहाँ पर, मैं आता हूँ। महीप को उसी विचार ने पुनः घेर लिया। कहीं मेघ जी से ही तो शुरू नहीं हुआ है सृष्टि का अंत! पिछले पाँच महीने में पड़ोस के कई लोग बारी-बारी से कूच कर गए। उन दिनों तो कभी लगा नहीं पर आज क्या बात है। क्या सृष्टि का अंत ऐसे होगा कि एक-एक आदमी जाएगा? उस दिन तो ट्रैफिक जाम होना चाहिए। इतने पापी और पिशाच तो नरक के रास्ते को जाम कर देंगे। हो सकता है हड़ताल भी हो जाए। अगर ईमान से जीने वालों को ही स्वर्ग के रास्ते जाने की अनुमति हुई तो सिर्फ़ वही एक सुनसान रास्ता होगा।

महीप ने अख़बार को बिना किसी लुका-छिपी के एक ख़ाली पड़ी चारपाई के सिरहाने रख दिया। वहीं पिताजी की तहमद रखी थी। पिताजी के पास दो तहमद थीं। बारी-बारी से हर दिन धोयी और पहनी जाती थीं। वहाँ अख़बार रखने का आशय था कि इसे पिताजी ने अभी पढ़ा नहीं है। यूँ अख़बार में कोई ख़ास ख़बर न थी। विदर्भ और संदर्भ को जोड़े जाने से भरी जानी वाली पहेली

के सिवा। इन पहेलियों को भरते हुए कई साल बीत जाने के बाद भी छोटे भाई के शब्दकोश में कोई ख़ास इज़ाफ़ा नहीं हुआ था।

गरमी के इस दिन सुबह के आठ बजे सूरज तप रहा था, हवा रुकी हुई थी। सुबह से पीछा कर रहे इस निराधार विचार से पसीना पाँवों तक उतर आया था। मेघ जी के घर के आगे मुहल्ले के लोग अपने गमछे लिए पंक्तिबद्ध बैठे थे। उसने पीछे की तरफ़ जगह बनाई और बैठ गया। घर के भीतर चुप्पी फैली थी। बाहर बैठे लोग किसी को आता देखते तो चुप हो जाते फिर थोड़ी देर में धीमी बातें चारों और फैल जातीं। दुःख की घड़ी थी। ऐसे में हर कोई अपने स्वार्थ को भूल ही जाता है। एक लघु संन्यास का भाव हर एक दिल में जागने लगता है। दुनिया की सभी भौतिक चीज़ें बड़ी बौनी लगने लगती हैं। लोग उन लोगों को याद करते हैं, जो बलशाली होते हुए भी आख़िर ज़िंदगी के अखाड़े में मौत के हाथों पस्त हो गए थे। वैसे ऐसा कोई न था जो अमर हो सका हो।

अचानक एक मोबाइल की घंटी बजने लगी। सबकी आँखें उस तरफ़ हो गयीं जिधर से गीत बज रहा था। अधिकतर लोगों ने इसे अनसुना कर दिया था। ऐसे अवसरों पर मोबाइल को साइलेंट मोड पर करना सिर्फ़ अनुभवी लोगों को ही याद रह पाता है। सफ़ेद गमछा गले में डाले हुए निर्विकार खड़े माँगी लाल ने पुकार रहे मोबाइल का गला अपनी जेब में ही दबाया और कुछ दूर जाकर बात करने लगा। उसने मुँह ऐसा बना रखा था कि बहुत अफ़सोस की बात हो गयी है।

कुछ देर बात करने के बाद माँगी लाल वापस उसी जगह लौट आया जहाँ से उठकर गया था। उसने एक पत्थर की टेक लेते देखा कि पास में ही कुत्तों ने गंदगी फैला रखी है। इस गंदगी से उसने मुँह नहीं फेरा वरन ख़ुद को याद दिलाया कि सब यहीं छूट जाना है। किसी ने इशारा कर के पूछा क्या बात हुई? माँगी लाल ने बताया कि ग्वार का सौदा था, ग्राहक से अभी पटा है। महीप को लगा कि सचमुच उसका विचार निराधार है क्योंकि अगर सृष्टि के अंत जैसी कोई बात होती तो ये बनिया ज़रूर नक़द जमा करके रखता ताकि आगे कोई सौदा पटाया जा सके। हालाँकि महीप ने देवगण के रिश्वत लेने का कोई क़िस्सा अब तक सीधे तौर पर नहीं सुना था फिर भी उनके ईर्ष्या भाव, आपसी लड़ाइयों और बड़े देवों द्वारा अपनी पसंद के छोटे देवों को प्रमोट करने के

चर्चे आम थे।

अर्थी की तैयारी हो रही थी। सुथार ने दो लंबी लकड़ियों को अलग किया और फिर कुछ लंबी लकड़ियों के छोटे किंतु बेतरतीब टुकड़े करने शुरू किए। सुथार अपने काम में पारंगत था किंतु यह शोक का विषय था इसलिए अर्थी की लकड़ियों को सलीक़े से काटना ठीक नहीं लगता है। कुछ लोग सूत और मूँज की ढेरियाँ लेकर मदद के लिए पास ही बैठे थे। घर के आगे एक बूढ़े आदमी के लिए कुर्सी रखी हुई थी। उसके पाँव फूल चुके थे और चेहरे पर मत उठा लेना की अर्ज़ी रखी थी। मुँह में एक ही वाक्य रखा था- बारी तो मेरी थी।

नौ बज गए तब कहीं जाकर लोगों में सरसराहट हुई। बैठी हुई जमात खड़ी होने लगी। एक बड़ी चीख और सामूहिक क्रंदन के साथ मेघ जी की देह गली में लायी जा चुकी थी। अब तक पिताजी भी आ चुके थे। महीप ने फिर से श्मशान की दूरी का रास्ता याद किया और बीच में ही टल जाने का मन बनाया। मेघ जी को कंधा देकर पुण्य कमाने की होड़ लगी थी। जो लोग उनको कुत्ता कूटने वाला, गधे हाँकने वाला और चुंगी से रिटायर फ़र्ज़ी इंस्पेक्टर कहते थे, वे सबसे आगे थे।

मेघ जी ने एक बार गली में ताश खेल रहे लड़कों को मना किया था कि आज के बाद मेरे ओटे के आगे मत बैठना। बेशर्म लड़कों ने कहा कि पीछे वाली गली में दो गधे हैं मस्ती के साथ लीद भी कर रहे हैं। आप उनको भगाकर आओ तब तक हमारी बाज़ी पूरी हो जाएगी। मेघ जी ने उनके ख़ानदान को गालियाँ देनी शुरू की और घर के भीतर की ओर कोई डंडा लेने के लिए दौड़े। लड़के ज़ोर से चिल्लाते मसख़री करते भागने लगे। किसी ने पूछा कि क्या हुआ? तो प्रमोद ने कहा कि मेघ जी को गधों की मस्ती पसंद नहीं है इसलिए उनको पीट रहे हैं। आज प्रमोद मुँह उतारे हुए अर्थी के बराबर चल रहा था।

अब ये धूप छाया वाला चेहरा फिर कभी ना दिखाई देगा। कुत्ते अब भी दरवाज़ों पर गंदगी फैलाते जायेंगे। गधे सही जगह लीद करने का सबक़ नहीं सीख पाएँगे फिर भी मेघ जी के नेक प्रयास कभी नहीं भुलाए जा सकेंगे। बावजूद इसके ये सृष्टि का अंतिम दिन नहीं है। अतः तीन-चार बार राम-नाम सत है कहते हुए लोग हर गली के आते ही कम होते जा रहे थे। उन सबको

अपने-अपने ज़रूरी काम थे। यह सच में सृष्टि का आख़िरी दिन नहीं था। यही सोचकर महीप भी एक गली के मोड़ पर अलग होता हुआ पान की दूकान पर पहुँच गया।

शहर के बीच स्थित इस दूकान की पेढ़ी बड़ी लाभकारी थी। ब्रह्म क्षत्रियों को इस क़स्बे में कत्थे और नरगासर का वरदान प्राप्त था। जिसने भी ये काम किया उस पर हिंगलाज देवी की कृपा बनी रही है। इस पान की दूकान पर मोबाइल सिम और रीचार्ज कूपन से लेकर शाही पान की मुगलई चटनी तक मिल जाती है। यहाँ हमेशा भीड़ बनी रहती है। दूकान की सफलता का राज़ चाहे जो हो पर महीप को हमेशा लगता था कि इस दूकान के ग्राहकों को रमेश ने कभी भी कटने नहीं दिया। सौ-पाँच सौ रुपये भूल गया पर उधार को प्रेम की क़ैंची की तरह किसी रिश्ते के पेट में नहीं अड़ाया। सुबह के पौने दस बज रहे थे। एक दो ज़रूरतमंद पान बँधवा रहे थे। महीप के आते ही फोर स्क्वायर किंग साइज रमेश ने उसके आगे कर दी। सिगरेट में पार्टनर बनने की ये ख़ास अदा थी। वरना वह जानता था कि महीप का ब्रांड विल्स नेवी कट ही है।

दो फूँक खींचने के बाद रमेश ने कहा- "चल इक्कीस तारीख़ को जोधपुर चलते हैं, जगजीत सिंह को सुनेंगे। बाबुल मोरा नैहर छूटा जाए।" महीप ने सिगरेट हाथ में ली और बोला- "अपने मेघ जी का तो आज छूट गया बाक़ी का कुछ पता नहीं है कब छूटेगा?" रमेश के मुँह से निकला-" कौन-से मेघ जी, कुत्ते कूटने वाले?" सिगरेट का कश खींचते हुए महीप को ज़ोर की हँसी आई। सुबह की ओढ़ी हुई मुर्दा शक्ल पर कोई पटाखा फूट गया। दोनों ने ज़रा लिहाज़ को वापस लाते हुए अपनी हँसी रोकी। रमेश ने कहा- "भाई जाना तो एक दिन सबको ही है।"

उन दोनों को सिगरेट पीते हुए मेघ जी की मासूम शक्ल याद आई। प्रमोद की बातें याद आईं। एक बार प्रमोद ने कहा कि इस ज़माने में ये सबसे बड़ा खोट है कि भाई ही भाई का दुश्मन है। वे लोग पंजाबी ढाबे के पीछे बैठे हुए बीयर पी रहे थे। सबने सोचा कि प्रमोद को भाई ने कुछ कह दिया है लेकिन वह गंभीर होकर बोला देखो जैसे अपने मेघ जी गधों के पीछे लट्ठ लिए फिरते हैं। उस रात भी हँसते-हँसते पेट में बल पड़ गए थे। आज मगर मेघ जी अलविदा कह चुके थे।

दो-तीन लड़के दूकान पर आ टपके तो वह पास खड़े किए गए पत्थर का सहारा लेकर बैठ गया। सामने नए होटल लाल और नीले रंग के बड़े होर्डिंग्स के साथ अपना विज्ञापन कर रहे थे। दूकान के आगे बनी हुई नाली में शहर भर का गंदा पानी हँसी-ठिठोली करता हुआ बह रहा था। एक विज्ञापन का रंगीन पर्दा धूप से बचाव कर रहा था। उस पर लिखा था- 'मेड फॉर ईच अदर'। इस लिखावट के नीचे एक सफ़ेद और एक पिंक साया आपस में चिपटे हुए थे। उसे लगा कि लड़की देना नहीं चाहती और लड़का ज़बरदस्ती कर रहा है।

महीप को इस रंगीन विज्ञापन के विपरीत रीना की याद हो आई। चीख़ती-चिल्लाती हुई रीना। "घर में बैठकर इन शैतानों को बरदाश्त करने के लिए नहीं आई हूँ मैं।" क्षणिक ख़ामोशी के बाद महीप बोलता- "तो पैदा ही क्यों किए थे?" आवाज़ में टालने का सा भाव होता। "तुमने कुछ नहीं किया, मैंने अकेली ने पैदा किए हैं? दिन को ऑफ़िस, शाम को दोस्त, रात को किताबें... बस इतनी ही दुनिया है तुम्हारी?" इस संवाद के बाद रीना मुँह पर बाल बिखेर लेती। फिर मुँह से डचक-डचक की आवाज़ें निकालती हुई रीना रोने लगती।

महीप झल्ला उठता- "किताबें पढ़ी होतीं तो कलेक्टर बन जाता फिर यहाँ नहीं घिसना पड़ता।" रीना आवाज़ को और ऊँचा करके बोलती- "भगवान किसी को ऐसा न दे जैसा मुझे दिया, भूख लगे तो रोटी से वास्ता और रात पड़े तो बीवी से।" वह अपने बाल नोचती हुई और महीप अपने भाग्य को कोसता हुआ सो जाते। ये कई सालों से चली आ रही किसी परिपाटी जैसा हो गया था।

दुकान के आगे लगे परदे को पार कर धूप चेहरे को सेंकने लगी तो महीप उठ गया। रमेश को बिना कुछ कहे बेइरादा चल पड़ा। उसे याद आया। वे दिन भी कितने सुहाने थे, जब रीना आई थी। कवितायें वो प्यार की लिखा करता। मौसम में सदा ही सुहानी शीतलता का आभास हुआ करता था। किशोर कुमार के गाये गीत रेडियो पर तेज़ आवाज़ में बजा करते थे। उसने कुछ साल पहले तक वीडियो कैफ़े में दिखाई जाने वाली पुरानी फ़िल्मों के कई कई शो देखे थे। सामने टीवी पर फ़िल्म चलती रहती और वह लकड़ी की बेंच पर बैठा हुआ राजेश खन्ना हो जाने के बारे में सोचता रहता था। उसे शर्मिला टैगोर जैसी रीना का ख़याल आता रहता था। ख़यालों से उतरकर जब रीना हक़ीक़त

में चली आई तो कई दिनों तक किताबों की दुकान, चाय की थड़ी और दोस्तों से रिश्ता नाता टूट गया था। ज़िंदगी कितनी हसीन हुआ करती है, ये उसने कम ही मौक़ों पर अनुभव किया था। रीना ज़िंदगी में सपनों की रानी की तरह ही आई थी। वैसे ही मुस्कुराती हुई जैसे रेल की खिड़की में बैठी शर्मिला टैगोर। वही गालों में डिंपल वाली शर्मिला। इसके बाद ज़िंदगी की गाड़ी किसी ढलान पर फिसल पड़ी थी। वह दौड़ी जा रही थी। बिना ब्रेक वाली ज़िंदगी। अविस्मरणीय ज़िंदगी।

गोलू होने के दिनों में कई बार तिपहिया से घर जाते समय महीप बड़ी शान से पीठ को सीट से टिकाकर बैठता। अपने हाथ को रीना के कंधे पर कुछ इस तरह कोमलता से रखता कि रीना शरमा जाती। घर में कुर्सी पर बैठता तो सामने स्टूल रखकर उसपे पाँव रखे जाते। चाय पीते हुए शाम के आने का इंतज़ार किया जाता। पर दो ही साल में उस कुर्सी में कीलें उग आईं और स्टूल उसके पावों के बोझ से लड़खड़ाने लग गया था।

मेघ जी के अवसान के बहाने अपने विगत की भूल-भुलैया में खोया हुआ महीप चाय की दूकान तक चला आया। मूला बा को राम राम करता हुआ होटल की आख़िरी बेंच पर बैठा गया। यहाँ आते ही उसमें असीम सुख और अपनेपन का संचार हो जाया करता है। चाय के दो कप ख़ाली कर चुकने के बाद महीप ने अपनी टाँगें बेंच पर फैला ली। वह थक गया था। मूला बा की ये थड़ी एक भरपूर दूकान भी थी। इसे सब चाय की होटल कहते थे। उसके लिए 'अ होम अवे फ्रॉम होम' थी।

थकान के मारे थोड़ी ही देर में उसके सामने विचित्र आकार के जीव हवा में तैर रहे थे, जिनका धड़ मनुष्य का और नीचे का हिस्सा किसी धुएँ जैसा था। दिमाग़ पर ज़ोर डालते ही समझ आ गया कि ये तो आत्माएँ हैं, जो धरती से प्रस्थान कर रही हैं। सब स.फ़ेद रंग के वस्त्र धारण किए हुए हैं। अदृश्य रस्सियाँ उनको अपने से बाँधी हुई खींचे जा रही हैं। सिंहासन पर बैठे बड़े देव सब आत्माओं का वायवा लेते हुए सम्मानजनक प्रश्न पूछ रहे थे। उन प्रश्नों में कोई ऐसा न था, जिसे रीना हर रात पूछा करती है। आत्माओं को उनके कार्यों के अनुरूप दंड और पुरस्कार मिल रहे थे। उसने चारों तर.फ़ निगाह दौड़ाई रीना के लिए, वह कहीं दिखाई नहीं दी।

उसके बिना महीप को डर लगने लगा। कई भयभीत करने वाली सन्नाटों से भरी रातें, उसने रीना की बाँहों में छिपकर बिताई थी। फिर उसके ना दिखाई देने से राहत भी हुई कि कम-से-कम शिकायत करने वाला तो कोई नहीं है। इसी उधेड़बुन में उसे अपना नाम सुनाई दिया।

"महीप सिंह देपावत पिता का नाम भीख सिंह देपावत गाँव चारनाई खुर्द पेशा तहसील में लिपिक हाज़िर है देवाधिराज..."

देव मुस्कुराये जैसे पुराना परिचित निकल आया हो।

"क्या करते रहे स्वर्गीय महीप जी?"

"बीवी-बच्चों का पेट पालने के लिए सरकारी मुलाज़िम था, नियम से कार्यालय जाता था। नायब तहसीलदार को मेरी सेवा में त्रुटियाँ प्रतीत होती थीं इसलिए सिर्फ़ डायरी का काम करता रहा।"

"हमारी बनाई हुई दुनिया के लिए कुछ किया?"

ऐसा प्रश्न तो कभी रीना ने भी नहीं किया था। वह तो बस अंग्रेज़ी स्कूल में बच्चों को पढ़ाने, एक रूम में कूलर लगवाने, रसोई में एक एग्जास्ट फैन या फिर दो महीने में एक आध बार बाज़ार का दर्शन करा लाने जितना ही बोलती थी।

चुप्पी पर देव नाराज़ होने के स्थान पर मुस्कुराये- "चलो कोई और काम किया हो तो बताओ।"

महीप चिल्लाकर ख़ुद उनसे सवाल पूछ लेना चाहता था कि आपकी दुनिया में न्याय में देरी और अपराध में तेज़ी क्यों है देवराज? आपकी दुनिया में दुख के पहाड़ और सुख की राई क्यों हैं प्रभु? पर अब वो सब नीचे छूट गया था। इसलिए सहज भाव से बोला- "कहानियाँ लिखीं हैं या ऐसा समझिए कि जैसा आपने दुनिया को बनाया वैसा शब्दों में लिखा है।" देवाधीश सिर्फ़ सुनना चाहते थे वरना उनके पास क्या हिसाब-किताब ना था? उन्होंने ख़ुद अपने हाथ से हर एक की तक़दीर लिखी है। अपनी नृत्य मुद्राओं में पारंगत आँखों से उन्होंने एक मातहत लघुदेव को कुछ संकेत किया। लघुदेव ने आदेश की पालना की। महीप को उपहार में एक ऐसा चमत्कारी पेन मिला, जिससे एक तरफ़ से लिखा जा सकता था और दूसरी तरफ़ से वह सिगरेट का काम देता था। भीतर स्याही के रूप में शराब भरी थी। महीप ने पेन को स्वीकार

करने से पूर्व जानना चाहा कि स्याही की जगह शराब क्यों ? जबकि वह कभी पीता ही नहीं।

ज़ोर से आवाज़ आई– पी लो बहुत देर से सो रहे हो। सामने एक कप चाय रखी थी।

"बाबूजी सपना देख रहे थे क्या ?"

महीप ने जग से पानी लेकर मुँह धोया और चाय पीकर होटल के दरवाज़े तक चला आया।

"मूला बा, अमीर आदमी कार बंगले और ज़्यादा धनवान होने के सपने देख सकता है पर अपने तो देवगण ही पीढ़ियों से ख़ून पीते आ रहे हैं। ग़रीब आदमी की पीढ़ियाँ थान और देवरों की चौखट पर धोक देते मर खप गई। फिर भी सपनों में देवगण सवाल करते हैं। उस पर साला सपना भी देखो तो मरने का..."

महीप ने चाय के बाद मुँह में कसैला-सा स्वाद महसूस किया और पिच्च से थूकता हुआ सड़क पर निकल आया। सृष्टि के विनाश का दिन अभी दूर था।

गीली चॉक

काली रात थी। ऐसी काली जैसे क्लासरूम का नया ब्लैकबोर्ड होता है। इतना काला ब्लैकबोर्ड जैसे कल तक किसी ने कुछ लिखा न हो। जैसे कि आप भूल गए हों अपने अतीत को। आज ही आपका जन्म हुआ हो। निर्मल काला। एक स्मृतियों की चॉक थी। मगर कच्ची और दुखों के सीलन से भरी हुई। उसे छूते हुए एक गीलेपन का अहसास होता था। एक डर भी कि ज़रा ग़लती से ज़ोर पड़ा तो आधा अक्षर लिखते ही टूट बिखर जाएगी। रात बस की खिड़की के बाहर थी वैसी ही रात उसके अंदर भी थी। बाहर रात स्थिर थी या उसके साथ चल रही थी। इन दोनों हालात में फ़र्क़ नहीं किया जा सकता था।

वह एक आधी झुकी हुई सीट पर अपना सर टिकाये हुए कभी बाहर के, कभी भीतर के ब्लैकबोर्ड को देखने लगता। इसके बाद चॉक को छूता। उसे छूते ही लगता कि फिर से उसी लड़की की कोहनी को छू लिया है। एक लहर-सी उठती और उसकी उँगलियों से होती हुई पूरे बदन में फैल जाती। उसकी कुहनी के पास एक छोटा-सा निशान था, पुराने ज़ख़्म का निशान। जैसे किसी कारीगर ने दीवार में आई दरार पर सीमेंट का एक हाथ फिर से फेर

दिया हो। थोड़ा अलग रंग का, थोड़ा उभरा हुआ। उसकी कोहनी से ऊपर दो गोल सितारे थे। छोटे-छोटे से गोल जैसे किसी बीज के लिए जगह बनाकर उसे फिर से ढक दिया गया हो। इन सबको लिखने के लिए वह जैसे ही चॉक को छूता फिर डर जाता कि कहीं बिखर न जाए। चॉक बहुत गीली-सी थी। भुरभुरी ज़िंदगी जैसी।

वह लिखना चाहता था। उसे ब्लैकबोर्ड पर सुंदर पाठ लिखना था। वह चॉक की सफ़ेदी में चमकता हुआ एक पाठ चाहता था। जैसे उसके सलेटी ख़ाकी कुर्ते पर एक चमकीला तार लगा रहता था। सोने-चाँदी के रंग जैसा चमकता हुआ। जैसे उसके दुपट्टे के कोने में बँधे हुए थे कुछ छोटे सितारे।

नहीं लिख पा रहा था। रात गहरी थी और हर जगह एक काला धब्बा था, एक लंबी काली दीवार थी। चॉक की ख़ुशबू उसकी उँगलियों में बसी थी। जैसे किसी ने सफ़ेद चिकनी मिट्टी में रोप रखी हों अपनी उँगलियाँ। उँगलियों में जितनी गंध थी उतनी ही बेचैनी भी। चॉक एक आधा फूटा हुआ बीज थी। उसे खिलना ही था मरने से बचने के लिए।

बाहर हवा में ठंड थी। खेतों के पानी से भीगकर आई हुई ठंड। पाँव के अँगूठे से होकर पिंडलियों तक चढ़ती हुई ठंड। फ़ायबर के कंबल पर चिपकी हुई ओस जैसी ठंड दस्तक दे रही थी। वह कंबल के अंदर आकर गरम हो जाना चाहती थी। अंदर गरमी थी, अनलिखी बेजोड़ स्मृतियों की। अंदर कुछ और चीज़ें भी थीं। जैसे एक फव्वारे के आगे पानी में भीगते हुए दो कबूतरों की अठखेली। हवेली की दीवार पर बने हुए हाथी की पीठ पर बैठी एक नवयौवना की लज्जा। एक आवाज़, रेत के टीलों में गायकी की मुरकियाँ बुनती हुई।

बस का सफ़र जारी था।

समय के चेजारे ने एक नया दिन उगाया। रात का ब्लैकबोर्ड ग़ायब हो गया। चॉक के गीलेपन में कुछ कमी आई। लिखावट के घोड़ों ने सुस्ताना चाहा। अँधेरे के असंख्य रास्ते रोशनी होते ही खो गए। बीते दिनों के दृश्य तेज़ी से बदलने लगे। कुछ साफ़ न था, कुछ भी स्थायी नहीं। उसका दिमाग़ एक डिजिटल पटल बन गया था। संकेतों की हड़बड़ी में सारे पिक्सल उलझ जाते, सब कुछ अनचीन्हा।

बस में बारह घंटे एक ही तरह से पड़े रहने से उसके पैरों में हल्की सूजन आ गयी थी। स्पोर्ट्स शूज़ के तस्मों को ढीला करते हुए पाँवों को अंदर ठूँसा और सीट के ऊपर सामान रखने की रैक से ट्रॉली बैग उतारा। सिर्फ़ तीन सीढ़ियाँ उतरने में कोई मिनट भर का समय लगा। लाल रंग का ट्रॉली बैग। इसलिए कि उसको लाल रंग पसंद था। ऐसा लाल जो महरूनी दिखाई दे। जो रात में पहचाना जा सके। जो हर रात चला आए ख़्वाबों में किसी जाने पहचाने हुए लहू के जैसा।

एक ही रात में पैर चलना भूल गए थे। वे चलने का हुनर याद करने लगे। सेंट्रल बस स्टैंड के बड़े दरवाज़े के बाहर उदासीन सुबह थी। दीवारें चुप। पोस्टर फटे हुए। बिजली के पोल्स पर बँधे काग़ज़ के तिकोने झंडे चुपचाप। सर्द दिन की सुबह ठहरी हुई और बेजान। याद की दीवार पर टँगा हुआ एक पुराना पंचांग। शीशे-सा पिघलता हुआ बदन। उखड़ी-बिखरी साँसें। ठहरा-ठहरा अचरज। उसने कैलेंडर से पूछा- क्या ये सामान अब भी वहीं रखा होगा? बीते दिन, अब कितने से बचे होंगे?

प्लेटफार्म पर बैग टिकाने के बाद रात को ख़रीदी पानी की ख़ाली हो चुकी बोतल को पास ही एक कूड़ेदान में फेंक दिया। पानी ख़त्म हो गया, बोतल बोझ हो गयी। प्रेम नहीं रहा, देह से नाता भी जाता रहा। ऐसे ही काश हर बंधन से आज़ाद हुआ जा सकता। सोचने लगा अब क्या करे। यहाँ से ऑटो लेकर सीधा ही पहुँच जाए या फिर किसी होटल में रुककर फ्रेश हो ले। अनिर्णय में कई ऑटो रिक्शा पार करते हुए बस अड्डे से लगभग आधा किलोमीटर दूर निकल आया। हालात अब भी वही थे क्या करे? चाय-नाश्ते की एक बहुत पुरानी और मशहूर दूकान के आगे स्टूल खींचकर बैठ गया। यहाँ दस बजे तक दिहाड़ी मज़दूरों और राजधानी के बड़े दफ़्तरों में चक्कर काटने वालों का जमघट रहता है।

चाय वाला ब्रेड पर मक्खन रखकर गरम चाकू फेर देता। ब्रेड और मक्खन एक हो जाते। वह अपना सर उसके कंधे पर रखकर चुप हो जाती। वे दोनों भी एक हो जाते। दो चाय, एक ब्रेड और बहुत सारा असमंजस। सुबह की सर्द हवा में सफ़ाई वाली औरत ने अपने झाड़ू से कचरे को एक तरफ़ किया और

गर्द चारों तरफ़ हो गयी। जैसे प्रेम कोई करता है और ख़ुशबू सब तक आती है। गर्द ने आख़िर सामने का शर्मा सदन दिखा दिया। कुछ क़दम की दूरी। कमरे तक जाने के लिए स्वर्ग जाने जितनी सँकरी सीढ़ियों वाला रास्ता। नहाया जाए, फिर देखूँगा।

सीलन भरे कमरे का किराया मात्र अस्सी रुपये। मात्र इसलिए कि इस तरह की यात्राओं ने सदैव उससे प्रीमियम पेमेंट वसूल किया है। अब प्रीमियम ख़त्म। पहली मुलाक़ात में वक़्त जिस गति से बीतता है उसी गति से ज़िंदगी का प्रीमियम भी बीतता है। जवानी के बाद बूढ़ी हो रही देह का मोल कम होता हुआ एक दिन बिस्तर पकड़ लेता है। आदमी एक घिस चुका टायर हो जाता है। सिर्फ़ फूँक देने के काम आने वाला टायर।

रात को शायद इस कमरे में किसी ने दारू पी होगी। गंध अभी भी बसी हुई थी। दीवारों पर पान गुटके की पीक फैली थी। जैसे किसी महबूब ने पिये हुए कह दिया हो, हाँ मैं तुम पर मरता था। और महबूबा भूत काल के 'था' को पकड़कर बैठ गयी हो।

थोड़ी ताज़ा हवा की उम्मीद में खिड़की के पास खड़ा हुआ तो वहाँ भी जाली में बुझी हुई बीड़ियों के साथ नीले सफ़ेद पाउच फँसे थे। बाहर दिख रहे घरों की छतों पर कपड़े सूख रहे थे। उसने तय किया वह अपना बैग हरगिज़ नहीं खोलेगा। कमरे की गंध को अपने साथ नहीं ले जाना चाहता था।

एक पछतावे ने उसकी पीठ पर थपकी दी। बाबू साहब उतरे हुए प्रेम के चक्कर में ख़ुद ग़लत जगह उतर आए हो। हाँ उसने बड़ी ग़लती की यहाँ आकर। वह ऐसे किसी कमरे में आज तक नहीं रुका था।

वह एक स्व-तड़ीपार क़ैदी में ढल गया। प्रेम क्या न करवाता! प्रतीक्षा का बूटा है। खिलता ही नहीं और उजड़ता भी नहीं। प्रतीक्षा अनंत। सिगरेट का धुआँ हथेलियों को छूता हुआ। नथुनों में गरमी और मुँह में कड़वाहट भरता हुआ। लगातार तीन सिगरेट पी चुकने के कारण मुँह का स्वाद कसैला होता हुआ आँखों तक आ गया। स्मृतियों के वातायन से झाँकते दृश्यों के बीच पैताने का सूरज सर तक चढ़ आया। उसने बैग से सिर्फ़ तौलिया निकाला और बाल्टी से पानी उड़ेलकर बाहर आ गया। बदन में हरारत अब भी वैसी ही थी। सो चेक आउट, अपनी जेब पर निगाह डाली, कमरे में इधर-उधर देखा और ठंड

के मौसम में अलसाये हुए दिन में सड़क पर पहुँच गया।

स्नेहा को मालूम था कि इस वक़्त वह क्या कर रहा होगा। वह कब कहाँ से आएगा। वह कब-कब नहीं आएगा। उसने एक किताब के बीच से कुछ तस्वीरें निकाली। एक तस्वीर में वह दीवार के ऊपर से नीचे कूद रही थी। जबकि वह चुप बैठा उसे कूदता हुआ देख रहा था। अगर वह भी साथ में कूद रहा होता या फिर उसे थामने को हाथ फैलाये हुए खड़ा होता तो कितना अच्छा होता। मगर ऐसा नहीं था। वह सिर्.फ देखता ही था।

कल उसने फोन किया था- मैं आ रहा हूँ। स्नेहा ने कहा ठीक है। उन दोनों के बीच और कोई बात न हुई। उन्होंने कुछ भी प्लान नहीं किया। कुछ प्लान करने की ज़रूरत नहीं थी। सब तय था। वह सुबह ग्यारह बजे आएगा। ऑटो वाले को कहेगा यूनिवर्सिटी के दो नंबर गेट से अंदर ले लो। ऐडमिन और स्पोर्ट्स काम्प्लेक्स को पार करने के बाद ऑटो वाले से कहेगा- रोक दो। साब, पैंसठ रुपए। वह साठ-सत्तर जितने भी होंगे, उसकी हथेली पर रख देगा। ऑटो वाला गिन ले तब तक वह चौकीदार के पास से होता हुआ विजिटर्स रूम के किसी एक ख़ाली सोफे पर बैठ जाएगा। इसके बाद एक छोटे से दरवाज़े को पार करके सामने कोने में बैठे हुए निर्जीव से दो लोगों को संबोधित करते हुए कहेगा- स्नेहा, रूम नंबर पंद्रह। वे माइक ऑन करके आवाज़ देने को ही होंगे मगर तब तक स्नेहा सीढ़ियाँ उतरती हुई आ रही होगी।

कावेरी गर्ल्स होस्टल के सामने कतार में खड़ी हुई गाड़ियाँ, प्रेम के कूपे जैसी दिखती होंगी। मगर ज़्यादातर गाड़ियों में बैठी हुई लड़कियाँ उन लड़कों के आगे रो रही होती थीं। वे आख़िरी अल्टीमेटम दे रही होती कि फ़िनिश्ड! गेट लॉस्ट! हॉस्टल के भीतर टहल रही शॉर्ट और टी-शर्ट वाली लड़कियों के चहरे पर कोई बेचैनी रखी होती। वे हल्के पतले से बाथरूम स्लीपर पहनी हुई किसी बेढब इंतज़ार से घिरी हाथ में लिए पेन, किताब, रबर-बैंड जैसी किसी चीज़ को घूमा रही होतीं।

वे इंटेलेकच्यूअल होती हैं। बुद्धता से पूर्ण लड़कियाँ।

ट्रॉली बैग सो.फे से छूता हुआ रखा था। वह सो.फे पर सीधा बैठा था।

किसी बुज़ुर्ग की तरह। स्नेहा ने कहा- "मैं चेंज करके आती हूँ।" उसने देखा कि भूरे ट्राउज़र पर पहने हुए सफ़ेद अपर पर लिखा था 'नो वे'।

वह शायद पहले इतनी मोटी नहीं थी। वह पहले ऐसी भी नहीं थी। वह ब्रांडेड हो जाना चाहती थी, ये जानना मुश्किल था। उसके बारे में कुछ भी जानना मुश्किल था। उसके चारों ओर एक फ़रेब का आवरण था। जैसे जंगल की चीज़ें ख़ुद को जंगल के रंग में ढाल लेती हैं।

वह ख़ुद भी ऐसा ही था। दोहरे आवरण वाला। विलासी था कि उसको ख़ुद के लिए कुछ पाने को कहीं कुछ करना होता तो उस चीज़ को पाने की कामना ही त्याग देता। वह भगोड़ा था। एक रात कुछ होता था और दूसरी रात कुछ। उसे कभी पनीर के टिक्के खाते हुए देखा जा सकता कभी दम भूखे शराब पीकर निढाल पड़े हुए। ये कोई ज़िंदगी थी? इसमें सिवा इसके कोई ख़ूबसूरती न थी कि ये बहुत अनिश्चित जीवन था।

स्नेहा को प्यार करता था। इतना प्यार कि उसके बिना रो पड़ता था। कोई लम्हा उसकी याद से ख़ाली नहीं होता था। उससे बिछड़ते ही उदास हो जाता है। उदासी में ख़यालों की दुनिया बसाकर उसे ख़यालों में प्यार करने लगता है। ऐसे ज़िंदगी चलती नहीं। स्नेहा को कुछ चीज़ें सलीक़े से ही चाहिए। बहुत मामूली चीज़ें, जैसे कभी-कभी मैं बहुत तन्हा हो जाती हूँ, तब तुम्हारी बाँह चाहिए सर रखकर सोने के लिए। ऐसी मामूली चीज़ें अप्राप्य थीं।

नेहरू बाज़ार के किसी छोटे से ढाबे के ऊपरी माले में बैठे हुए वे दोनों दोपहर का लंच कर रहे थे। भिंडी सीधी कटी हुई। उन दोनों के रिश्ते की तरह। बिलकुल ठीक बीच में कटा हुआ रिश्ता। बूंदी वाले रायते में कुछ बूंदी थी उनके बीच होने वाली मुलाक़ातों जैसी। एक हरा रंग था, सूखे हुए पुदीने का जैसी उनकी स्मृतियाँ थीं, हरे मैदानों में सफ़र करने की। मौसम वैसा ही था जैसी ज़िंदगी थी।

कोने में, चुपचाप दो दोस्त खाना खा रहे थे। मेडिकल कॉलेज के लड़के होंगे। वे यहाँ ख़ूब आते हैं। बाक़ी ऊपर वाला माला ख़ाली। मेडिकल के लड़के ऐसे होते हैं जैसे बैल के जुए के आगे बँधा हुआ चारा। बैल इस उम्मीद में चलता जाता है कि अब खाना सिर्फ़ एक क़दम दूर है। उनकी पढ़ाई कभी

ख़त्म नहीं होती। वे बूढ़े विद्यार्थी होते हैं।

स्नेहा को देखते हुए वह सोच रहा था कि काश हम मेडिकल के लड़का-लड़की होते। आधी उम्र हॉस्टल में साथ रहते हुए बीत जाती। स्नेहा बूंदी के रायते में चम्मच घुमा रही थी। रायता आख़िर रायता ही था। उसमें कब तक कोई चम्मच घुमाता रह सकता था! उसने आँखें ऊपर उठाई और कहा-" स्मार्ट हो गए हो। अब अच्छे दिखते हो।"

उसके हाथ में पानी का ग्लास था। वह बरसों से ऐसा ही था। स्मार्ट नहीं था। बस अच्छा था। उसकी आँखें हल्की-सी पनियल थीं। स्नेहा के साथ होते ही वह बिछड़ जाने के बारे में ही सोचता रहता था इसलिए भी संभव है कि पानी उसकी आँखों में आकर ठहर जाता हो।

स्नेहा ने हाथ आगे बढ़ाया और उसके गाल पर लगे हुए किसी टुकड़े को साफ़ कर दिया। उठते हुए कहा-" चलो।"

बाहर की दुनिया में भीड़ थी। जानी-पहचानी भीड़। लोग गुज़र जाते मगर शहर में प्रवेश के लिए बने बड़े दरवाज़े, ऊँची इमारतें और पुराने दरख़्त पहचान को बनाए हुए रखते। इसी पहचान में सिनेमाघर भी है।

वे दोनों सिनेमा के दोपहर के शो में दाख़िल हो गए। चिपचिपा पसीना। एक-दूजे का निकटतम साथ। क़रीबी का सुख। रात के ब्लैकबोर्ड पर रोशनी में कोई कहानी। सरपट भागती हुई एक अजूबी दुनिया। प्रेम के लिए मर मिटने वालों की दास्तान। वह कुछ नहीं कर सकता था। उसके साथ जी नहीं सकता था। उसके लिए मर नहीं सकता था।

वह रात भर की नींद के छूटे हुए कुछ हिस्से इस सुकून में फिर बुन सकता था। स्नेहा सिनेमा की सीट से सर टिकाये हुए छत को देख सकती थी।

शाम होने को थी। वे दोनों होटल के तीसरे माले पर एक बार के कोने में बैठे थे। पारदर्शी शीशे से बाहर की दुनिया कुछ गहरी काली जान पड़ रही थी। स्टूल को सरकाते हुए खिड़की के पास लाकर स्नेहा ने उस पर अपना एक पाँव लंबा कर दिया। अब वह बाहर नीचे सड़क पर दौड़ रहे वाहनों को देखने लगी। वह भी उसके सामने की सीट पर बैठा हुआ था, बाहर देखता हुआ। वे दोनों अपने भीतर से पीछ छुड़ा रहे थे। स्नेहा वॉशरूम में चली गई। खिड़की से आते

उदास हवा के झोंकों ने याद दिलाया की चार घंटे से उसने सिगरेट नहीं पी है। उसके पास सिगरेट नहीं है। वह कभी भी स्नेहा के सामने नहीं पीता हालाँकि ऐसा नहीं है कि वह जानती नहीं। उसने चाहा कि अभी एक सिगरेट मिल सके। वह लंबे तीन कश में उसको पूरा कर ले। उसकी बिखरी हुई राख में उँगली घुमाता हुआ कहे कि अब तक की ज़िंदगी में बस यही बचा रहा है।

जब वह स्नेहा के साथ नहीं होता तब ज़िंदगी के गमले में सिर्फ़ धुआँ रोपता है। अपनी हथेलियों की लकीरों को देखता हुआ सोचता है कि इतने बरस बीत गए हैं। आज एक दिन और भी बीत जाएगा। इस वक़्त सिगरेट होती तो अच्छा होता। वह ज़रा-सा हाई फ़ील कर सकता था।

स्नेहा लौट आई। वह अपने आस-पास स्नेहा की गंध को महसूस करना चाह रहा था। लेकिन सब तरफ़ फ़रेबी गंध थी। पाश्चात्य गंध। सब झूठ, सब फ़रेब। इसके सिवा कि स्नेहा है तो वह भी है। रात भर का सफ़र दिन की थकान और तंबाकू की बेतरह तलब। उसने वेटर को आवाज़ दी। एक बीयर और विल्स सिगरेट।

स्नेहा चुप बैठी थी। जैसे सदियों का साथ हो और करने को कोई बात न हो। लेकिन उसे तीन घंटे बाद बस पकड़नी थी। स्नेहा के लिए भी इतना ही वक़्त बाक़ी था हॉस्टल का दरवाजा बंद होने में। वे ख़ुश थे शायद जैसे कोई थका हुआ आदमी गुनगुने पानी के सोते के पास बैठा हो। वे चुप थे किसी इंतज़ार में या किसी इंतज़ार के पूरा हो जाने की ख़ुशी में।

नीम अँधेरे से भी ज़्यादा अँधेरा था। सिर्फ़ बीयर के मग और स्नेक्स की प्लेट्स दिख रही थी। रोशनी सिर्फ़ उस तरफ़ थी जिधर लोग बॉलिंग में लगे हुए थे। उसने स्नेहा के हाथ को अपने हाथ में लिया। वह एक पुरानी पहचान के स्पर्शों को बुनने लगा। अचानक उसको लगा स्नेहा की कलाई पर कई स्पीड ब्रेकर उभर आए हैं। उसने फिर से छुआ और इस बार विश्वास होने पर हाथ को अपनी आँखों के सामने कर लिया। पूरी कलाई पर पंद्रह-बीस कटने के निशान थे किंतु उनकी उम्र ज़्यादा नहीं थी। कटी कलाई ने दोनों के बीच खड़े बाँध में सुराख़ कर दिया। उसने दूसरा हाथ गरदन के पास रखते हुए स्नेहा को अपने और क़रीब खींच लिया।

"क्या हुआ?"

"कुछ नहीं।"

"कह दो।"

"नहीं, कुछ नहीं।"

स्नेहा ने सर नीचे कर लिया। उसने अंग्रेज़ी भाषा में कुछ गालियाँ दी। सब गालियाँ ज़िंदगी को संबोधित थीं। भाषा से परे जो कथानक था, वह किसी तरह की रुचि नहीं जगा सकता था। सिर्फ़ एक दूरी को बुन सकता था।

"सुमित आया था। हम एक रेस्त्राँ में गए। पता नहीं क्यों पर मैं उसके साथ सब कुछ बर्दाश्त कर सकती हूँ। उसके बिना कुछ नहीं। इस उभरी चमड़ी के नीचे कई बरसों का प्यार सिला हुआ है। सुमित ने मुझसे कहा- मैं तुमसे प्यार करता हूँ। उस वक़्त मेरे हाथ में टूटी चूड़ी का एक टुकड़ा था। उसे मैंने अपनी कलाई पर चला दिया और ख़ून आ गया। उसने मुझे बीते दिनों, इस बीच आई मुश्किलों के बारे में बताया अपने कुछ दोस्तों की बातें की फिर कहा आई लव यू। मैंने फिर अपना हाथ काट दिया। सुमित ने मेरा हाथ पकड़कर मुझे रोकने की कोशिश की। मैंने पूछा जब इतने दिन मिलने नहीं आए, क्या तब भी मुझे याद करते थे? उसने कहा- हाँ। मैंने फिर अपने हाथ को काट दिया।

सुनो, वह मुझसे बहुत प्यार करता है। मैंने उससे कहा था कि तुम इसलिए नहीं आते हों क्योंकि तुमको कोई और मिल गई है। इस बात पर उसने मेरे तमाचा जड़ दिया। इसके बाद वह टेबल पर रखे मेरे हाथों पर अपना सर रखकर रोने लगा। कलाई से बह रहा ख़ून जम गया था और आइसक्रीम पिघल चुकी थी।

वह रोता रहा। उसने कहा कि देखो पिछले साल इसी रेस्त्राँ में दिन कैसे बीत जाता था। यह याद दिलाने लगा कि उसने सबसे दूर होकर मुझे चुना था। उसने बहुत सारी बातें याद दिलाई। वे अच्छे दिन याद दिलाये जब दुनिया सबसे ख़ूबसूरत लगती थी। उसने फिर कहा- तुम परेशान क्यों हो मैं अब भी तुमसे उतना ही प्यार करता हूँ। मैंने उसी चूड़ी से अपना हाथ काट लिया। वह बार-बार चिल्लाने लगा आई लव यू, आई लव यू... उसने जितनी बार कहा, मैंने उतनी बार अपने हाथ को काटा। उसकी आँखों में आँसू थे और सामने

मेरे हाथ से टपकती ख़ून की बूँदें। उसने अपना रूमाल मेरे आगे किया। मैंने सुमित का रूमाल अपने हाथ में बाँध लिया क्योंकि अब मेरी हिम्मत ख़त्म हो गई थी मैं इससे ज़्यादा उसको दुखी नहीं देख सकती थी।"

सुमित के बारे में बताने को स्नेहा के पास हज़ार अफ़साने थे।

सुमित की बात ख़त्म नहीं हुई थी मगर स्नेहा ने बंद कर दी थी। कोई भी बात कभी ख़त्म नहीं होती उसे सिर्फ़ बंद ही किया जा सकता है।

उसने आख़िरी सिप लेते हुए कहा- "ये कैसा रिश्ता है, क्या इसकी कोई मंज़िल है?"

"ज़िंदगी किसी सफ़र का ही नाम है। उसकी कोई डेस्टिनेशन नहीं हुआ करती। इसलिए इन सवालों के जवाब कहीं नहीं थे। क्यों लोग इस तरह की वीयर्ड रिलेशनशिप में बँधे रहते हैं? किसलिए एक तीसरा कोना चुभता रहता है? किसलिए जानते-बूझते हुए भी दिल को कभी समझा नहीं सकते?"

इसलिए सिर्फ़ चुप्पी।

उसने घड़ी की तरफ़ देखा। आख़िरी एक घंटा। उसने स्नेहा को अपनी ओर करते हुए, उसके बालों में उँगलियाँ घुमाई। दोनों हथेलियों में चेहरा थामकर कहा-" तुम स्वीट हो।" स्नेहा ने ऐसे देखा जैसे किसी छोटी बच्ची को दुलार रहा हो। वे दोनों अपनी सीट से उठे। स्नेहा के खुले बाल चेहरे पर बिखर गए थे। वह उन लटों को कान के पीछे कर देना चाहता था।

लिफ़्ट के फ़र्श पर गुलाब की पत्तियाँ गिरी हुई थीं। जैसे कि फूल का क़िस्सा ख़त्म हुआ। उसका यही अंजाम होना था। वह खिला, मुस्कुराया और अपनी ख़ुशबू देकर चला गया। उनके बीच भी एक फूल जैसा रिश्ता था। उस रिश्ते को एक दिन इसी तरह बिखर जाना था। वे दोनों एक-दूसरे के सबसे अधिक क़रीब थे। उन दोनों के बीच सबसे अधिक दूरी थी। लिफ़्ट के पास पंद्रह सेकेंड थे। इसके बाद किसी भी आरी से न काटा जा सकने वाला वक़्त ही होगा। उन दोनों के बीच एक ही राग था, जिससे वियोग के स्वर बिखर रहे थे। दोनों को क्या चाहिए था ये मालूम न था। उन दोनों ने कभी एक-दूसरे पर इसका कोई इज़हार न किया था।

वे दोनों बिछड़ रहे थे। रात के नौ बज चुके थे। स्नेहा ने खुली लिफ़्ट के

पास उसके सीने के क़रीब अपना चेहरा लाकर कहा-" मुझसे मिलने आया करो। मुझे ज़रूरत है।"

उस रात स्नेहा सोयी नहीं। वह उसी वापसी की बस में बैठा हुआ रात के ब्लैकबोर्ड पर कुछ लिख देना चाहता था मगर ज़िंदगी की चॉक स्नेहा के स्पर्श से और अधिक गीली हो गयी थी।

सूखे दरख़्तों का जंगल था। पत्थरों पर जमी काई का रंग मटमैला था। हवा ने कोई ख़ामोशी ओढ़ ली थी। आसमान पर किसी ने पौचा मार दिया था। तपिश थी और जिसका जवाब न मिले वही सवाल था कि 'किसलिए कोई किसी से इस तरह प्यार करता है?'

लोहे के घोड़े

सड़क किसी निराश्रित बेवा के फटे ओढ़ने की तरह किनारों से उखड़ी हुई थी। सड़क के बीच में बेतरतीब गड्ढे बन गए थे। घर की दायीं तरफ़ एक नया पुल बन रहा था। क़स्बे के पास में एक गड़ा ख़जाना निकल आया था। इसलिए वाहनों की भीड़ बढ़ गई थी। आने-जाने के लिए रेल का एक फाटक बहुत छोटा पड़ रहा था। इसलिए रेल की पटरी के ऊपर से गुज़रने के लिए एक पुल बनाया जा रहा था। सारे दिन गर्द से भरे हवा के झोंके आते थे। रेत और सीमेंट का भूका उड़ता रहता था।

रोज़ सुबह सुगणी एक हाथ कमर के पीछे रखती हुई घर को बुहारकर भट्टी के पास बैठ जाया करती। महाराणा प्रताप के वंशज हैं। चित्तौड़गढ़ से पूरे देश में फैल गए हैं। क़सम खाई थी कि जब तक राज-पाट वापस नहीं मिलता इसी तरह गाड़े पर घर लिए फिरेंगे। उसी क़सम के चलते-फिरते हुए रेगिस्तान के इस किनारे तक आ गए। यहाँ पर सरकार ने उनको स्थायी रूप से बसा दिया है। अब भी कहते ख़ुद को गाडोलिया लोहार ही हैं।

पंखे से कोयलों पर हल्की आँच देते हुए सुगणी सोचती कि इन दिनों

घर में कितनी धूल उड़ी आती है। काश वह दिन में दो-तीन बार सफ़ाई कर सकती। वैसे करने को कर ले मगर घर में आये हुए ग्राहक के पीछे झाड़ू फेरना अपशकुन माना जाता है। इसलिए बारदाने के टुकड़े को यहाँ वहाँ पटकती जाती और फाँ-फूँ करती हुई मिट्‌टी को हटाती रहती। उसने लोहे की हथौड़ी, अरगता, घण और संडासी सहित सारे सामान को साफ़ करके रखा हुआ था। तीसरी बार उफनती हुई चाय को फूँक मारकर बाहर की ओर देखने लगी। दूर बड़ी मशीनों के आस-पास से बचते हुए लोग चले जा रहे थे। लेकिन गोमिंदा कहीं दिखाई नहीं दे रहा था।

एक बार तो सुगणी को ख़ुद पर ग़ुस्सा आया कि रात को वह चुप रह जाती तो कितना अच्छा होता, बिना बात के ज़ुबान लड़ाती रही। सासू माँ ने कहा कि ये तांबेड़ा नीचे कैसे गिर गया। तांबे का बना हुआ घड़ा था। पानी था नहीं उसमें और अच्छे से टिकाकर रखा हुआ भी न था। जैसे वह इंतज़ार में था कि कोई पास से गुज़रे और टपक जाए। उसके गिरते ही एक बड़ी ठन्न की आवाज़ आई। जैसे तांबेड़ा गिर जाने के इंतज़ार में था वैसे ही सासू माँ भी इंतज़ार में थी। सुगणी भी दिन भर की थकी हारी थी तो उसने जवाब दे दिया-" सही ढंग से नहीं रखा हुआ था इसलिए गिर गया।"

सासू माँ के पास सवाल-जवाब का उससे ज़्यादा बड़ा अनुभव था। वह उससे बीस साल बड़ी थी और उसने उम्र भर यही काम सीखा था। सुगणी की सासू को सवाल-जवाब का सिलसिला शुरू होना अंधे के हाथ बटेर लगने जितना सुख देता था। यह एक ऐसा अवसर होता था जैसे कुश्ती में कोई पहलवान क़ैंची में फँस गया हो। सासू माँ ने अपनी क़ैंची को और कस दिया-" यहाँ पर किसने रखा था, तांबेड़ा?"

सुगणी हर बार ऐसे मौक़ों पर अपने अनुभव से चुप हो जाया करती थी। रात को जाने किसलिए उसने कहा-" जिसको भगवान ने हाथ दिये होंगे उसी ने रखा होगा।" सासू माँ को लगा की क़ैंची में फँसा पहलवान खिसक सकता है, तो कई सारे दाँव एक साथ लगा दिये-" तेरे को हाथ नहीं दिये भगवान ने, इस घर में लूला-लंगड़ा कौन है? बता तो ज़रा। मैं समझती हूँ तेरी बात को, तू ये कहना चाहती है कि अकेली घर का पानी भरकर लाती है तो तेरे ही हाथ हैं। बाक़ी सब तो इस घर में लूले हैं।"

सुगणी के पास कुछेक आँसू थे। जो आँखों की कोर के पास अटके हुए थे। वे उसे याद दिला रहे थे कि बीस साल साथ रहने के बाद इतना हक़ तो होता है कि उसका मर्द अपनी माँ की ज़ुबान को बंद रखने को कहे। गोमिंदा कहीं आसपास होगा ही मगर वह सास-बहू के संवाद में कभी नहीं बोलता इसलिए आज भी ग़ायब था।

सुगणी ने एक बार फिर से बैठे-बैठे गली के छोर तक नज़र दौड़ाई। गोमिंदा फिर भी आता हुआ नहीं दिखाई दिया। पड़ोस के छपरों के नीचे लोहे को कूटे जाने की आवाज़ें आ रही थी और भट्टी से उठती चिंगारियाँ एक-दो फ़ीट उछलकर नीचे गिरतीं और बुझती जातीं। क़स्बे के बढ़ते हुए कोलाहल में भी सुगणी को सन्नाटा घेरता जा रहा था।

गोमिंदा आदमी मस्तमौला है। आठवीं तक पढ़ा हुआ है। फ़िल्मों का शौक़ीन। स्कूल जाने के दिनों में भी अपने सहपाठियों को बस्ता संभलवा कर भाग जाता और साढ़े बारह बजे वाला शो देखकर रीसेस तक स्कूल में चुपके से घुस आता। स्कूल की बाउंड्री रेलवे के लकड़ी के स्लीपरों को खड़ा करके बनी हुई थी। जिस तर.फ स्टेशन मास्टर का घर था, उसके पीछे से होते हुए, रेल ड्राइवरों के विश्राम घर के पास वाली दीवार के सटा हुआ स्कूल का शौचालय था। गोमिंदा और उसके साथी वहीं से एंट्री मारते थे। फ़िल्म देखने गए हुए लड़कों में से कोई एक लड़का बड़े वाले हॉल के पास वाली खिड़की से इशारा करता। अंदर से कोई एक लड़का बाहर जाकर देखता कि मास्टर लोग कहाँ-कहाँ बैठे या खड़े हैं। फिर पाँच-दस मिनट में कई लड़के बारी-बारी से शौचालय से आते दिखते। उनमें सबसे पहले गोमिंदा हुआ करता। कई बार उसने इस रास्ते प्रवेश करने पर मार खाई। कई बार वह मुर्ग़ा बना हुआ, धूप को चिढ़ाता रहता। उसे माड़साब खड़ा भले ही धूप में करते किंतु वह एक अच्छे मुर्गे की तरह चलते हुए किसी नज़दीकी छाया में पहुँच जाया करता।

गोमिंदा के पेट में एक ख़ुशी का घड़ा रखा हुआ था। उसमें कई फ़िल्मों के डायलॉग रखे रहते थे। उन डायलॉगों की ख़ूबी थी कि वे सब आशावादी जीवन की रचना करते थे। गोमिंदा अपने साथ हुए सभी अत्याचारों पर मास्टरों को खुले दिल से मा.फ कर देता था। उसका कहना था कि हमारे जैसे लड़के स्कूल

में नहीं हो तो मास्टर बेरोज़गार हो जाएँगे। इन सब मास्टरों को पढ़ाना-लिखाना तो आता नहीं है, मुर्ग़ा बनाना सीखे हैं बेचारे। इनके पास भी कोई काम तो होना चाहिए न।

गोमिंदा बड़ा होता गया मगर आशा ने उसका दामन नहीं छोड़ा। उसके पेट के अंदर छुपा हुआ आशावादी घड़ा हमेशा भरा ही रहा। वह हर तकलीफ़ को ठोकर मारकर उड़ा देता था। एक बार स्टेडियम में गुल्ली-डंडा खेलने के दौरान नगर पालिका वाले आए और सब डंडे छीनकर ले गए। कहते थे कि फ़ुटबाल के मैदान में ये खेल खेलना मना है। उस दिन सब उदास हो गए मगर गोमिंदा ने तुरंत कहा-"अपने पीछे लगा लो ये डंडे। हम अब से सतोलिया खेलेंगे।" नगर पालिका के कर्मचारियों ने गोमिंदा से भी बुरी गालियाँ दीं मगर वह हँसता हुआ घर चला आया। उसने पहले विषणा बा के घन पर लोहा कूटा और फिर पिताजी के पास भट्टी पर हाहाकार मचा दी। तीन घंटे का लोहा एक घंटे में कूट डाला।

अगले दिन कोई खेलने नहीं आया। गोमिंदा ने कहा कि गुल्ली-डंडा खेलकर टाइम ख़राब करने का फ़ायदा नहीं है। चलो लकड़ियाँ काटकर लाते हैं। कई महीनों तक उसके कुशल और उत्साही नेतृत्व में मुहल्ले के सब हमउम्र लड़के बबूल काटते और साइकिल के केरियर पर गट्ठर ढो रहे होते। गोमिंदा ने जब-जब कोई रास्ता बंद देखा तो वहीं बैठा नहीं उसने अपनी दिशा को मोड़ा और चलता रहा।

गोमिंदा के अंदर कुछ था जो कभी बिखरता नहीं था।

सूरज चढ़ आया था। भाँति-भाँति की आशंकाएँ बलवती होती जा रही थीं कि दिन उगने से पहले दिसा को निकला गोमिंदा दस बजे तक लौटकर नहीं आया था। निपटना दस मिनट का काम है। उस पर भी बीड़ी-ज़र्दा के लिए कहीं रुको तो पंद्रह मिनट लेकिन अब तो चार घंटे होने को आये हैं। पैंतालीस साल के अधेड़ आदमी से ऐसे बचपने की उम्मीद नहीं होती।

सुगणी चाय को छोड़कर छपरे से बाहर आकर खड़ी हो गई थी। सासू माँ से हुई बकर-झकर के बाद रात बस इत्ती-सी बात हुई कि गोमिंदा ने सरिये मोड़ने और लूप बनाने का काम शुरू करने की बात कही थी और वह अड़ गई।

ऐसा हाड़-तोड़ काम करने की क्या ज़रूरत है- ये सब सुगणी ने छपरे से ऊँची आवाज़ में कह दिया था। आधी से ज़्यादा उम्र तो जा चुकी है। रंग ने अपनी जगहें बदल ली हैं। सर सफ़ेद और सूरत काली हो गई है। उस पर घर परिवार और दुनिया के तमाशे देखकर थक गए, फिर ऐसा काम किसलिए?

हर रात घर के सामने लगे लैंपपोस्ट की रौशनी छपरे से छनकर उनके आँगन में गोल-गोल बिंदियाँ उतारा करती थी। उन बिंदियों के उजास में उदासियाँ भी चमकती हुई जान पड़ती थीं। रात घड़ी में बारह बजे थे और नींद का कहीं पता न था। पास की चारपाई पर करवट बदलते हुए गोमिंदा ने संयत स्वर में कहा था। दुनिया बड़ी कठोर है और साथ जाने कब छूट जाये? पहले जब भी वह सुगणी के रूप पर मरने के अलावा किसी तरह से मरने की बात करता तो भी वह उसका मुँह अपनी हथेली से ढाँप लेती थी। इस अपशकुनी बात को सुनकर वह देर तक रूसना करती और गोमिंदा जब उसके गुदगुदी करता तभी मानती थी। रात ऐसी बात सुनकर सुगणी को रूठना याद नहीं आया वरन वह डर गई थी। उस डर की याद इस चमकती हुई धूप में तेज़ कटार बनकर उसके हृदय को बींध रही थी। सुगणी इस इंतज़ार में घायल कपोत की तरह धरती की ओर बढ़ती आ रही थी। गिरने से ठीक पहले उसने घर के पक्के कमरे में पाँव रखा और भरसक कोशिश करके अपनी सास को कहा-

"आपके बेटे सुबह छः बजे घर से गए थे अभी आये नहीं।" नाक में पहनी हुई सोने की बड़ी-सी नथ चमकी। सासू ने उसकी तरफ़ मुँह किया। नथ के पास से होंठ घृणा से टेढ़े होते जा रहे थे और माथे पर सलवटें जल्दी-जल्दी बन और बिगड़ रही थीं। सुगणी ने उन मुद्राओं को पल में छाँटकर अलग कर लिया कि ये टेढ़े तिरस्कार भरे होंठ उसके लिए हैं और चेहरे की बाक़ी चिंता वाली सलवटें गोमिंदा के लिए।

"हाय काऊँ व्यो?" यानी अरे क्या हुआ कहते हुए सास उठी और लगभग सुगणी को धक्का देते हुए गोमिंदा के पिता की ओर बढ़ गई। दुत्कारे जा रहे कुत्ते जितने अपमान को ख़ुशी से स्वीकार करते हुए सुगणी हिम्मत जुटाकर सास के पीछे चल पड़ी। पतली धोती बाँधे हुए एक हाथ से मोरचंग की तार को सीधा करते हुए गोमिंदा के पिता लगभग अंतर्ध्यान थे। उन्होंने मोरचंग को होंठों से लगाया लेकिन अपनी पत्नी की बात सुनते-सुनते उनके

दोनों हाथ घुटनों पर आकर टिक गए। पत्नी के पीछे खड़ी बेटे की बहू की उदास आँखों को एक नज़र देखते हुए बोले- "हमणे आवी जाविये।"

पिता किसी बात पर आश्वस्त थे या दिलासा दे रहे थे। यह नामालूम था। उनके हाथ अपनी ताक़त खो चुके थे और घुटनों पर बेदम पड़े हुए थे। पैंसठ साल से लोहा पीट-पीटकर सीधा कर लिया था मगर ज़िंदगी पर उनको कोई भरोसा न था। ज़िंदगी को पीटकर भट्टी में तपाकर भी सीधा सट्ट नहीं किया जा सकता। वह कभी भी धोखा दे सकती है। और दे सकती है क्या वह धोखा ही देती है। जिनको कुछ नहीं हुआ होता है, वे पल भर में चित्त हो जाते हैं और कई बीमारों के बीमार मरने का नाम ही नहीं लेते।

उन्होंने विषणा बा के छपरे की तरफ़ नज़र दौड़ाई। आशंका ने घेर लिया। विषणा बा का दूसरे नंबर का बेटा पिछले साल दिन भर भट्टी पर काम करने के बाद रात को पाव भर पीकर, खाना खाकर आराम से सोया था। आधी रात को बोला- सीना दुख रहा है। अस्पताल लेकर गए, डॉक्टर बोले- वापस ले जाओ भाई। बात ख़त्म हो गयी है। जवान मर्द आदमी दिन भर मेहनत का काम और दिल धोखा दे गया।

वे उस तरफ़ इसलिए देख रहे थे कि कोई लड़का दिखे तो उसे खोज के लिए भेजूँ।

दो-तीन बार दाएँ-बाएँ देखा और फिर पास रखी लोहे की कुर्सी की टेक लेते हुए गोमिंदा के पिता उठ खड़े हुए। खूँटी पर टँगी बंडी को बाँहों में डालकर उसी सड़क पर चल पड़े जिधर सब दिसा के लिए जाते हैं। उनकी अनुभव भरी चाल की लय को मन की व्यग्रता बिगाड़ रही थी। वे लगभग दौड़ते हुए से जान पड़ रहे थे। रेल पटरी के सहारे शौच जाने के इस रास्ते दौड़ते हुए से जाने पर लोग क्या सोचेंगे? ये सोचकर वे एक-दो बार मद्धम हुए किंतु हर बार किसी आशंका ने उनकी चाल को बढ़ा दिया। उनकी पतली धोती के सिरे हवा में उड़-उड़ जा रहे थे किंतु उनकी आँखें दूर क्षितिज तक गोमिंदा का चेहरा खोज रही थी।

गली से उनके ओझल होते ही सास ने गिरगिट की तरह अपनी जीभ फैलाई और सुगणी को उसमें लपेट लिया- "रात काऊँ लपर-चपर हती?" सुगणी सासू की ओर पीठकर के दूर गली में देख रही थी। सास ने इस दूरी और दिशा

के हिसाब से आवाज़ को लंबाई देकर आगे कहना शुरू किया, जिसका सारांश ये था कि इस खोटी स्त्री के इस घर में आने के बाद हमें कोई सुख नसीब नहीं हुआ। इसने अस्पतालों के चक्कर में मेरे बेटे का आधा शरीर घिसवा दिया। सुख–चैन की ज़िंदगी देने की जगह बेटे को अलग झोपड़ी में लेके बैठ गई।

उधर सास भाषण किए जा रही थी और इधर चुप बैठी हुई सुगणी ने अपने हृदय पर हाथ रखा और ईश्वर से कहा कि तू जानता है किसने क्या किया है। मैंने अपनी साँस बाद में ली और इस घर का भला पहले सोचा है। गोमिंदे के लिए मेरा जीव हज़ार बार न्यौछावर है। मेरी सब ग़लतियाँ माफ़ कर। वह मन–ही–मन और प्रार्थना कहती रही। उसकी नज़र दसों दिशाओं में विराजे हुए तैंतीस करोड़ देवी–देवताओं और झाडू वाले पीर बाबा तक की आशीष का चमत्कार देखने को घूमती रही। दूर तक पुल के लिए खोदे जा रहे गड्ढों से उड़ती हुई धूल छाई थी। ससुर जी अकेले चले आ रहे थे और आशंकाओं की बारीक धूल सुगणी की उम्मीदों पर छाई जा रही थी।

अब तक पड़ोस के लोगों तक खुसर–पुसर पहुँची तो वे भी बारी–बारी से जमा होने लगे। उन सब की बातों में अचरज ज़रूर था लेकिन एक आश्वस्ति भी थी कि गोमिंदा ऐसा कुछ नहीं करेंगे। सबका मानना था कि गोमिंदा मरते हुए को बचाकर ले आए जैसा आदमी है। उसने ज़िंदगी से कभी हार नहीं मानी है। लेकिन सब बातों के बीच एक यही सवाल था कि किसी ने उनको जाते हुए देखा कि नहीं ?

यही सवाल एक–दूसरे तक पास होता रहा। सुबह सवेरे दिसा के लिए कौन नहीं जाता है। ऐसे आते–जाते हुए अचानक दिख जाएँ तो अलग बात वरना ये कोई ध्यान रखने की बात है क्या ? कुछ एक लोग बातें करने में लगे हुए थे। उदास छपरे के नीचे रखी देगची में चाय पर थरकन जम गई थी। बुहारा–झाड़ा हुआ घर भी सदियों पुराना दिखने लग गया था। इंसान की महक से ही घर का शृंगार रहता है। सुगणी का रूप भी रेत में पानी की तरह चार घंटों में ही लोप हो गया था। वह छपरे में रखे हुए लुहारी के सामान और सोई हुई सी भट्टी के पास बैठी थी।

कोई टाइम था जब यहाँ पर काम की धमचक लगी रहती थी। पचास कोस से लोग खेती करने का सामान लेने इसी मुहल्ले में आते थे। बरसात से पहले

के दिनों में औज़ारों को पाना करने का काम इतना बढ़ा जाता था कि ग्राहक चापलूसी करते और मुँह माँगा दाम दिया करते थे। फिर धीरे-धीरे टाइम बदल गया। अब ट्रैक्टर से खेती होती है। पिछले साल तो पंजाब से चारा काटने की मशीन भी आ गई थी। लुहारी का काम अब नए तरीक़ों का हो गया था। कई लोग नए ढंग की चीज़ें बनवाना चाहते थे। गोमिंदा पढ़ा-लिखा था। उसने जो देखा उसे तुरंत सीख लिया था। इसलिए काम बना रहता था। मगर आज छपरा बड़ा उदास था।

सुगणी का गाँव यहाँ से कोई बीस किलोमीटर दूर था। वह इस घर में आई थी तब उसने देखा था कि कमरे की दीवार पर एक बहुत बड़ी तस्वीर लगी हुई थी। ये तस्वीर एक फ़िल्म का पोस्टर थी। पोस्टर के बीच में एक आदमी बाईं तरफ़ झाँक रहा था। उसने बिना बाँहों वाली एक बनियान पहनी हुई थी। ऐसी ही बनियान काम करते वक़्त गोमिंदा पहना करता था। उसी पोस्टर में नीचे एक तरफ़ एक आदमी का मुँह फटा हुआ था दूसरी तरफ़ एक औरत उन दो आदमियों के बीच कहीं देख रही थी। गोमिंदा ने उसे कहा कि इस बार बाबे की बीज पर माँ और पिताजी रामदेवरा जाएँगे तब मैं तुझको खेल दिखाने ले जाऊँगा। सुगणी ने पूछा था- ये खेल क्या होता है। उसकी तरफ़ प्यार भरी निगाहों से देखते हुए गोमिंदा ने कहा-" फ़िल्म सुनी है?" सुगणी ने हाँ भरी। उस रात के बाद से गोमिंदा और विनोद खन्ना एक जैसे दिखते थे। वही बनियान पहने हुये। वैसे ही मज़बूत और उतना ही काम करते हुए।

सुगणी ने उन दिनों के बाद लगातार कई साल बिता दिये इस घर में। घर में लेकिन नया-नवेला कोई नहीं आया। उसको आस बँधती ही नहीं थी। वे दोनों कई अस्पतालों के चक्कर लगाते और लौट आते। कई बार उदासियाँ आकर घेर लेतीं। बस वे ही घेरे रहती थीं। कोई उम्मीद तो कभी आती ही नहीं। जिस किसी ने भी कोई उपाय बताया, उन्होंने आजमाया। जिस मज़ार पर झाड़ू चढ़ते थे वहाँ झाड़ू चढ़ाये। जिस मंदिर में शक्कर के लड्डू चढ़ते थे, वहाँ शक्कर के लड्डू चढ़ाये। इस तरह जिस किसी देवी-देवता, पीर-औलिया, झाड़ा-मंत्र, दवा-दारू का जो भी दावा था, वह उन्होंने आजमाया। सब बेकार थे।

सुगणी ज़्यादा उदास होती। गोमिंदा के आशा भरे घड़े से आवाज़ आती-

"क्या फ़रक़ पड़ता है, भाई-भाभियों के बच्चे बहुत हैं। सबको बराबर प्यार करो। आदमी कोई बच्चे जनने की मशीन है कि बच्चे न हुए तो ख़राब है इसे फेंक दो। दुनिया में आए हैं तो करने को हज़ार काम हैं।" ऐसी बातें कहते हुए कभी लगता नहीं था कि गोमिंदा को कोई दुख है जिसे वह छिपा रहा है।

एक बार उसकी बुआ एक नया रिश्ता लेकर आ गयी थी। बुआ की बेटी के ससुराल में एक लड़की है। वे शादी करने को तैयार हैं। घर भर में खुसुर-पुसुर हुई। पिताजी ने कुछ नहीं कहा। सासू बड़ी ख़ुश हुई। उसकी चाह थी कि गोमिंदा के घर में सौ बच्चे खेलें। उसका वंश बढ़ता जाए। उसने बड़ी हुलस के साथ ये बात गोमिंदा के आगे रखी। गोमिंदा ने साफ़ मना कर दिया। बच्चे होने होंगे तो हो जाएँगे, नहीं तो उसके भी नहीं होंगे। मैं कोई दूसरी शादी नहीं करूँगा। समझाइश की बातों के बीच सुगणी ने भी अपनी हामी भर दी। मुझको कोई ऐतराज़ नहीं है। आप लाओ मैं उसे ख़ुशी-ख़ुशी अपने साथ रखूँगी। आप चाहोगे तो अलग कमरे में रह लूँगी उम्र भर। इतना सुनते ही गोमिंदा की आँखें भर आईं। वह उठकर बाहर चला गया।

रात को बहुत देर तक सुगणी उसे मनाती रही। वह बहुत उदास था। उसकी आशाओं के घड़े के मुँह पर कोई पत्थर पड़ गया था। कोई अच्छी बात वह कहना चाह रहा था मगर कह नहीं पाया। जब सुगणी रोने लगी तब जाकर उसके मुँह से एक वाक्य फूटा- "तुझे प्यार करता हूँ री सुगणी, हम कोई ढोर तो हैं नहीं कि आज इसके साथ कल उसके साथ।"

सुगणी ने उस रात ईश्वर को दिये हुए सारे उलाहने वापस ले लिए। अगर बच्चे होते और इतना प्यार करने वाला पति न होता तो क्या जीना होता।

एकाएक हल्का शोर प्रस्फुटित होने लगा। इसकी आवृति एक निश्चित लय में बढ़ते हुए सम पर आकर रुकी और फिर लुप्त हो गई। ये सब गली में गोमिंदा के दिखने और उसके घर तक पहुँच जाने की क्रिया के समानांतर हुआ। सच में गोमिंदा लौट आये थे। उनके चेहरे पर थकान थी। सुगणी उठकर उनका स्वागत न कर सकी। वह दीवार से सहारा लेते हुए निढाल-सी हो गई। एक-दो लोगों ने पूछा- "गोमिंदा भा कियें गया हता?" गोमिंदा ने फीकी मुस्कान भर फेंकी और गहरी चुप्पी ओढ़ ली। कोलाहल समाप्त हो गया।

पिताजी ने बिना किसी सवाल-जवाब के आधे बने हुए मोरचंग उठा लिए, गोमिंदा की माँ अपने हिस्से के घर में चली गई।

असहाय, निराश, हताश और आगत की आशंकाओं के बोझ तले दबे हुए किसी जोड़े की तरह गोमिंदा और सुगणी एक-दूसरे को देख रहे थे। उनके बीच ऐसा कोई नहीं था जो सुबह की बासी चाय को फेंककर, ताज़े दूध को भट्टी पर रख सके। उसमें पानी, चाय की पत्ती और थोड़ी सी शक्कर डाल दे। किसी के हाथ में सामर्थ्य न था कि धौंकनी के पंखे को घुमा दे या फिर हथौड़ा हाथ में उठा ले। गोमिंदा सोच रहा था कि लोहे के घोड़े बनाना भी बुरा काम नहीं है। सुगणी ने सोचा कि लोहे के घोड़े कौन-से जीवित होकर कुलाँचे भरते हुए उसके छपरे में दौड़ लगाने लगेंगे? अच्छा है कि सरिये मोड़ने और लूप बनाने के काम से पैसा भी हाथों-हाथ आएगा।

उन्होंने कोई बात नहीं की। गोमिंदा ने कल रात को मोड़ने के लिए लाये गए सरियों को छुआ तक नहीं और लोहे के घोड़े बनाने के लिए चद्दर को काटना शुरू किया। सुगणी ने गोमिंदा का हाथ पकड़ा और बोली। बोली तो क्या थी बस सुगणी के उन हिलते हुए होंठों को देखकर गोमिंदा ने ही अंदाज़ा लगाया कि ये पूछ रही है, "कहाँ गए थे?" गोमिंदा ने सुगणी के हाथ पर अपना हाथ रखते हुए कहा- "अब नए तरीक़े के कारखाने आ गए हैं और वे काम का पैसा भी ज़्यादा और टाइम पर देते हैं। लोहे के घोड़े बनाने से बस दिन ही कटते हैं, बचता कुछ नहीं।" सुगणी लोहे के बुरादे से भरी रेत पर हाथ फेरती हुई सुन रही थी।

"मैं तेरे लिए बहुत दुखी होता हूँ कि कोई औलाद होती तो उसके सहारे ज़िंदगी कट जाती। अब अगर गाँठ में पैसा भी न हुआ तो तुम्हारा क्या होगा?" चाय की केतली के पास से आग की चिणक उठी और सुगणी के ओढ़ने पर जा गिरी। गोमिंदा ने अपने हाथ की तीन-चार थाप मारकर उसे बुझाया। सुगणी की डूबी हुई आवाज़ आई- "आप ही नहीं रहोगे तो ज़िंदगी का क्या करूँगी?" लोहे के निर्जीव घोड़ों की ओर देखती सुगणी की आँखों से आँसुओं की लड़ियाँ हारे हुए सिपाहियों की क़तार की तरह सर झुकाए चली जा रही थीं।

गली के छोर पर अँधेरे में डूबी एक खिड़की

गली के आर-पार अँधेरा और रोशनी अपने वुजूद की लड़ाई लड़ चुकने के बाद सुस्ता रहे थे। पचास फ़ीट दूर खड़ी सरकारी पानी की हौदी विशालकाय भूत के पेट की तरह दिखाई दे रही थी। पानी की खेली में किसी प्यासे जानवर के पानी पीने की आवाज़ आई और बिना किसी आहट के अँधेरे में खो गई। इन्हीं टुकड़ा-टुकड़ा आवाज़ों से उसमें विश्वास लौट आता कि दुनिया अभी बची हुई है। घड़ी में देखा तो समय ठीक हो चला था। रात के एक बजने को थे। क्षितिज पर पसरे अँधेरे में पहाड़ी पर बना देवी का मंदिर ओझल हो चुका था। उसने अपने दिशा-ज्ञान से मनोकामना उस ओर उछाल दी। क़ातिल सरीखे सधे पाँव से अपने घर के पिछवाड़े का दरवाज़ा खोला फिर उसी अभ्यस्त तरीक़े से उसे उढ़का दिया।

उसने कायरता से सामने देखा और सोचा कि कभी अदम्य साहस से इस गली के बीसियों चक्कर लगाये थे। आज एक स्मृति से वह बुत होकर रह गया। समझ की घटाओं से बीते सालों का हिसाब उसके सम्मुख बरसता गया।

उसका नाम था सुदीप कोसानी। उम्र चौबीस साल नौ महीने। पेशा, कंप्यूटर हार्डवेयर बेचने का। हुनर था कि वह कुछ भी एसेम्बल कर लिया करता था। परिवार में एक छोटा भाई और दो छोटी बहनें थीं। पिताजी खाने का होटल चलाते थे। माँ घर को चलाती थी। दादा लाल रंग की टोपी लगाए हुए सुबह-शाम झूलेलाल के मंदिर में भजन गाया करते थे।

सुदीप को रिप्लेस करने में महारत थी। वह किसी भी नामी-गिरामी कंपनी की ख़राब चीज़ को लोकल मेड आइटम से बदलकर वैसी ही परफॉर्मेंस लेने का मास्टर था। उसकी दुकान पर ओरिजनल लेने आने वाले इस हुनर से डुप्लीकेट के मुरीद हो जाते थे। वह उनको समझा लेता था कि कंपनी पैसा सिर्फ़ अपने नाम का ले रही है। लोकल और डुप्लीकेट माल भी कंपनी के माल जैसा ही है।

ये रिप्लेस करने का हुनर एक बार उसे धोखा दे गया था। वह अब तक उसी सदमे में था।

कल उसे वही पुरानी रेशम गली से गुज़रती दिखाई दी थी। चटक नीले रंग का शलवार-कुरता पहने हुए। उसके उन्नत ललाट के बायीं ओर एक चमकीली रेखा बालों को विभाजित करती हुई चोटी में खोयी जा रही थी। तीन साल पहले रेशम दसवीं जमात में पढ़ती थी। इतना ऊँचा क़द था कि वह अगर सुदीप के पास आकर खड़ी होती तो ठीक उसके कंधे से लगती थी। पहली मुलाक़ात के दिनों की बात है। सुदीप घर के बाहर बनी सीढ़ियों पर बैठा था। उसे एक ज़िद ने घेर लिया था कि वह रेशम से बात करेगा। वह आई, ठीक सामने। रेशम ने उसे अपनी ओर देखते हुए देखा तो दोनों भौहों को ऊपर करते हुए पूछा- "क्या?" रेशम पल भर में उसके सामने से गुज़र गई। उस पल के सम्मोहन का क़िस्सा सुनाने योग्य शब्द दोनों के पास नहीं थे। दोनों के पास कोई एक स्मृति शेष थी।

बस इसी तरीक़े से उसी दिन सुदीप को पहली बार प्यार हो गया था। प्यार होते ही दिन बड़े बोरिंग हो गए थे। इंतज़ार लंबा हो गया था। वह पूरे दिन पसरा ही रहता था। बेहद लंबे और उबाऊ दिनों को काटने का तरीक़ा उन दोनों को नहीं मिला। रेशम का कभी-कभार ही उसके घर के दरवाज़े के आगे से

गुज़रना संभव हो पाता था। जबकि उसका पूरा दिन अपनी दुकान पर ग्राहकों को ऐडजस्ट करने में ही बीत जाता था। किसी भी सूरत में अब ये चीज़ें उससे संभल नहीं रही थीं।

उन दोनों को बहुत सारे अवसर चाहिए थे। सबसे बेहतर जगह थी झूलेलाल का मंदिर। इसके बाद कुछ अवसर होते थे- ख़ुशी के आयोजन। वे किसी-न-किसी बहाने से टकरा ही जाते थे। लेकिन उन मुलाक़ातों से राहत आने की जगह बेचैनी की आफ़त आ जाया करती थी। दो बार देखा और तीन बार इशारे किए फिर आगे का पूरा दिन और रात ख़राब हो जाती थी। आख़िर मुलाक़ातों के बीच ये तय हुआ कि वह रात को खिड़की पर आ जाए। इसी तयशुदा कार्यक्रम के लिए वह रात को एक बजे अपने घर के पिछवाड़े से निकलता और सौ क़दम दूर रेशम की खिड़की के पास पहुँच जाता।

कुँवारी लड़कियों की चुन्नी से आने वाली ख़ुशबू इस खिड़की से फूटती रहती थी। वह इस ख़ुशबू में पागल था लेकिन रेशम को लेकर उसकी हसरतें बहुत छोटी थीं। वह उसे अपने सामने बैठकर बात करते हुए देखना भर चाहता था। वक़्त के हिसाब से ये एक बड़ी हसरत थी। दो महीने निरंतर साप्ताहिक मुलाक़ातों के बाद अप्रैल महीने की दूसरी तारीख़ को रेशम ने उससे एक वादा किया था। वह खिड़की में उसके सामने बैठकर बात करेगी।

उस अँधेरी रात में भी चाँद के निकलने का वक़्त हो गया था। रात के तीन बजने को होंगे मगर वह सामने नहीं आई। खिड़की की ओट से दबी-दबी सी हँसी में हँसती रही। चाँदनी में सुदीप का खिड़की पर रुकना मुनासिब नहीं था। उसने वहाँ से हट जाने से पहले दूर तक झाँका। खिड़की में लगे हुए लोहे के एक सरिये को पकड़े हुए वह विदा लेने को ही था तभी एक नर्म नाज़ुक स्पर्श ने पागल-सा कर दिया। वह ख़ुशी से झूमना चाह रहा था किंतु इस नाज़ुक और प्रतीक्षित स्पर्श से उपजी उत्तेजना के अतिरेक में जड़वत हो गया। किसी के खाँसने और चारपाई को सरकाए जाने की आवाज़ से उसे खिड़की छोड़नी पड़ी।

उस मुलाक़ात के बाद कई महीनों तक कोई नयी बात नहीं हुई। वह खिड़की पर जाया करता। उसे एक-दो बार छू लेता और लौट आता। यह सब इसी विधि के अनुसार ही संपन्न हुआ करता था। ठीक वक़्त पर रेशम उसका

इंतज़ार करती थी। ठीक वक़्त पर वह खिड़की पर पहुँच जाया करता था। इस बढ़ते जा रहे प्रेम में अब चाँद की परवाह कौन करता! एक नए क़िस्म का दुस्साहस उसमें भर गया था। वह पगलाया हुआ दूधिया रौशनी के बिछावन पर खड़ा खिड़की को चूमता रहता था। कुछ नयी ख़ुशबुएँ भी उसी खिड़की में पहली बार मिलीं। एक अनूठी देह गंध बिस्तर के पसीने और सलवटों से भरी हुई, उसके बदन के पास मंडराती रहती। खिड़की में लगे लोहे के सरियों का अस्तित्व बचा ही न था। बदन का हर स्पर्श वर्जनाओं की सीमा लाँघ चुका था।

वह एक रात इसी उन्माद में अपने साथ रेशम की चुन्नी ले आया। अगली मुलाक़ात में रेशम रोती रही– "क्या जवाब दूँगी मैं, कहाँ गयी चुन्नी ?" किंतु उसने लौटाई नहीं। उसने उस चुन्नी को अपनी दुकान के एक कोने वाली दराज़ में रख लिया था। दिन में जब भी वह अकेला होता, उस चुन्नी को निकालकर सूँघा करता था। उसमें से रेशम की ख़ुशबू आती थी। रेशम, जो सबसे सुंदर सफ़ेद रंग के शलवार सूट में दिखती थी। वह सबसे बेहतर तब लगती थी जब पकवान खा रही होती थी। उससे भी अच्छी तब लगती थी जब अपने बालों को ठीक से रख रही होती। रेशम की सुंदरता की ऐसी अनेक बातों की सोच में दिन बीत जाता था।

वह रेशम के वजूद को टुकड़ों में काटकर अपने भीतर समा लेना चाहता था। सुदीप चाहता था कि सारे कनैक्शन इस तरह फ़िट करे, सारे रूट इस तरह बनाए कि रेशम उसके पास आती हो और वह उसके पास जाता हो। उसने चुन्नी नहीं दी। उसके एवज़ में अपनी एक शर्ट छोड़ आया। अगली बार रेशम उसे वही शर्ट पहने खिड़की में बैठी हुई मिली।

जब हम एक-दो लोगों के हिस्से में बँटे होते हैं तो ज़िंदगी के रास्ते आश्चर्यजनक रूप से सीधे दिखाई देते हैं। वह भी एक के बारे में ही सोचता था। वो उसका प्यार था। उसकी ज़िंदगी थी। उसकी सुबह और शाम थी। रात को एक बजे खिड़की में बैठा सुदीप का इंतज़ार करता हुआ चाँद था।

सर्द दिनों की एक रात जब वह मोहपाश में बँधा हुआ खिड़की की ओर चला तो उसने देखा कि कोई मर्द साया, उस खिड़की से सटकर खड़ा हुआ बातें कर रहा है। रात के एक बजे उसे ज़बरदस्त ठंड लगने लगी। वह उबल रहा

था या शायद काँप रहा था। यह दृश्य वज्रपात था। उसके सपने दलदल में बदल गए। कुँवारी ख़ुशबुएँ पिशाच की आठ भुजाओं की तरह उसकी तरफ़ बढ़ने लगीं। वह डरकर वापस घर की ओर भागा। उसकी समझ ने जवाब दे दिया था। उसे कुछ सूझ नहीं रहा था। वह धम्म से गिरा। चारपाई के आसपास सब कुछ बहुत भारी होता गया। उसकी साँस उसका ही गला घोंटने लगी। उसकी सही हालत के बारे लिखने के लिए अलौकिक सामर्थ्य की ज़रूरत थी। सारे सिस्टम की वायरिंग में भयानक फ़ॉल्ट आ गया था।

उस रात के कई दिनों बाद, एक ग्राहक के पीसी के लिए उसने कोई यूएसबी कॉर्ड खोजने के लिए दराज़ खोली तो उसमें से वही चुन्नी निकल आई। उसमें कई सुराख़ हो गए थे। उसमें रेशम की कोई गंध बाक़ी न थी। उस पर कुछ छोटे-छोटे कीड़े लग गए थे। चुन्नी के साथ एक सवाल भी टैग हो रखा था- वह ऐसा कैसे कर सकती है?

घर में खाना खाने का एक नियम था कि सब एक साथ बैठकर खाते-पीते थे। सिंधी परिवार वेल-बिहेव्ड होने से भी अधिक वेल-मैनर्ड था। रात के खाने के दौरान वहाँ बीयर ही पी जाती थी। दादा ने बंद कर दी थी किंतु घर के बाक़ी सब लोग जो पीना चाहते थे, पीया करते थे। रात को घर से बाहर रहना मना था। घर में आने का वक़्त तय था- नौ तीस। इतने दिनों बाद रेशम की चुन्नी देखकर उसे क्या सूझा कि उसने दोनों नियम तोड़ दिये। बाहर से पीकर भी आया और लेट भी।

उसका मन कहता कि वे अफ़वाहें सच हैं, जो इस लड़की के भोलेपन के इतर मोहल्ले भर में जुबानें बदल-बदलकर घूमती रहती हैं। उसे अपने प्रति घृणा हुई। अवसाद का कसैलापन दिमाग़ में बैठ गया। उसने एक दिन कहीं पढ़ा था कि पुरुष का भाग्य और स्त्री का चरित्र देवता भी नहीं जानते, मनुष्य क्या करेगा? सुदीप ने ख़ुद से कहा कि सच है मनुष्य जान न सकता हो मगर जानने के बाद किसी की हत्या तो कर ही सकता है। अब तो ये अनिवार्य हो गया है। यह प्रेम पर एक अमिट लांछन है। जिसे किसी के रक्त से धोना होगा। किसके रक्त से? स्वयं आत्मघात कर ले या फिर उसे मार डाले। ये सारे प्रश्न उसकी बेहिसाब चाहत के सबूत थे।

ऐसे अबूझ प्रश्न उसके दिमाग़ में घूमते ही रहने लगे। वह अब भी उसे खोना नहीं चाहता था इसलिए उसके बारे में सोच रहा था। वह उस रात के बाद से इस पाप के पश्चात उसे अपने साथ भी नहीं रखना चाह रहा था। तो कौन मरेगा? इस घृणित कार्य का दंड किसे मिलेगा? प्रश्नों की इस धमाचौकड़ी से वह हार गया। एक चुप उसके कमरे में आकर बैठ गयी। वह मन-ही-मन भौतिक और चेतन जगत के बारे में गूढ़ प्रश्न करता हुआ; शीतल छाया को बुनता था कि आख़िर यह मेरी नज़र का धोखा भी तो हो सकता है। कोई वजह रही होगी। मगर खिड़की पर खड़ा अजनबी साया उसके शरीर को झुलसा देता। बदला लेने की भावना जाग उठती। वह इसे अपमान समझता और किसी बेशक़ीमती चीज़ के लूट लिए जाने के बोध से पीड़ित हो जाता। दुःख का पारावार न था। आँखें फटी रह गयी थी, वह एकांत प्रिय हो गया।

इस कारण से सुदीप कोसानी दुकान पर बहुत देर बैठता था। उसके दोस्त नहीं रहे। उसकी मस्ती बंद हो गयी थी। उसका धंधा ज़्यादा चल निकला था।

घर में ये फ़ील होता था कि सुदीप किसी चक्कर में है। चक्कर के बारे में सिर्फ़ आशंका जताने भर की देर थी। मोहल्ला पूरा जानकार था और उसने बिना किसी हिचक के बता दिया कि इस फ़ील की जड़ का नाम रेशम है। माँ को किसी ने जादू-टोने सुझाये, किसी ने उसकी शादी कर देने की सलाह दी। किसी ने कहा कि रेशम के माँ-बाप से बात की जाए। उस लड़की को भी समझाया जाए। ये सब बेकार के सुझाव थे। सुदीप न तो उस लड़की से बोलता था, न वह लड़की कभी इधर आती थी।

कुछ ऐसा ही हाल उधर भी था। रेशम की एक मौसी ने कहा बचपन का रंग है छूटेगा नहीं और छूट गया तो समझो गंगा नहाये। रेशम चुप रहती थी, वह बोलती न थी। पिताजी ने शहर के डॉक्टर को दिखाया तो उन्होंने परीक्षा के दबाव में नींद न लेने से उपजे अवसाद को चिन्हित कर चिकित्सा आरंभ कर दी। शिथिल कर देने वाली दवाओं के असर में वह सोती रहती थी। दस दिन बाद बोलने लगी। सिर्फ़ अपनी माँ से बात करती थी। उसके पास बैठकर रोटी खाती और फिर किताबें लेकर आँगन में पढ़ने बैठ जाया करती। पिताजी देखते तो उनकी आँखें भर आतीं। वे उसे निगाह भर देखते और फिर नम आँखों से

अपने कमरे में अकेले सो जाते। पढ़ते हुए जब भी रेशम को सुदीप का चेहरा याद आता वह तुरंत नींद की गोली खा लेती। यही एक तरीक़ा बचा था छुटकारे का। उसने बहुत आत्मपीड़ित दिन बिताये। दु:ख प्रकट करने लायक़ नहीं था। कोई ऐसा भी नहीं था, जिससे वह अपने मन की बात कह सके। दिन बीतते गए और वह दो महीने तक वार्षिक परीक्षाओं में व्यस्त रहते हुए थोड़ा बहुत भूल पायी थी कि एक दिन उसके हाथ में सुदीप की क़मीज़ आ गई। साँप की केंचुली, नहीं शेर की खाल, नहीं नेवले की पूँछ जैसा कुछ उसके हाथ में आ गया था। वह रात भर रोती रही।

बाहर वही शोर था। वही बुझा हुआ चाँद था। वही अँधेरा भी था। समय का पहिया इतना पीछे जा चुका था कि रेशम को कुछ भी दिखता न था। उसके पास कुछ बुझे हुए अहसास थे। कुछ एक कतरनें थीं। कुछ एक स्पर्श के टुकड़े थे। एक भारी-भारी-सा मन था। उसे साँस लेने में तकलीफ़ होती थी। उसे लगता था कि सबकुछ किसी ने जकड़ लिया है। उसी जकड़न का घेरा कसता ही जा रहा है। उसके पास एक भय बैठा रहता था कि सुबह कभी नहीं होगी।

वो रोना चाहती थी, और ज़्यादा रोना, बेआवाज़ मुँह फाड़कर रोना।

आज सुदीप गली में खड़ा हुआ था। अब कुछ ऐसी बात न थी जो सताती हो। उसने इन बीत चुके दिनों से ज़रा-सा छुटकारा पा लिया था। सुदीप ने अपनी जेब पर हाथ रखकर उस काग़ज़ को टटोला जिसे सुबह पड़ोस की एक छोटी बच्ची देकर गयी थी। आदमी जिन बातों को भूला हुआ मान लेता है, वे पल भर में उसके ख़यालों के महल को चूर कर देती हैं। अतीत के भोगे हुए क्षण वर्तमान में अजित हो जाया करते हैं। वे चारों तरफ़ मंडराते हुए फिर से नष्ट जीवन में बिसरा दिए गए संबंधों का उद्घोष करते हैं। लिखावट वही थी, जिससे उसे नफ़रत थी। ऐसी नफ़रत जिसमें वह हत्या जैसा अमानुषिक कार्य भी करने को कभी तैयार हो गया था। लिखावट पहचानते ही पहला विचार आया कि वह इसे बिना पढ़े फाड़ दे। इसको आग के हवाले कर दे किंतु कर ना सका क्योंकि ऐसा आज तक किसी महबूब ने नहीं किया था। अगर उसे ज़रा-सा भी सच्चा प्यार था तो उसे बहुत सारी उम्मीद थी कि प्यार कभी खोएगा नहीं। यही पत्र अगर कुछ दिन पहले मिला होता तो वह इस काग़ज़

के टुकड़े को देखते ही नफ़रत से भर उठता। उसे अपने बेबसी के, बर्बादी के दिन याद आ जाते। लेकिन उसे ऐसा कुछ नहीं हुआ। वह सुदीप था ही नहीं। वह बाज़ारू औरतों का दोस्त था। उसने उसी चुन्नी की गंध के लिए कितनी ही चुन्नियों को सूँघ-ओढ़कर देख लिया था। वह उसी ख़ुशबू को पाने के लिए कुछ भी करने को तैयार हो जाता था। मगर हर बार एक पश्चाताप उसे घेर लेता था। उसके पास अब अपने प्यार की पवित्रता जैसा कोई बखान न था। इसलिए उसने पत्र को पढ़ा।

यह एक इतमीनान से लिखा गया पत्र था। कुछ चीज़ों की हमेशा ज़रूरत नहीं होती मगर वे होती हैं। लेकिन इस पत्र में वे चीजें नहीं थीं। जैसे न कोई संबोधन था और न ही किसी लिखने वाले का नाम।

''मैंने कभी मरने का प्रयास नहीं किया, मैं अभी जीवित हूँ। कई दिनों से घर आई हुई हूँ, तो एक बात तुमसे कहना चाहती थी। ये तुम्हारी शिकायत या मेरी कोई सफ़ाई नहीं है, फिर भी ज़रूरी है। उस रात के बाद मुझे पता था कि तुम अब कभी नहीं आओगे। तुम्हारे हठी स्वभाव से मैं परिचित हूँ कि अब भी मेरी एक चुन्नी तुम्हारे पास है। जो तुमने लौटाई नहीं है लेकिन मैं उन दिनों की याद नहीं दिलाना चाहती हूँ। सिर्फ़ इतना बताना चाहती हूँ कि ज़िंदगी का व्यवहार समझने का भी कोई स्कूल होना चाहिए। लोग कहते थे कि मैं पागल हो गई हूँ। किंतु मुझे विश्वास था कि ये सिर्फ़ तुम्हारी नफ़रत ही मेरे आस-पास थी।

ख़ैर जाने दो। जिस वक़्त मेरी विदाई हो रही थी तब तुम छत पर खड़े थे। तुमने एक बार भी मेरी कार की ओर नहीं देखा। तुम छत पर आये तो मुझे लगा कि मैं अभी मर जाऊँगी। मेरे ससुराल में सब सामान्य था। मेरी सास मुझे बहुत प्यार करती थी। ससुर थे नहीं और मेरी ननदें उतनी सहृदय थीं जितना कोई सोचता नहीं है। मेरे पति एक नेक आदमी, उन्होंने मुझे एक महीने तक छुआ ही नहीं। मैं जिस विरोध का सोचकर गयी थी वह दिखाने का अवसर ही नहीं मिला। अपने भाग्य की बात है कि वे आते और चुप सो जाते। इस बीच मैं कई बार यहाँ वापस आई मगर तुम कहीं न दिखते थे। सच तो ये है कि उनके व्यवहार से मेरे मन में तुमसे मिलने की इच्छा होती ही नहीं थी। मैं वापस ससुराल चली जाया करती।

मैं तुम्हें भूल गयी थी। शादी के लगभग तीन महीने बाद हमारे घर पर पति के साथ एक अतिथि आये। उन्होंने अतिथि को शराब पिलाई, खाना खिलाया और फिर रात ग्यारह बजे मेरे कमरे में लेकर आये। कहने लगे कि वे उनके दोस्त हैं और आज रात मेरे बेडरूम में सोयेंगे। मैं उसी पल झटके से कमरे से बाहर निकली और सासू माँ के कमरे की ओर भागी लेकिन वहाँ कोई नहीं था। घबराई हुई-सी मैं उनके कमरे में रात भर बंद रही। सच में इस बार मैं पगला गयी थी। मेरे पति ने मुझसे ये सब कहा। ऐसा कैसे हो सकता है? जानवर भी अपने जीवनसाथी के लिए लड़ मरते हैं और ये? स्त्री अथवा पुरुष का इससे बढ़कर दुर्भाग्य क्या होगा?

सुबह दस बजे जब डरते हुए दरवाज़ा खोला तो सामने कुर्सी पर पति बैठे थे। मैं चुप सर झुकाए खड़ी रही। कुछ ही पलों में वे उठे और ये कहते हुए बाहर चले गए कि मैंने उनके दोस्त का अपमान किया है। कोई इंसान कितना गिरा हुआ हो सकता है अब ये मेरी सोच से परे है। इसी सोच में, मैं मर चुकी थी। देह को त्यागना शेष था। मैंने कोशिशें नहीं की। फिर मेरी इन हरकतों से उकताकर वे मुझे यहाँ छोड़ गए हैं। मेरे परिजनों से कहा है कि मेरा चरित्र ठीक नहीं है, इसे समझाओ। मैं ससुराल जाकर उनकी बात मानूँ, इस बात के लिए मेरे परिवार वाले मुझे हर दिन मनाते हैं। तुम समझते हो ना कि मिर्च की जलन क्या होती है। ख़ैर स्त्री का भाग्य यही है। मुझे दर्द इसलिए नहीं होता क्योंकि मर तो मैं उसी दिन गयी थी।

आज फिर एक कोशिश करना चाहती हूँ कि देह से आज़ाद हो जाऊँ, सुना है कि इस दुनिया में अंतिम इच्छा पूरी करने की रस्म है, तो मेरी भी ख़्वाहिश है कि तुम एक बार उसी खिड़की पर आ जाओ।

इस पत्र को पढ़ने के बाद सुदीप को एक अजीब क़िस्म का संतोष मिला और बेचैन कर देने वाली दास्ताँ भी। सुदीप के मन और दिमाग़ में कई उलझनों का संचार हो गया। रेशम ने पहले कभी बात क्यों नहीं की? उसकी ख़ामोशी ने क्या कुछ छीन लिया है!

चाहे आप ख़ुश हैं या दुखी, ये ज़िंदगी अजब ग़लतफ़हमियों का एक पिटारा है। हरे-भरे जंगलों में आग लगती और वे राख में बदल जाया करते

हैं। हम सोचते हैं कि जंगल बर्बाद हो गया है लेकिन उसी राख से नयी कोंपलें फूटती हैं। स्याह हुआ क्षितिज सवेरे की लाली से दमकने लगता है। घास-फूस बहुत कोमल और नर्म हुआ करती हैं, लेकिन उसमें आग भी जल्दी लगती है। संबंध भी घास से बने घरौंदे होते हैं। उनमें तभी तक सुख भरा जीवन होता है जब तक कि धोखे की चिंगारियाँ उससे दूर रहे। कठोर-से-कठोर पर्वत के नीचे एक सुप्त दरिया होता है और हर दरिया के भीतर सर्द दिनों में पानी गर्म रहा करता है। एक शक भरे साये को मगर पहचाना नहीं जाता। उसे निकाल बाहर भी नहीं किया जा सकता। स्त्री-पुरुष के भीतर की पहचान इतनी मुश्किल क्यों होती है। लेकिन इतनी ख़ूबियों और इतनी मुश्किलों के बाद भी जीवन रूमानी है।

इन बातों में से कोई एक या ऐसी ही कोई बात उसके ज़ेहन में आई होगी। उसने सोचा कि सब कुछ नष्ट हो जाने के बाद उसने मुझे लिखा है और उसके शब्दों को पढ़ने के लिए मैं हूँ। वह एक नाकामयाब एसेंबलर था जो ज़िंदगी की इस चीज़ को फ़िक्स न कर सका। उसके हाथों से एसेंबल की हुई चीज़ें चलती रहीं। मगर ख़ुद की ज़िंदगी रुक गयी थी। वह इस लड़की से हद दर्जे की नफ़रत करता था। उसने कई साल इसी लड़की की आग में जलते हुए जिए थे। सुदीप के लिए यही लड़की दुनिया की सबसे ख़राब लड़की थी।

खट-खट... खटाक खटाक खटाक... कुछ आवाज़ें नजदीक आती हुई बड़े शोर-गुल में बदल गयीं। गायें और गधे दौड़ रहे थे। उनके पीछे गली के कुत्तों का झुंड था। यह शोर अगली गली के अंतिम छोर पर जाकर विलोपित हो गया। ख़त की स्याही अभी भी उसकी आँखों में चमक रही थी। जैसे ज़िंदगी के बुझने के बाद भी कुछ देर तक शरीर गरम बना रहता है। उसके हाथों में एक ख़त और कंधों पर एक मरे हुए सवाल की लाश थी कि उस रात खिड़की पर कौन था?

एक फ़ासले के दरम्यान खिले हुए चमेली के फूल

रसोई की खिड़की से उन पर हल्की सफ़ेद रोशनी पड़ रही थी। वे चमेली की बेल पर लगे हुए फूल थे। दूधिया जुगनुओं की तरह चमकते हुए। बेल जो झाड़ी जैसी हो गई थी। रात की स्याही में ज़रा उचककर ग़ौर से देखो तो लगता था कि उसने एक घात लगाये हुए वन बिलाव की शक्ल ले ली है। वे अनगिनत फूल थे। दीवार के सहारे चमकते हुए और नीचे कहीं धुंधले से दिखते हुए। नैना की ज़िंदगी की तरह बिना क़रीने के खिले हुए। जहाँ मरज़ी हुई खिल आये। खिड़की की वेल्डिंग पर, मुख्य दरवाज़े की कड़ियों के बीच और लोहे की कोबरा फेंसिंग पर भी खिले हुये। वे फूल हरदम मुस्कुराते रहते थे। नैना जब से इस घर में आई तब से ही देख रही है कि फूल उसे चिढ़ाते हुए उगा करते हैं। वह इसके प्रति ज़्यादा रिएक्ट नहीं करती थी कि लोग समझेंगे पागल है, जो चमेली के फूलों से नफ़रत करती है। इसी सदाशयता का फ़ायदा उठाते हुए चमेली के फूल हर साल खिलते और झड़कर उसके पाँवों में आ जाते। बैरी हवा भी उनका ही साथ देती। फूल आँगन में हवा के साथ तैरते हुए उसके पास चले आते। वह उचककर अपने पैरों को लकड़ी की कुर्सी के ऊपर उठा

लेती जैसे कोई साँप सरसरा गया हो।

उस घर में बहुत ज़्यादा लोग नहीं थे। नैना की उम्र से बीस साल बड़े एक सरदार जी थे। क़द कोई छह फ़ीट, खिचड़ी दाढ़ी और बाल, गठीला बदन लेकिन किसी अनजाने भार को ढोता हुआ। निपट अकेले वह जब पहली बार इस घर का दरवाज़ा खोलकर अंदर आई, तब वे बिना किसी को बुलाये चुग्गा डाल रहे थे। घर में कबूतर थे। वे कबूतर सरदार जी को देखकर शालीनता से संवाद कर रहे थे। उन कबूतरों के बैठने वाली खिड़की से एक दरिया की पतली धारा बहती हुई दिख रही थी। अपने आस-पास हरियाली लिए हुए वह सँकरा बहाव बेहद ख़ूबसूरत दिख रहा था। जैसे किसी ने दीवार में कोई सजीव पेंटिंग लगा रखी हो। वे कबूतर इतने शांत थे जितना कि पास ही चुपचाप बहता हुआ दरिया।

नैना घर के बरामदे में खड़ी थी। सरदार जी ने कबूतरों की तरफ़ से ध्यान हटते ही उसकी तरफ़ देखा। उन्होंने सर उठाया और पूछा "कहिये!"

नैना ने उनको नमस्ते किया फिर अपनी गोद से निकी को उतारा और कमर सीधी करते हुए कहा- "मुझे मालूम हुआ कि आपके यहाँ रहने को जगह मिल जाएगी। मुझे किराये पर एक कमरा चाहिए।"

उन्होंने शायद सुना नहीं। अगर सुना था तो भी वे बरामदे से घर के अंदर चले गए। सरदार जी के अंदर जाते ही नैना के पास वही समस्या आ खड़ी हुई कि फिर जाने कितने घरों में मकान के लिए पूछना होगा। लेकिन वह वहीं बैठी थी। नैना को उस समय वह चमेली के फूलों वाली झाड़ी नहीं दिखाई दी वरना वह उठकर चल देती। बरामदा दो सीढ़ी ऊपर था। पक्के सीमेंट से बना हुआ फ़र्श था। एक हाथ उस पर रखते हुए नैना को लगा कि बाहर गर्मी कुछ ज़्यादा ही है और वह निकी के पास बैठ गयी। मकान मालिक का यूँ अंदर चले जाना एक तरह से मना ही था। नैना थकी हुई थी और उसने शायद सोचा कि आगे कोई और घर देखना नहीं है इसलिए कुछ देर सुस्ताकर चली जाये।

कैसा अजब समय था कि सड़कें, गलियाँ, दीवारें, क़हवाख़ाने, सिनेमाघर और ऐसी ही सब चीज़ें जिन्हें वह बरसों से जानती थी, सब अजनबी हो गए थे। अब कोई एक कमरा ऐसा न था, जो उसका इंतज़ार करता हो। वह एक टाँग बरामदे से नीचे और दूसरी को मोड़कर निकी को गोदी में लिए बैठी

हुई साहस बटोर रही थी कि कल फिर सायमन को कहेगी कि नया घर खोजो प्लीज़। सायमान उसके लिए बहुत सारे ख़ाली घर तलाशता रहता था और नैना हर सप्ताह के आख़िरी दो दिन उन घरों को देखने जाती थी। कभी घर पसंद नहीं आता कभी घर में रह रहे लोग पसंद नहीं आते। किराए का घर हज़ार समझौते माँगता है। नैना भी इस बात को जानती थी मगर कम-से-कम ऐसी जगह तो मिले जहाँ हर पल किसी चिंता से न घिरा रहना पड़े। ज़िंदगी है तो दुख अवश्यंभावी है। सुख कहाँ होता है? सीपी को उसके खोल में या फिर कछुए की मज़बूत पीठ के नीचे दबा हुआ। उसने चारों तरफ़ नज़र दौड़ाई कहीं सुख नहीं था। शांति थी, असीम शांति। फिर उसे याद आया कि शांति भी सुख का एक स्वरूप है। उसने सोचा कि क्या वह सुख से घिरी बैठी है?

एक आवाज़ आई- "ये लो।" सरदार जी ही थे। एक हाथ में प्लास्टिक की ट्रे लिए हुए। उसमें एक दूध का छोटा ग्लास, दो बिस्किट और एक पानी की बड़ी बोतल रखी हुई थी। वह हतप्रभ थी कि अगर थोड़ा-सा और न रुकती तो अब तक पोस्ट ऑफ़िस के पार जा चुकी होती। उसे अगली तीन बातों से अहसास हुआ कि अगर वह सचमुच चली जाती तो इस दूरी को सुख और दुःख के सेंटीमीटर में नापना कितना मुश्किल हो जाता।

पहली बात सरदार जी ने कही- "मेरा नाम तेजिंदर सिंह है। मेरे दो बेटे हैं। वे विदेश में रहते हैं। पत्नी कई साल पहले चल बसी। खाना ख़ुद बनाता हूँ और शाम को रोज़ ही ब्लैक रम के दो पेग नियम से लेता हूँ। इस घर के किराये से कबूतरों के लिए चुग्गा आ जाये ये मुझे पसंद नहीं फिर भी तुम चाहो तो यहाँ रह सकती हो।" इतना कहकर वे अपने चेहरे के लिए उपयुक्त धैर्य ढूँढ़ने लगे।

निकी दूध पीकर ख़ुश हो गई। उसने आधा बिस्किट गिरा दिया था और आधा क़मीज़ से पोंछ लिया था। नैना ने कहा- "रहने को जगह कहाँ मिलेगी?"

तेजिंदर सिंह ने घर पर एक विहंगम दृष्टि डाली। जैसे अपने ही घर को बरसों बाद देख रहे हों। हर कमरे को, खिड़की को ग़ौर से देखा। जैसे खिड़की, दरवाज़ों और दालान से पूछ रहे हों कि ये औरत तुम्हें बर्दाश्त कर सकेगी? फिर बोले- "दाईं तरफ़ मेरे छोटे बेटे ने अलग पार्टीशन करवा लिया

था। दो कमरे और किचन हैं उस तरफ़। उसी में लैट-बाथ भी हैं। घर में होते हुए भी दोनों बहुत अलग हैं। एक ही घर में खड़े हुए इन दो घरों के बीच में बस एक छोटी-सी खिड़की है। तुम्हें तकलीफ़ हो तो उसे बंद कर देना।"

इस दूसरी बात के बाद नैना ने तेजिंदर सिंह से मुख़ातिब होकर कहा- "हर शाम एक लड़की आया करेगी निकी को रखने के लिए। वह चार घंटे रहेगी आपको एतराज़ तो नहीं होगा?"

"तुम्हारा नाम क्या है?"

"नैना।"

"नैना, मैंने एतराज़ों को कनकोवे बनाकर उड़ा दिया है, मगर ज़रा देर से।" ये कहते हुए तेजिंदर सिंह अंदर चले गए।

एक फ़ौरी यानी तात्कालिक मुसीबत का हल होते ही पूरी ज़िंदगी आसान लगने लगती है। नैना ने भी दूसरा पाँव सीधा कर लिया और निकी को गोदी से उतार दिया। उस दिन के बाद से ऐसे ही कई साल बीत गए। अब यही वह घर था जिसकी छत के तले वह सो जाया करती थी।

यही तो ज़िद थी उसकी कि मुझे घर नहीं चाहिए। क्या एक बात पर दो लोग ज़िंदगी को अलग रास्तों पर ले जा सकते हैं? क्या हज़ार सहमतियों को भुलाकर एक असहमति को याद रखा जाना अच्छा है? उसके मन में ऐसा गुमान भी नहीं था कि ये एक असहमति वाली बात साथ रहेगी बाक़ी सब छूट जायेगा।

वह प्रेम करने का समय नहीं था। दिन के साढ़े तीन बज रहे थे। अभी दो घंटे और बाक़ी थे लेकिन उसने उसी समय उसे देखा था। वह गमलों को सरका रहा था। कैफ़े के शीशे लगे मुख्य दरवाज़े के बाहर दोनों तरफ़ तीन स्टेप्स में गमले रखे हुए थे। उनमें भाँति-भाँति के फूल खिले रहे थे। उसने दो गमलों के बाद तीसरा सरकाया और अपने लिए जगह बना ली। नैना ने उस समय नहीं सोचा कि जो आदमी दूसरों को सरकाकर जगह बना रहा है, कब तक उसका साथ देगा। वास्तव में ये प्रेम करने का समय नहीं था फिर भी उसने दिन के ठीक साढ़े तीन बजे ही उसे पहली बार देखा था। ब्लू कलर की डेनिम जींस और लाल रंग का बदरंग कुरता पहने हुए। उसने अपनी दाई तरफ़ में गिटार का कवर रखकर उस पर मोड़ा हुआ घुटना रख लिया फिर उसने बायीं

जाँघ पर रखते हुए गिटार के एक तार को हल्के से छू भर दिया।

ज़िंदगी में वक़्त का कोई हिसाब नहीं है। कभी आप एक गुड्डे-गुड्डी के नाचते हुए खिलौने को दिनभर देखते हुए विंड चाइम का संगीत सुन सकते हैं और कभी एक पल भी भारी हो जाया करता है। उन दिनों नैना के पास विंड चाइम को सुनने का समय था। वह रात नौ बजे कैफ़े से निकलती। तब वह अपने गिटार को केस में डाल रहा होता। वह कई सारी छोटी-छोटी चीज़ों को संभाल रहा होता। यह एक तरह से दुकान बंद करने जैसा काम था मगर चूँकि वह एक आर्टिस्ट था इसलिए इस काम की तुलना यूँ करना उचित नहीं था। वह अपनी पोशाक़ में भी कुछ कम ज़्यादा किया करता था। आख़िर में वह उसी तरह का हो जाता जैसा दोपहर साढ़े तीन बजे दिखा करता था।

सड़क सबके लिए थी। अभिजात्य और निम्न वर्ग के लोगों में भेद करना कठिन था कि उस दौर में लोग जैसे थे, वैसा दिखना नहीं चाहते थे। रईस लोग चप्पल पहने हुए घूमा करते थे। ग़रीब लोग अपने फटे पाँवों को पुराने मगर ज़्यादा पॉलिश किए हुए जूतों में छिपाए हुए घूमते थे। ऐसे ही लोगों से भरी हुई उस सड़क पर वे दोनों एक साथ चलते थे। एक दिन बस स्टाप की बैंच पर देर तक बैठे रहे। हवा में कोई मादक गंध न थी। सूखे पत्तों से ज़्यादा सिगरेट की पन्नियों का शोर था। शहर भर के लोग ज़िंदगी को धुआँ बनाकर उड़ा देना चाहते होंगे। नैना और उसके बीच धुआँ न था। बस कोई एक ख़ास क़िस्म की गंध थी। वही उन दोनों की पहचान क़ायम करती थी। एक ऐसी पहचान जो निरंतर गाढ़ी होती चली जा रही थी। इस पहचान को गाढ़ा करने में बहुत सारी चीज़ें और घटनाएँ शामिल थीं। वे घटनाएँ यूँ तो रोज़मर्रा में सबके साथ होती हैं मगर कुछ लोगों के लिए ख़ास हो जाया करती थीं। जैसे कि सिंपल कॉफी का ऑर्डर देने के लिए भी मेन्यू कार्ड पर दोनों का हाथ एक साथ जाना और फिर एक साथ ही वापस खींच लेना। जैसे बस की टिकट के लिए एक साथ ही पर्स खोलना और एक साथ ही वापस रख लेना। जैसे विदा होते वक़्त एक-दूसरे के ज़रा क़रीब होकर चलना। आहिस्ता से ज़िंदगी आदमी को वो सब बातें भुला देती है जिनको वह एहतियात के तौर पर साथ रखकर रिश्ते की शुरुआत करता है। जैसे कम और संजीदगी से बोलना। खाने-पीने में पूरे सलीक़े को ओढ़े हुए रखना। अगले के सम्मान में शालीन बने रहना।

लेकिन भीतर का असली चेहरा हमेशा इन सब चेहरों को उतार फेंकने के लिए उकसाता रहता है।

वे ख़ूबसूरत दिन थे। उनका अनावृत होते जाना और भी सुंदर हुआ करता था। ऐसे असंख्य दिनों की स्मृतियाँ नैना के साथ ही रहा करती थी।

नैना ने झट से उफन रही दाल पर रखे ढक्कन को उठाया। उँगली जल गई। ऐसे ही उसने भी एक बार जली हुई उँगली पर चमेली के फूलों को बाँध दिया था। हँसता था, खिल उठेगी उँगली फूल की तरह। मगर अगली सुबह उसी उँगली पर एक फफोला निकल आया। अब भी रसोई के बाहर रौशनी में फूल चमक रहे थे। वे ही नाकारा फूल। उसकी याद के, उसके साथ के सफ़ेद फूल। वह जब हाथ पकड़ता तब दौड़ने-सा लगता था। नैना का साथ पाते ही उसे कोई जल्दी याद आ जाती थी। नैना के बिना वह अक्सर बास्केट बाल के खंभे से टेक लिए गिटार बजाते हुए दिन बिता देता था। ये बास्केट बाल का मैदान सुबह दस से शाम तक ख़ाली पड़ा रहता था। इसके पास खिलाड़ियों के लिए पानी पीने की टंकी बनी हुई थी। आराम करके के लिए शेड भी थी। उसे यही दो चीज़ें चाहिए होती थीं। बाक़ी सब उसके झोले में रहा करती थीं।

उसके पास एक चमेली के फूलों की तस्वीर वाला थर्मस था। इस थर्मस में ब्लैक कॉफी भरी रहती थी। दिन चाहे कड़क हो या ठंडा उसकी कॉफी का रंग कभी नहीं बदलता था। एक दोपहर उसने ख़ास नैना को बुलाया था। वह जाने क्यों हमेशा चाहता था कि नैना उस बास्केटबाल के मैदान में आए। वहाँ शेड के नीचे आराम से बैठ जाए और वह खंभे की टेक लिया हुआ, लातिन अमेरिकी चरवाहों की कोई धुन बजाए। जैसे ही नैना वहाँ पर आती उसकी धुन बदल जाती। उसने जो सोच रखा होता था, वह सब कुछ भूल जाता। ये अजीब बात थी कि प्यार की शुरुआत में उदास गाने याद आने लगते। एक आशंका हमेशा प्रेमियों को मिलने से पहले ही घेर लेती है कि वे बिछड़ जाएँगे। वह भी चरवाहों की उल्लास भरी धुन की जगह उड़ीसा की लोक गायिकी के जादू से सजा हुआ सचिन देब बर्मन हो जाता। उसका गिटार गहरी उदास लोक धुन बजाने लगता।

एक दोपहर नैना को देखते ही उठा और हाथ पकड़कर भागने लगा। वह बेतहाशा भागता गया। नैना उससे हाथ छुड़ाने की जगह लोगों को देखने लगी

कि वे उन दोनों को इस तरह भागते हुए देखकर कैसा मुँह बना रहे हैं। वह इन सब बातों से अनजान बना हुआ सिर्फ़ दौड़ता गया। वे जहाँ जाकर रुके, वह एक पॉश कॉलोनी का पुराना बंगला था। वह दरवाज़ा खोलते हुए दीवार से सटी खड़ी चमेली की बेल दिखाने लगा। नैना ने याद किया कि वह वाक़ई पागल था। अव्वल दर्जे का पागल कि कुछ एक फूलों को दिखाने के लिए इस तरह उसे भगा लाया था। वह खड़ा देखता रहा और नैना सोचती रही कि अभी इस घर से कोई आएगा और उन दोनों को दुत्कार कर बाहर कर देगा।

इस घर में रहते हुए नैना को दस साल हो गए। इन दस सालों में तेजिंदर सिंह ने कभी उस छोटी खिड़की से कोई चीज़ नहीं ली। वह खिड़की खुली है या बंद है इस पर कभी किसी का ध्यान नहीं जाता था। नैना कहती- आज मैंने कुछ आपके लिए बनाया है तो तेज़ी साहब कहते- बड़े दरवाज़े से आओ। ये चोर खिड़कियाँ तो मुझे रिश्तों की जेल-सी लगती हैं। नैना लगभग रोज़ उनका खाना बनाती और रोज़ ही ये संवाद होता था। इससे ज़्यादा वे कुछ नहीं बोलते थे। खाने की परख नहीं करते थे, जैसा था वैसा था। निकी के साथ नहीं खेलते थे। उससे उतना ही नाता था, जितना कि गुटर-गूँ करते कबूतरों से। नैना को कुछ अधिकार स्वतः प्राप्त लगते थे यानी वह पिछले दस सालों में इसी घर में रहते हुए इतना अधिकार पा चुकी थी कि इस बेल को कटवा सकती थी। ये चमेली की गंध उससे दूर हो भी सकती थी मगर ऐसा हुआ नहीं। एक बार उसने चमेली को पास खड़े होकर देखा था फिर यकायक लगा कि कोई देख रहा है। सरदार तेजिंदर सिंह उसे और चमेली को गूढ़ अर्थों में एकसाथ देख रहे थे। वह सहम गई और फिर कभी उस बेल के साथ सटकर खड़ी नहीं हुई।

नैना कुछ भी न भूलने को अभिशप्त थी। उस दिन शहर में हादसा हो गया था। उसने किसी अधिकार से उसे रोक लिया। आज की रात मत जाओ। एक कमरे का फ्लैट। स्नान घर को छोड़कर सब उसी में था। एक कोने में रसोई, एक में बेडरूम, एक में बालकनी। वे उस रात सोये नहीं थे। दो साल बाद नैना ख़ुश थी। वह ख़ुश नहीं था। उसको अचानक से लगने लगा कि ये बंधन है। ये पथरीली चट्टान है। ये इंसानी आज़ादी के साथ धोखा है। सच में वह वही था, जो गमलों को सरका कर अपने लिए जगह बना रहा था। गिटार बजता था

मगर उसकी धुनें क्षण भर बाद व्योम के धूसर अँधेरे में खो जाती थीं। आख़िर एक दिन नैना अनकही बातों को सुनते–सुनते थक गयी।

"मैं बोझ हूँ तुम्हारे लिए, ये एक साल की बच्ची बोझ है तुम्हारे लिए?"

वह चुप रहा। खिड़की पर चला गया। नीचे गली में बाहर बच्चे खेल रहे थे। उन बच्चों के पास खेलने के लिए जगह नहीं थी। वे कारों और स्कूटरों के बीच अपनी जगह बनाकर खेल रहे थे। उनमें चाहत थी कि खेला जाए इसलिए कम जगह में भी बहुत सारी जगह निकल आई थी। बच्चे हर बाल को फेंककर और हिट करके ख़ुश हो रहे थे। वह ख़ुश नहीं हो पा रहा था। वह चाहता था कि अभी सीढ़ियाँ उतरकर उन बच्चों के पास चला जाए। वह ख़ुद वापस एक बच्चा बन सके। वह ज़िंदगी के इन असमतल रास्तों पर कोई बोझ उठाकर नहीं चलना चाहता था। खिड़की से वापस लौटा तो वही एक साल की बच्ची और नैना चुप बैठे उसके उत्तर का इंतज़ार कर रहे थे।

"मैं ऐसे परिवार बनाकर नहीं रह सकता।"

"मैं बिना घर के नहीं रह सकती।"

"मैंने पहले ही कहा था कि मुझे घर बनाने से नफ़रत है।"

"मगर ये तो नहीं कहा था कि बच्चों से भी है।"

एक चुप्पी के बाद वह बोला– "ये तुम्हारी ज़िद थी और घर भी... मैं इसका भागीदार नहीं हूँ।" वह टहलने लगा जैसे उत्तर का इंतज़ार कर रहा हो।

"ओके, तुम जा सकते हो।"

"तुम कहाँ जाओगी?"

"ये पूछने का हक़ उसको नहीं है जो छोड़कर जाना चाहता है।"

"मेरा ठिकाना नहीं है इसलिए बता नहीं सकता, मगर तुम तो घर बनाओगी ना?"

"नहीं, तुम ये अधिकार नहीं पा सकते कि लौटने के लिए एक पता रखो और मैं..."

वे अलग हो गए थे। शामें यूँ ही गुज़रती रही। एक कैफ़े था, जहाँ वह पार्ट टाइम जॉब को फ़ुल टाइम के तरीक़े से करती। गिटार बजाने वालों की

जगहें डीजे ने ले ली थी मगर उसकी ज़िंदगी की ख़ाली जगह में कुछ धुनें ठहर गयी थीं, जैसे बास्केटबाल का पोल पुराना होने के बावजूद गिरता नहीं था।

नैना ने एक बार अपने कंधों को पीछे की ओर झुकाया। निकी टेबल पर अपने खिलौने सजा रही थी। निकी ने जाने कैसे एक आदत बना ली थी कि वह अपना होमवर्क स्कूल में ही पूरा कर लिया करती थी। नैना ने सोचा, काश उसने भी एक आदत बना ली होती कि वह जाने की ज़िद करता और वह हर बार चुप रहकर उसे रोक लेती। कितना अच्छा होता कि उसकी यादें गिनी-चुनी चीज़ों में रह जातीं। ऐसा नहीं हुआ। जिन चीज़ों को को वो पसंद करता था, उनमें वह याद आता था और जिनको नहीं उनमें भी।

तेजिंदर सिंह के घर में वह बिना किसी रिश्ते और किराये के दस साल से रह रही है। पहली बार जब किराया लेकर गई थी तब तेजिंदर सिंह बोले- ''इसे अपने पास रखो, मैं ले लूँगा।'' इसके बाद दूसरी बार गई तब भी यही कहा था। तीसरी बार उन्होंने कहा कि जाने क्यों मुझे कोई बात कहनी आती ही नहीं है। मैं किसी को अपने मन की बात समझा नहीं पाता हूँ। तुम तीन महीने से यहाँ रह रही हो। तुम मुझे जान न पाई। इसके आगे भी वे कुछ कहना चाहते थे मगर अचानक से रुक गए।

इसके सिवा वे कभी उससे बात नहीं करते बस जवाब देते हैं। क्या वो ऐसे नहीं रह सकता था। कोई बात न करता। चुपचाप अपना काम कर लेता। हमारी कोई मदद न करता, बस वह होता। कभी उदास कभी ख़ुश, कभी-कभी होता।

शाम उदास, सुबह ख़ाली और दिन पीले... बस बीतते गए। इधर साझे घर में तेज़ी साहब कबूतरों की कौन-सी पीढ़ी को पाल रहे थे, पता नहीं था। नैना ने दाल को बघार लगाया। चमेली के स.फ़ेद फूलों की तर.फ़ एक उजड़ी हुई निगाह डाली। सलाद को सलीक़े से रखा और रसोई से चल पड़ी। दरवाज़ा खुला था। तेज़ी साहब तहमद और कुरता पहने चुप बैठे थे। सामने टीवी पर कोई पंजाबी गीत बज रहा था। इस गीत में एक नौजवान सरदार उछलकर गा रहा था। लड़की पीले फूलों वाले खेत में चुप चली जा रही थी। नैना ने सलाद और दाल की कटोरी रखी। वे कुछ नहीं बोले। एक नज़र घुमाई और लैपटॉप

को देखने लगे। मेल खुला हुआ था और इनबॉक्स ख़ाली था।

नैना बैठ गयी।

घर कैसा हो गया है। ख़ाली पड़े स्वीमिंग पूल की सूखी हुई काई जैसे हरे रंग-सी दीवारें। तस्वीरों से झाँकते बेनूर चेहरे और जगह-जगह उगा हुआ ख़ालीपन। ये दीवारें अगर न हों तो कैसा दिखेगा? आसमान से टूटे तारे के बचे हुए अवशेष जैसा या फिर से हरियाने के लिए ख़ुद को ही आग लगाते जंगल जैसा। जंगल ख़ुद को आग लगाता है। कई पंछी भी इसी आग में कूद जाते हैं। जंगल अपनी मुक्ति के लिए दहकता है या अपने प्रिय पंछियों के लिए, ये नैना को आज तक समझ नहीं आया था।

चुप्पी में दाल के तड़के की गंध तैरती रही। तेज़ी साहब नहीं उठे। नैना इन दस सालों में पहली बार उनके पास आकर बैठी थी। उसने आगे बढ़कर एक ग्लास और ब्लैक रम की बोतल उठा ली। उसके ऐसा करने के पीछे जो भी महान या क्षुद्र विचार रहा होगा उसे झटकते हुए आहिस्ता से तेजिंदर सिंह उठे- ''ला अपना हाथ दे।'' नैना का हाथ पकड़कर सरदार जी कमरे से बाहर आ गए। वे दोनों धीरे-धीरे चलने लगे। बाहर हवा में ठंडक थी। कहीं दूर कोई पंछी बोलकर चुप हुआ जाता था। वे बरामदे से भी बाहर निकल आए।

मकान के दाएँ हिस्से की तरफ़ बढ़ते हुए नैना रोने जैसी थी कि उसको समझ नहीं आया कि ये हाथ पापा ने थाम रखा है या उसने। मन भीगने लगा। वे अब चमेली के फूलों से दस क़दम दूर खड़े थे। तेजिंदर सिंह ने एक ठंडी आह भरी- ''ये बेल मेरे छोटे बेटे ने लगाई थी। जिसने इस घर में रहते हुए इसके दो हिस्से किये फिर वही एक दिन रूठकर विदेश चला गया। इस पर जाने कितनी ही बार फूल आए हैं। पता है, ये फूल उसने इसलिए लगाए कि उसकी माँ को पसंद थे।''

सरदार तेजिंदर सिंह और नैना दोनों अतीत के उस तालाब में गिर पड़े जिसके पानी में सिर्फ़ चमेली के फूलों की गंध घुली हुई थी। वे दोनों रो ही पड़ते। वे दोनों डूब ही जाते मगर अचानक वे लौटने लगे। तेजिंदर सिंह ने मुड़कर मुस्कुराते हुए चमेली के फूलों को देखा- ''नैना, मैंने कई बार सोचा कि इस बेल को कटवा दूँ मगर तुझे इन फूलों को इतने प्यार से देखते हुए देखा तो मन नहीं माना।''

रात की नीम अँधेरी बाँहें

मेरे इंतज़ार में हैं
अग्निसर्प-सी रहस्यमयी राहें
रात की नीम अँधेरी बाँहें
धूसर पेड़ों के सफ़ेद लंबे काँटे

शायद इसीलिए
तुम्हारे नर्म बिस्तर की
सलवटें चुभती हैं मुझको रात भर।

वह पहाड़ों के ऊपर बसी हुई एक छोटी ख़ूबसूरत जगह थी। उसके सबसे बड़े रोड के किनारों पर सैलानियों के लिए बेंचें लगी थीं। हम दोनों वहीं एक बेंच पर बैठे हुए सामने उड़ते जा रहे बादलों को देख रहे थे। उसने कहा था- कुछ सुनाओ। तो मुझे ये पंक्तियाँ याद आईं। उसने मेरी तरफ़ देखते हुए कहा कि इसका अर्थ क्या हुआ? किसी कविता को लिखा जाना उस वक़्त ज़ेहन में

मचल रहे अहसासों और उनसे उपजी ख़्वाहिशों से जुड़ा होता है। उसने कहा- मुझे अच्छे से बताओ कि इसका अर्थ क्या है? मैंने कहा कि ये मेरे पागलपन की कविता है। उसने फिर से कहा कि मुझे गोल बातें न सुनाओ। मुझे समझना है कि इसका अर्थ क्या हुआ।

गरमी की उस दोपहर में वहाँ इतनी ठंड थी कि लोग ऊन के हल्के स्वेटर पहने हुए घूम रहे थे। मैंने एक बार उसकी आँखों में देखा। वहाँ पर इस कविता को समझने का पक्का इरादा रखा था। इसलिए मुझे बताना ही था। मैंने उससे कहा कि कई बार आदमी के दिमाग़ का कोई ठिकाना नहीं होता। वह कोई ऐसा ख़याल बुन बैठता है, जो उसकी सुकून भरी ज़िंदगी को बर्बाद कर देता है। जबकि उस एक ख़याल के अलावा नया कुछ भी नहीं होता है। इसे हम यूँ भी कह सकते हैं कि आराम के बिस्तर पर सोया हुआ आदमी जब काँटों भरे रास्तों और नीम अँधेरे मोड़ों के ख़्वाब देखने लगता है। और इसकी वजह होती है एक सिरफिरा ख़याल। मैंने ऐसे ही हालत में इस कविता को लिखा था। मगर यह कविता अधूरी रह गई। उसने कहा- ये सुंदर कविता है। मेरे होंठ हँसी के कारण खिंच गए। मैं जानता था कि वह मुझसे बेहद प्यार करती है। प्यार करने वाले इंसान को आपकी हर चीज़ प्यारी और ख़ूबसूरत ही लगती है। वह मेरी आँखों में देख सकती थी कि मुझे उसके साथ होना कितना प्रिय है। वह मेरे बाएँ हाथ की उँगलियों के बीच कुछ तलाश रही थी। अचानक बोली- ये नहीं बताया कि कविता लिखी क्यों थी?

उस कविता के साथ कोई कहानी नहीं जुड़ी हुई थी। सच में ये कोई कहानी नहीं थी। कहानी न होने का मतलब यह भी नहीं है कि ये कोई सच्ची घटना है। ये एक आदमी के दिमाग़ में दर्ज हो रही घटनाओं का बेतरतीब ब्यौरा है। हमारे आसपास रहने वाले लोगों और घटित होने वाली घटनाओं को देखकर हम सब कभी-न-कभी जिज्ञासु होने लगते हैं। जब कभी लोगों और घटनाओं के बीच कोई संबंध नज़र आ जाए तो जिज्ञासा और अधिक बढ़ जाती है। मेरी आदत कुछ ऐसी है कि अकेलेपन में हमेशा दूसरों के बारे में सोचा करता हूँ। मुझे पिताजी फिलॉसफर कहा करते थे। मैं दूसरों के बारे में इसलिए सोचता हूँ कि ख़ुद के बारे में सोचने से तकलीफ़ होती है। ख़ुद के बारे में

सोचते हुए मैं जीवन दर्शन में फँस जाता हूँ। मेरा अज्ञान मुझे डराने लगता है। मैं इस संसार को मिथ्या समझने लगता हूँ। जबकि कुछ ही घंटों बाद जीवन को जीने के लिए दफ़्तर जाना ज़रूरी होता है। दफ़्तर न जाओ तो ये मिथ्या संसार हमें भूख का आईना दिखाता है। कहता है कि बाबूजी यही दुनिया सत्य है, यहाँ मिथ्या कुछ भी नहीं।

चेहरों की पहचान को लेकर आदमी और औरतें अपनी सुविधा से निर्णय लेते हैं। जिनको पसंद करते हैं उनको जानने लगते हैं, जिनको नहीं करते उनको कभी याद नहीं कर पाते हैं। कई बार कुछ चेहरे ऐसे होते हैं, जिनको पहली बार देखते ही आप अपनापन महसूस करने लगते हैं। याद आने लगता है कि इसे पहले भी कहीं देखा है। उस वक़्त हम अपनी ज़िंदगी का बहीखाता निकालकर पुराने हिसाब-किताब में उस चेहरे को खोजने लगते हैं। अगर हिसाब में वह चेहरा न भी मिले और उससे बात होने लग जाए तो पूर्वजन्म की बातें याद आने लग जाती है। पुनर्जन्म पर यक़ीन होने लगता है।

इस क़िस्से की शुरुआत एक लड़की पर पड़ी पहली नज़र से हुई थी। उसे जब पहली बार देखा तब मुझे ऐसा कुछ न लगा था। वह बहुत साधारण-सी लड़की थी। जैसी कि दसवीं या ऐसी ही किसी कक्षा में पढ़ने वाली लड़कियाँ हुआ करती हैं। उनके रंग-रूप और चाल-ढाल में कोई विशेष फ़र्क़ नहीं होता है। वे जितनी अच्छी होती हैं, उतनी ही नाकारा भी होती हैं। नाकारा कहने का अर्थ है कि उनकी उम्र और सोच ऐसे संक्रमण काल से गुज़र रही होती हैं कि वे किसी उम्र के साँचे में फ़िट नहीं बैठती। वे क्या करेंगी ये भी तय नहीं होता है। वह लड़की विहार टाउन की चौथी गली के दूसरे घर में रहती थी। मैं उस गली के सामने वाले घर में रहता था, जहाँ सड़क दाएँ-बाएँ मुड़कर ख़त्म हो जाती थी। यह एक बैंक के अधिकारी का घर था। इसमें कुल जमा तीन प्राणी रहते थे। एक अधिकारी, दूसरी उनकी पत्नी और तीसरी उनकी गाय। चौथा मैं था जो उस घर का सदस्य न होकर एक किराएदार था। मैं घर के ऊपरी कमरे में किराए पर रहते हुए घर का न्यूनतम उपयोग करता था। सुबह घर से निकलता था और रात के आठ बजे के बाद ही लौटकर आता था। इस रोज़ के ढर्रे को इतवार का दिन तोड़ा करता था। सप्ताह का वह एक दिन इसी घर में बीतता था। मैं सुबह से छत पर बैठा हुआ उस गली की तरफ़ देखता रहता था,

जिधर उसका घर था। कभी आपने पाया होगा कि करने को कुछ काम नहीं है या काम है मगर मन नहीं है। धूप सर पर आती जा रही हो और आप अपनी कुर्सी या मुड्डे को लगातार बची हुई छाँव की तरफ़ सरकाते जाएँ। मेरा भी ऐसा ही हाल था। हर इतवार को आख़िरी छाँव के टुकड़े को जब धूप निगल जाती तब मैं उठकर कमरे के अंदर चला आता। यहाँ से भी वही घर दिख रहा होता था। गली में चहल-पहल न के बराबर रहती थी। नयी कॉलोनी थी और शहर से ज़रा दूर की बसावट को अभी पूरा आबाद होना बाक़ी था।

मैं उसी घर और गली की तरफ़ क्यों देख रहा होता था? ये सवाल मैंने अगर ख़ुद से पूछा होता तो मैं उसी दिन समझ जाता कि कुछ मेरे ही अंदर गड़बड़ है। मगर ये उन दिनों समझ नहीं आया। मैंने बहुत सारे इतवार की सुबहें परेशान हाल में इसी तरह बिता दी थी। न गली में कोई आता था न उस घर में कोई हलचल होती।

बल्लियों और बिल्डिंग मेटेरियल का कारोबार करने वाले राधेश्याम शर्मा बहुत मिलनसार आदमी थे। उनका धंधा ऐसा था कि हर वक़्त ख़ाली बैठे रहते। कमाई के लिहाज़ से नहीं वरन वक़्त के लिहाज़ से। उनके किसी परिचित को बैंक से लोन चाहिए था। मैं उसी बैंक में नया-नया ट्रांसफ़र होकर आया था। राधेश्याम जी प्रतीक्षा के लिए लगे हुए सोफ़े पर बैठे हुए थे। वे ज़रा देर बाद उठकर मेरे पास आए बात शुरू की। दो-चार बातों के बाद उन्होंने किसी पुरानी जान पहचान जैसे अंदाज़ में अपनी दुकान आने का न्योता दे दिया था। नए शहर में मेरे पास समय को काटने का कोई ठिकाना न था। शाम के छह बजते ही चपरासी मुझ आख़िरी को काम करते हुए इस तरह देखता था कि साहब हम तो बाल-बच्चे वाले हैं। हमें तो घर जाने दो। इसी तरह देखता हुआ वह बिना कुछ कहे मुझे बैंक से बाहर निकालकर ताला लगा दिया करता। उस चपरासी का नाम था प्रेम और वह भिवाड़ी का रहने वाला था। उसे देखकर मुझे परसाई जी के किसी काईयाँ पात्र की याद आया करती थी। दफ़्तर के बाद कहाँ जाऊँ? इसी परेशानी का हल थी राधेश्याम शर्मा की दुकान।

मैं उनकी दुकान पर बैठा हुआ शहर के हाल जानता रहता था। वे ख़ासकर राजनीति की बातें किया करते थे। उनके हिसाब से कुछ लोग सही थे, ज़्यादातर

ख़राब थे। मुझे दोनों तरह के लोगों से कोई लेना-देना न था। मैं सिर्फ़ तनहाई से बचने के लिए उनके पास बैठा रहा करता था। इस बैठकी के कम ही समय में मेरी दोस्ती उनके बेटे से हो गयी। वह मुझसे दो-तीन साल ही छोटा था। उसने एक शाम कहा- कल कोई ख़ास काम न हो तो मेरे साथ चलिये शहर के बाहर गाँव में घुमाकर लाता हूँ।

कोई पाँच किलोमीटर दूर उनका गाँव था। वहाँ पहुँचकर मेरे लिए एक अचरज की बात हुई कि पंडित जी पीते भी हैं। उस जगह पर उनके कोई तीन-चार दोस्त पहले से ही जमे हुए थे। वे सब अपने इसी आयोजन के लिए यहाँ आते होंगे, ये मुझे पहली ही नज़र में पक्का हो गया था। बीयर की बोतलें इस तरह पड़ी थी जैसे किसी बिल्ली ने कबूतर को मारकर उसके पंख बिखेर दिये हों। मैं बहुत आसान हो गया था। आसान होना माने सहज होना। रोज़-रोज़ का अकेलापन और बिना दोस्तों के जीना मुझे तो क्या शायद ही किसी को पसंद आए, जिसकी उम्र पच्चीस साल की हो।

उन लोगों की बातें भी अचानक से शहर की लड़कियों पर आ गयी। हो सकता है कि वे उनकी ही बातें करते रहे हों और मेरा ध्यान तभी उन पर गया हो जब उन्होने सोनल गुप्ता का नाम लिया। विहार कॉलोनी की चौथी गली वाले दूसरे मकान पर मैंने लिखा देखा था, बाँके बिहारी लाल गुप्ता। उस मकान के बाहर लगी नेमप्लेट मुझे अच्छी तरह से याद थी। क्योंकि लोहे के दरवाज़े पर किसी पेंसिल कलर जैसी चीज़ से लिखा हुआ था नमित गुप्ता, सोनल दीदी। उसी घर में एक लड़की को खड़े हुए देखा भी था। मुझे लगा कि ये उसी लड़की की बात है। मैं अलर्ट हो गया। मेरे ज्ञान चक्षु उसी तरफ़ केंद्रित हो गए जिधर वह संवाद हो रहा था। बीयर के हल्के सुरूर के बीच उसकी ही बातें थी।

उस एक दावत के बाद मैं अक्सर ऐसी सब दावतों में जाने लगा। ये सिर्फ़ मैं ही जानता था कि मुझे किसी बीयर की तलब न थी। मैं उस लड़की के बारे में होने वाली बातों का ग्राहक था। मैं उन सब के साथ इस तरह बने रहता जैसे मुझे कोई आइडिया नहीं है और उनकी किसी बात में कोई रुचि नहीं है। मेरे पास एक ख़ाली शाम है जिसको बीयर और आप जैसे दोस्तों के साथ बिता देना चाहता हूँ।

ऐसी बहुत सारी दावतों के बाद घर आकर मैं अपने ख़यालों में ही सोनल गुप्ता का डीएनए बनाने जैसे काम में लग जाता। गहन जानकारी को उतनी ही गंभीरता से और सलीक़े से रखता जाता। कई बार लगता था कि मैं ऐसा किसलिए कर रहा हूँ। मगर जब भी ये ख़याल आता कि वह एक कमसिन लड़की है और कभी टकरा भी सकती है, मैं पुनः उसी काम में जुट जाता। सारी जानकारी का मुख्य स्रोत एक स्मार्ट-सा उन्नीस साल के आसपास की उम्र का लड़का था, जिसका दावा था कि वह उसका दोस्त है। जबकि लड़की उसके प्यार में पागल है।

मैंने जो नोट किया, उसे घटनाओं में न लिखकर संक्षेप में बताना अच्छा होगा। ज़्यादा वक़्त भी बर्बाद न हो और उन दिनों के बारे में समझा जा सके, जिन दिनों मैंने कविता जैसी ये कुछ पंक्तियाँ लिखी थी।

उन लड़कों की बातें सुनकर और अपनी समझ का उपयोग करके मैंने हालत के बारे में जो फ़ौरी क़यास लगाया वह कुछ इस तरह से था- सोनल नहीं जानती थी कि दुविधा अगले मोड़ पर इंतज़ार कर रही है। उसके बढ़ते हुए क़दम उसका सुख-चैन छीन सकते हैं। उस नादान को ये भी नहीं पता था कि बीते दिनों कि बेड़ियाँ आसानी से किसी को मुक्त नहीं होने देती है। दिन जो आज बीत रहा है, कल बीता दिन कहलाएगा। वह अगर ये जानती थी तो फिर जाने किस मिट्टी की बनी थी। स्मार्ट गोरे लड़के के इतना अपनापन दिखाने के बाद भी हर बार निरपेक्ष बनी रह जाती थी। सोनल ने अट्ठारह साल पूरे कर लिए थे तो क्या इतना भी नहीं जानती होगी कि सामीप्य सहसा नहीं बन पाता। ऐसा होने की कोई वजह ज़रूर रही होगी। नीले रंग की जींस पर वह सफ़ेद कुरता पहनती थी। अपनी साइकल से कॉलेज जाती थी। उसे देखकर कई लड़कों को उस पर पहली नज़र का प्यार आया ही होगा।

उसकी माँ पढ़ी-लिखी और नौकरी करने वाली औरत थी। सत्तर के दशक में विज्ञान की मास्टर डिग्री प्रथम श्रेणी से पास करने के बाद शहर के कॉलेज में प्राध्यापक थी। सोनल के पिता कृषि विभाग में इंजीनियर थे। उसके परिवार में दुख और कष्ट होने की कोई वजह न थी। उसके पास सिर्फ़ पढ़ने का काम था। उसके लिए सफलता का कोई द्वार अभावों के कारण बंद नहीं हो सकता था। लेकिन उस घर में कुछ गड़बड़ थी। घर में साल भर पहले किसी

को किसी से कोई लेना-देना न था। सब अपने कामों में व्यस्त रहा करते थे। एक दिन सब कुछ बदल गया। सोनल अविश्वास की उबलती कड़ाही बन गई। उस पर हर कोई पानी के छींटे मारकर उबाल देखता और फिर नसीहतों के पिटारे से कुछ सपोले छोड़ जाता। वे सपोले सोनल को रात भर डसते रहते। उन सपोलों को मम्मी कुचल देना चाहती थी और पापा दूध पिलाकर पालने में व्यस्त रहते थे।

बीयर पीते हुए उन लड़कों की बातों से यही हाल मालूम हो सका था। यानी साल भर से सोनल किसी प्रेम के चक्कर में थी और उसका घर से बाहर आना-जाना सेंसरशिप में था।

मैं अपने कमरे में बैठा हुआ सोचता था कि सोनल के मम्मी-पापा के ये सद्प्रयास उनको अपनी इस बच्ची से दूर ले जाएँगे। मैं उसका हितैषी बन जाया करता था। मुझे भी अपने चार-पाँच साल पुराने दिन याद आते। मुहल्ले की एक लड़की से बात करते हुए पापा ने देखा तो महीना भर उन्होंने मुझसे बात नहीं की थी। घर गूँगों का बसेरा बन के रह गया था। उन दिनों इस सज़ा ने मेरे भीतर एक ही भाव को जन्म दिया था कि ये कोई गुनाह तो नहीं है। हाँ, होते हैं तो हो जायें नाराज पापा। अब मैं कोई बच्चा नहीं हूँ।

मैं उन दिनों ख़ाली शामें लिए हुए किसी नौकरी के इंतज़ार में था। एक ऐसी नौकरी जो मुझे यहाँ से कहीं दूर ले जाए। मैं बड़ा हो जाना चाहता था। इतना बड़ा कि जिसे किसी की कोई बात न सुननी पड़े। जो अपना फ़ैसला ख़ुद कर सके। ऐसे ख़याल आने की वजह थी, पापा का मुझसे बात न करना। वस्तुतः हर माँ-बाप ऐसे परिवारों से डरते रहते हैं जिनकी प्रतिष्ठा धूमिल हो रखी हो। वे अपयश के गुबार से परिवार को बचाना चाहते हैं। मगर उनके तरीक़े ऐसे होते हैं कि उनकी अपनी औलाद विद्रोह पर उतर आती है। मैं भी कुछ ऐसा ही कर बैठता लेकिन ठीक वक़्त पर मुझे बैंक में नौकरी मिल गयी थी और मैं इस जगह पर आ गया था। सब चीज़ें पीछे छूट गयी थीं। ठीक यही हालत सोनल के साथ रहे होंगे। उसके मम्मी-पापा किसी उम्मीद में बलपूर्वक अनुशासन से स्थितियों को नियंत्रण में लाने की सोचते होंगे। मेरा यह अंदाज़ा सुनी-सुनाई बातों पर आधारित था। मैंने छत पर बैठकर जाने कितने ही इतवार

बिताए होंगे किंतु सोनल कभी नहीं दिखी।

उस शहर के सूखे दिनों और भीनी शामों में वक़्त का पहिया बिना आवाज़ किए घूमता जाता था। जब भी वक़्त होता मैं अपने कमरे को साफ़ करने की कोशिश करता। अपनी रसोई में वे सब चीज़ें लाकर रखता, जिनको पकाना कभी आया न था। सिर्फ़ एक कप चाय बनती थी। कई दिनों बाद गोभी और हरी मिर्ची सूख जाती थी। मैं उनको बाहर फेंककर नयी ले आता। आलू और प्याज ख़ूब दिनों तक टोकरी में ताज़ा पड़े रहते थे। शाम होते ही फिर उन्हीं लड़कों से मुलाक़ात होती। कई मुलाक़ातों के बाद वे सब मेरे गहरे परिचित थे और मुझे अपना दोस्त कहते थे। गोरे स्मार्ट लड़के यानी सोनल के चाहने वाले का नाम संजीव था।

संजीव के एक बड़े भाई साहब थे। वे एक महान आत्मा सरीखे थे। वे और ज़्यादा महान हो जाना चाहते थे। उनको सब सम्मानपूर्वक भाई साहब कहा करते थे। उनका व्यवहार मुझे बेहद पसंद था। उनका पेशा समाज में बन रही माँग और कमाई के अनुरूप बदलता रहता था। वे पहले ड्राइविंग-लाईसेंस बनाने के एजेंट का काम करते थे। इसके बाद में उन्होंने सबसिडी पर खेतीबाड़ी का सामान उपलब्ध कराने का कार्य आरंभ किया। सरकारी अनुदान को हड़पने के विभिन्न तरीक़ों पर उन्होंने श्रमसाध्य शोध किया था। मेहनत का फल मीठा था यानी भाई साहब और उनके ग्राहक दोनों कमा रहे थे। कमाई के अनुपात में उनके व्यवसाय ने सदैव आकाशगामी प्रगति की थी। उन्होंने चाय, बीड़ी, सिगरेट, अफ़ीम और कमोबेश हर मादक और उत्तेजक पदार्थ से दूरी बना रखी थी।

वे शाम को शराब और बीयर की विशेष महफ़िलें सजाया करते थे। लेकिन ये आयोजन उनके व्यवसाय का एक अनिवार्य अंग था। इसके ज़रिये ऋण स्वीकृत करने वाले अधिकारी और उनके मित्रों को प्रसन्न रखा जाता था। भाई साहब में महान होने के गुण थे कि वे ख़ुद नशे से दूर रहते हुए दूसरों का पूरा ख़याल रखते थे। ये ऐसा था कि पानी से भरे तालाब के बीच में सूखा तैर रहा मगरमच्छ। जब सरकारी दफ्तर के लोगों के लिए दावत न होती थी, उन ख़ाली दिनों में इस पार्टी में उनके चेले शराब पीते और फिर उनकी बहकी-बहकी हालत में

भाई साहब शहर की लड़कियों के कच्चे चिट्ठे बिना चाबी के खुलवा लेते थे।

भाई साहब की पार्टी के दौरान सोलह से पच्चीस की उम्र के लड़के ख़ूब मज़े किया करते। भाई साहब भी दिलफेंक थे। पीने-पिलाने के दौरान किसी-ना-किसी को छेड़ते रहते थे। कभी चिकोटी काटना कभी बाँहों में दबा लेना उनका प्रिय कार्य था। फिर वे बल और बुद्धि से जो पकड़ में आया उसकी मित्र के बारे में हँसी-मजाक़ की तरह उगलवाते-उगलवाते हुए सभी सूचनाएँ निर्बाध ढंग से दर्ज करते जाते।

ऐसे ही एक शाम महफ़िल का आगाज़ हुआ था कि भाई साहब बोले- "आजकल तीन लड़कियों के बड़े नाम चल रहे हैं। एक उसके साथ, दूसरी उसके साथ और ये तीसरी... सुन रे आकाश, ये कहाँ फँसी है ?" कोई जवाब नहीं आया। भाई साहब ने एक-एक कर के सब पत्ते फेंकने शुरू किए। सब ख़ाली गए। अजीब-सा माहौल हो गया। भाई साहब को अपना अपमान होता दिखा। मुट्ठी भर जितने शहर में एक लड़की के बारे में भाई साहब को कुछ नहीं पता। यह महानता में एक दोष की तरह खटक गया। चेलों को साँप सूँघ गया था। कहते बने न चुप रहते बने।

बोझिल होते वक़्त के बीच आकाश बोल पड़ा- "भाई साहब एक सोनल तो अपने संजीव से... पर ये फँसा-फँसी नहीं है। प्यार हो गया दोनों को।" तड़ाक की आवाज़ के साथ आकाश का गाल लाल हो गया।

भाई साहब के चेहरे पर आई लाली और गहरा गई- "भेनचो... ये प्यार-व्यार के ड्रामे हमारे घर में भी आ गए। कल उसको समझा देना। हड्डियाँ चूसने के लिए होती है, गले में लटकाने के लिए नहीं। हमने ऐसा किया होता तो अब तक तुम भाभियों को नमस्ते करते-करते थक जाते। सालों के पहनने को ढंग के कपड़े नहीं और ख़्वाब इस घर के।"

मैंने पाया कि मेरे सामने रखी बीयर बहुत अधिक गरम हो चुकी थी। उसे पीना किसी सज़ा जैसा काम होता। संभव है कि मेरे चेहरे पर कुछ अलग तरीक़े के भाव आ गए होंगे। उन भावों को महान व्यक्ति ने पढ़ लिया था। उन्होंने फ्रीज़ से दूसरी बीयर निकालकर मेरे सामने रखी। गरम वाली को अपनी कुर्सी पर बैठे हुए ही बाहर सड़क पर उछाल दिया। यह महान आदमी के अंदर के योद्धा का काम था। मैं देख रहा था कि उनकी आवाज़ में तल्ख़ी

थी, साथ में क्षोभ और भय का मिश्रण हो चला था। भाई साहब के अपने चारित्रिक स्वरूप के विपरीत छोटा भाई प्यार जैसे किसी चीज़ की डोर को थाम चुका था।

उनके ग़ुस्से ने थमने का कोई लक्षण नहीं दिखाया। आकाश से सिगरेट लेकर मुँह को लगा ली। सब स्तब्ध। कभी नहीं देखा भाई साहब को सिगरेट पीते। फोन पर नंबर डायल किए और बनावटी मुस्कान चेहरे पर लाते हुए बोले– ''ये मैं क्या सुन रह हूँ! देख प्यार वगैरह ड्रामे तो मनोरंजन की टिकट और पास होते हैं। इनकी रजिस्ट्री नहीं करायी जाती। क्या है उस लड़की में, साढ़े पाँच बलिश्त की, ना रंग ना रूप। मेरे रहते मज़े करो, बीमारियाँ नहीं पालो।'' फिर सबकी तरफ़ आँख दबाते हुए फ्रीज़ से कुछ और बोतलें निकाली। किसी को सुरूर नहीं हुआ, जो हुआ था वो उतर गया। आकाश ने गुरु जी के थप्पड़ को अपमान नहीं माना और उनके कंधे पर अपना सर रखते हुए कहा– ''भाई साहब आपकी नकली शराब आकाश मील पर बेअसर साबित हुई है।''

एकांत व्यक्ति को उस चरम सीमा तक ले जाता है, जहाँ पर विलक्षण और पागल के बीच की दूरी सूत में नापने लायक़ तरह जाती है। मैं दोनों से वंचित रह गया किंतु संजीव और सोनल के क़िस्से की कड़ियाँ सुनते-जोड़ते हुए मैंने कई बार पाया कि कुछ होने वाला है। पागल हो जाने की संभावना ज़्यादा दिखती थी कि जिनसे कोई वास्ता नहीं था उन्हीं के बारे में सोचे जा रहा था।

संजीव एक रोज़ मेरे कमरे पर चला आया। मेरे कमरे के सामने वही गली थी जिसमें सोनल रहती थी। मुझे लगा कि अब वे दोनों एक-दूसरे को यहाँ से देखेंगे और ख़ुश हो जाएँगे। ऐसा हुआ नहीं। संजीव मेरे पास ही बैठा रहा। वह सच में प्यार की गिरफ़्त में था और बहुत अधिक टूटा हुआ महसूस कर रहा था। सोनल के बारे में वह मुझसे बात करना चाहता था। मुझे यह समझ न आया कि मैं उसकी क्या मदद कर सकता हूँ। उसने कहा भाई साहब मैं आपके बैंक आऊँगा। वहाँ पर मैं सोनल से मिलना चाहता हूँ। मुझे उससे ज़रूरी बात करनी है।

मैं एक सहकारी बैंक में काम करता था। वहाँ कम ग्राहक हुआ करते थे।

ज़्यादातर .फ़सल बीमा और सोसाइटियों के खातों का लेन-देन हुआ करता था। मैनेजर के अलावा हम तीन लोग और थे। ये आसान था कि वे बैंक के किसी कोने में मिल लें। मैं भी इसलिए राज़ी हो गया था कि सोनल को क़रीब से देख लेना चाहता था। ये भी लगता था कि इस तरह राज़दार हो जाने से हमारी क़रीबी भी बढ़ सकती है।

मैंने हामी भरने के बाद ख़ुद को थोड़ा मुश्किल में पाया कि स्टा.फ़ के लोग कुछ पूछने न लगें। उनके पूछने से भी बड़ा डर था कि वे मुझे नसीहतें न देने लगें। मैंने कई तरह की योजनाएँ बनायीं। किस जगह पर बैठना ठीक होगा। वे कहाँ बैठे तो एक-दूसरे को छू और चूम सकते हैं। कहाँ पर वे बहुत देर तक बिना किसी के नोटिस में आए बातें कर सकते हैं। आख़िर मैंने एक समझदार हौसले वाले नौजवान की तरह सब चीज़ों और घटनाओं के बारे में सोचने की जगह उनका सामना करने का इंतज़ार करना शुरू किया।

वे दोनों लगभग एक साथ ही आए थे। संजीव ने मेरा परिचय करवाया। मैंने बड़ी विनम्रता से दोनों को कैशियर वाले काउंटर के पास बने एक खाँचे में रखी हुई दो कुर्सियों पर बैठ जाने को कहा। ये अच्छी जगह थी। बैंक के काम के सिलसिले में आने वाले ग्राहक इस जगह को नहीं देख सकते थे। यहाँ रोशनी भी इतनी ही थी कि बाहर वाला अंदर झाँकते ही किसी को पहचान नहीं पाता। जबकि अंदर बैठा हुआ आदमी बाहर के सब लोगों की पहचान आसानी से कर सकता था।

मैंने जो कुछ सोचा था वह नहीं हुआ। वे दोनों शालीनता से बैठे रहे। वे इस तरह आए थे जैसे मुझसे ही कोई काम है। उनको आपस का कोई काम नहीं है। मैं हैरत में था। मैंने तय किया कि उनको एकांत दिया जाए। उनसे कहा कि मैं ज़रा आया, आप बातें करिए। मैं उठकर बैंक के गेट से बाहर आ गया। पास में ही एक चाय की थड़ी थी। यहीं से बैंक और अन्य द.फ़्तरों और दुकानों में चाय आया करती थी। मैंने लड़के से कहा कि दो कटिंग चाय अंदर भेज देना दस मिनट बाद। ऐसा कहकर मैंने दुकानों के आगे एक लंबा चक्कर लगाया और फिर से बैंक में लौट आया।

उनके बैठे होने की जगह पर अपनी गरदन घुसाई और बोला -"आप ईजी हैं न?" दोनों ने लपककर एक साथ कहा- "आप कहाँ चले गए थे। हम तो

आपसे ही मिलने आए हैं।"

वे वैसे ही बैठे थे। मुझे नहीं लगा कि उन्होंने एक-दूसरे को छुआ होगा। उन्होने लगभग ज़बरदस्ती मुझे बैठा लिया। मैंने कहा- "हुई आपकी बात?" सोनल ने सर ज़रा-सा ऊँचा उठाते हुए कहा- "कोई बात नहीं है। आप बैठिए।" इतने में चाय आ गयी। दो कटिंग को तीन में कर लिया। सोनल ने मुझसे मेरे बारे में कई बातें पूछी। कहाँ से आए हैं। घर में कौन-कौन है। वे सब क्या करते हैं। हमारा शहर कैसा लगा। इस तरह की बातों में हमने कोई एक घंटा बिता दिया।

वे चले गए और मैं वहीं रह गया। बैंक सूना हो गया। मुझे जाने क्यों ऐसा लगा कि वह लड़की मुझसे मिलने आई थी। जैसे मैं बरसों से उसके इंतज़ार में था और देवदूतों ने मेरी एक मीटिंग फ़िक्स की थी। वह मीटिंग ओवर हो चुकी थी। मुझे समझ नहीं आया कि ऐसी तनहाई किसलिए महसूस कर रहा हूँ। क्या उस लड़की के बारे में ख़ाली वक़्त में सोचते रहने के कारण मेरे दिमाग़ में सिर्फ़ उसी ने घर कर लिया है! कहीं ऐसा तो नहीं कि मैं उसे चाहने लगा हूँ!

उसे चाहने की कोई वजह न थी। वे दोनों जा चुके थे।

तीन महीने जाने कैसे बीत गए। मैं अपने रोज़ के काम करता था। कई बार इस किस्से को भूल ही जाता था। जो स्वाभाविक आकर्षण था, वह स्वाभाविक रूप से शिथिल हो गया था। मैं नए शहर से कुछ परिचित हो गया था। अब मेरी शामें राधेश्याम जी के यहाँ कम ही बीतती थी। मुख्यालय से तबादला होकर मेरा एक सीनियर इस ब्रांच में चला आया था। हम दोनों पहले भी एक बार मिल चुके थे। वह भी किसी शराब की पार्टी में मिला हुआ था। बैंक के किसी साथी का विवाह था और दोस्त लोग एक अलग जगह शराबनोशी में लगे थे। वहीं राजपूत बिना किसी हड़बड़ी के पी रहे थे। उनको देखकर ही लगता था कि बहुत संजीदा हैं।

इस बार जब यहाँ आए तो ख़ूब साथ मिलने लगा। मैं सोनल जैसी किसी लड़की को भूल-सा गया था। इतवार के दिन छत पर नहीं बैठता था। रोज़ की शाम रेलवे स्टेशन के आगे खड़े रहने वाले अंडे वालों के पास अँधेरे में

रखी हुई बेंच पर बीतती थी। राजपूत मुझसे उम्र में बड़े थे और अनुभव में भी। मुझे सहकर्मी की जगह मित्र ही मानते थे। मुझे अब आश्चर्य होता है कि कभी-कभी या अक्सर हम उन चीज़ों को भी भूल जाते हैं, जिनके लिए ये सोचना भी मुश्किल होता है कि कभी भूल पाएँगे।

एक सुबह हम दोनों बैंक के बाहर चाय पी रहे थे कि अख़बार की एक ख़बर ने चौंका दिया। बड़े भाई साहब बलात्कार के मुक़दमे में फँस गए थे। महान आदमी होने की प्रक्रिया को पहुँचे इस धक्के को मैंने कई बार पढ़ा। हम बहुत समय से मिले नहीं थे। मुझे बड़े भाई साहब की कई दिनों से कोई ख़बर ही नहीं थी। मेरी सारी जिज्ञासा लौट आई। मैंने चाहा कि संजीव को फोन करूँ। उससे पूछूँ कि ये सब कैसे हो गया। मैंने कुछ नहीं किया। मैं अपने कमरे पर चला आया।

मैं फिर से उसी काम में लग गया कि अब सोनल का क्या होगा। मैं सोचने लगा कि कल तक गुप्ता साहब उस ख़ानदान की ऐसी-तैसी किए रखते थे- "सालों की दो टके की इज़्ज़त नहीं है। हमारी बेटी से प्यार करने चले हैं।" आज तो फिर से अख़बार में उनकी तारीफ़ के पुल हैं। मैंने सोचा कि बाहर देखूँ। मैं कमरे से बाहर आया। छत से दिख रही गली में लोग थे मगर मुझे जिसे देखना था, वह नहीं थी। मैं किसी भी तरह उसकी ख़बर पाना चाहने लगा। मेरे पास कोई रास्ता न था। बड़े भाई साहब अगर पुलिस द्वारा धर लिए गए होंगे तो उनके चेले भी ग़ायब हो गए होंगे।

मैंने अपने लिए स्टोव पर चाय का पानी रखा। पतीले में उबलती हुई चाय पत्तियों के बुरादे में देखा रंग गहरा लाल होता गया। मेरे भीतर भी कोई अनजाना रंग गहरा होने लगा था। मैं एक नतीजे पर पहुँचा कि बाहर चलना चाहिए। राधेश्याम जी की दुकान। नहीं वहाँ जाना ठीक न होगा। वे एक ही थैली के चट्टे-बट्टे हैं। अच्छा मैं ऐसा करूँगा कि उनकी दुकान के आगे से इस तरह गुजरूँगा जैसे कहीं जा रहा हूँ। किसी ने देखा और आवाज़ दी तो अंदर चला जाऊँगा।

शाम के सात बजे थे। सूरज डूबने में अभी आधा घंटा बाक़ी था। शहर सूना-सा था। कुछ अप्रिय जैसा, कुछ घटित होने और अघटित के बीच उलझा हुआ शहर। नहीं शहर वैसा ही था। बेख़बर और बेपरवाह। मैं ही अजन्मी

घटनाओं के बारे में सोचता हुआ चला जा रहा था। मुझे लगता था कि गुप्ता साहब ने फिर से घर में कोहराम मचाया हुआ है। मिसेज गुप्ता एक दीवार की तरह रेत और समंदर के बीच खड़ी हैं। सोनल किसी बिस्तर पर सर झुकाये बैठी है। वह उस गुनाह की सज़ा को टुकड़ा-टुकड़ा काट रही है, जो गुनाह उसने किया ही नहीं है।

उस शाम ने मुझे कुछ नहीं दिया। मैं ख़ाली हाथ लौट आया।

कुछ एक दिन इन बातों को भुलाने के लिए आए। वे कुछ ही दिन थे। एक तपती दोपहर में अचानक से बैंक में संजीव आ गया। इस बार उसने बहुत जल्दबाजी में बहुत सारी बातें बताई। उसने कहा कि हम कई बार मिले। मैंने उसे यक़ीन दिलाया कि मैं उससे सच में प्यार करता हूँ। मेरे परिवार के लोग क्या करते हैं या क्या सोचते हैं, इसमे मेरा कोई दोष नहीं है। सोनल भी इस बात को मानती है कि मेरे अलावा परिवार में कोई क्या करता है, इसको मैं नहीं बदल सकता हूँ। सोनल उसके और क़रीब थी। उनके बीच सिर्फ़ इतनी ही दूरी थी कि जब प्यार था तो बाक़ी बंदिशें अपने साथ न रखनी चाहिए। हो सकता है कि ये बात उसने इसलिए मुझे कही थी कि मैं समझूँ उनके बीच सब कुछ साफ़ और निर्मल है। संजीव ने ऐसा कहा तो मैंने विपरीत ही सोचा कि इनके बीच देह का रिश्ता भी है।

मैं सोच में ही था तभी संजीव ने कहा- "मैं थक गया हूँ। वह मेरी बात समझती नहीं है।" इसके आगे उसने कुछ न कहा। मैं चुप बैठा रहा। वह वाक़ई बेहद निराश था। उसने कहा कि मैं जिस हाल में हूँ वह मुझे पसंद नहीं है। मैं बेसहारा, बेबस और नितांत अकेला हो गया हूँ।

बाहर तल्ख़ धूप थी। गरमी दरवाज़ों से भीतर आ रही थी। वह हर तरफ़ से चुभ रही थी। मैं अपनी कुर्सी पर अधलेटा हुआ अख़बार से ख़ुद को हवा कर रहा था। कितने महीने हो गए इस शहर में आए हुए। कैसी दास्ताँ से गुज़र गया हूँ बेवजह। कितने दिन कितनी शामें बुझा दीं, अनजान लोगों के ख़याल बुनते हुए। वह कौन है लड़की? उसे एक ही बार देखा है। एक ही बार मिला हूँ। शायद और कभी न मिल सकूँ। मुझे किसलिए इस रोते हुए लड़के पर प्यार आता है।

ऐसे अनेक सवालों के वर्तुल में गोल-गोल चक्कर काटते हुए मेरे दिन बीतते गए। एक शाम के वक़्त घर जाते हुए रास्ते में उसका घर भी आया। मैं बिना किसी भाव के चुप चलता रहा। वह दरवाज़ा आने को ही था, जिस पर लिखा था- नमित गुप्ता, सोनल दीदी। मैंने उस तऱफ मुँह नहीं किया। मैं चलता रहा। ठीक घर के आगे मैंने सुना- हेलो। आँगन में खड़ी हुई सोनल मुस्कुरा रही थी। मैंने उसके अभिवादन का जवाब देते हुए पूछा कैसी हो। उसने कहा रुकेंगे नहीं ? माँ भी है इधर... और वह बाईं तऱफ देखने लगी। उसी तऱफ से एक भद्र महिला खड़ी हुई। चमकती हुई आँखों से बोली- "आ जाइए। चाय पीकर जाना।"

मैं वहाँ रुक गया। वह घर शांत था। उस घर के साफ़-धुले हुए आँगन में कोई दुख का पैबंद नहीं दिख रहा था। मुझे उस घर में एक कैन की कुर्सी पर बैठे हुए सुकून आने लगा। मैं शायद अपने ही घर लौट आया था। मैंने उनके साथ चाय पी। और मैं चला आया।

मेरे दिमाग़ में एक अपेंडिक्स उग आया। वह बार-बार चुभ रहा था। मैंने कुछ किताबों में जी लगाना चाहा मगर नाकामयाब हो गया। मैं अकेलेपन से घिरा था। मेरे विलक्षण होने की कोई संभावना न थी। मैं जो सोच रहा था, घटनाएँ और हालत वैसे नहीं दिख रहे थे। मैंने शायद कुछ ज़्यादा सोच लिया था। मैं इस सारे झमेले से बाहर आना चाहता था। मैं बिस्तर से बहुत देर बाद उठा और एक पुरानी डायरी का पन्ना लिया। उस पर स्केच पेन से लिखकर अपने बिस्तर के सामने वाली दीवार पर टांग दिया। यह वही कविता है।

ये सब बताते हुए मैं होटल तक चला आया था। वह मेरा हाथ पकड़े हुए साथ चल रही थी। उसने थोड़ा रुककर पूछा- "उस सोनल का क्या हुआ ?"

मैंने उसके हाथ को थोड़ा और कसके थामा। मैं अचानक फिर से सोचने लगा कि उसका क्या हुआ होगा।

बताशे का सूखा हुआ पानी

क़स्बे से बाहर निकलने से ठीक पहले वाले मोड़ पर एक आदमी नई चिलम छाँट रहा था। मास्टर ने पैदल चलते हुए जाने किसलिए कई बार पीछे मुड़कर देखा। रास्ता सूना था। एक दो गाड़ियाँ मास्टर की बेख़याली को चीरती हुई गुज़र जातीं। अभी थोड़ी ही देर पहले मास्टर को नीम की छाँव में फगदु कुम्हार ने रोक लिया था। फगदु जाने क्या पूछता रहा और मास्टर ने जाने क्या उत्तर दिए। उसी नीम की छाँव में खड़े हुए मास्टर सिर्फ़ सिगरेट के बारे में सोच रहा था। मास्टर कई सालों से सिगरेट पीता आ रहा है। आज उसे सिगरेट पिए हुए बहुत देर हो चुकी थी। वह अपने घर को लौट रहा था। घर लौटते हुए रास्ते में मिलने वाले पत्थर, पेड़, मोड़ और सब कुछ जिनसे उसका रास्ता बनता था, सब उसके जाने-पहचाने थे। इसी पहचान से बातें करते हुए मास्टर को कमले देशांतरी के ढाबे के आगे कुछ धुआँ-सा दिखाई दिया।

लकड़ी और लोहे की चद्दरों से बने खोके जैसी कबट वाली दुकान के आगे बैठकर मास्टर ने अपनी पगरखी से पाँव बाहर निकाल लिए। पगरखी में रेत भरी हुई थी। पाँवों के पसीने से भीगी हुई। दोनों पाँवों को आपस में रगड़

कर गीली रेत झाड़ते हुए मास्टर ने सिगरेट जला ली। सिगरेट पहले दो कश में ही आधी से ज़्यादा ख़त्म हो गयी थी। मास्टर को अचानक से लगा कि उसे शायद किसी और चीज़ की ज़रूरत थी। लेकिन ये समझ नहीं आता कि वह चीज़ है क्या?

उसके भीतर एक बड़ा-सा ख़ालीपन है। उसे बार-बार भरने का मन होता इसलिए उसमें धुआँ भरता जाता। जब भी मास्टर अपने ख़ालीपन में धुआँ भरता, ख़ालीपन को और अधिक धुआँ चाहिए होता। सिगरेट पीते-पीते मास्टर थक जाता और उसे कभी समझ नहीं आता कि ये धुआँ उसके ख़ालीपन को ठोस कर रहा है या खोखला।

मास्टर ने फिर से पाँवों में पगरखी डाली और चल पड़ा। उसे समझ नहीं आ रहा था कि ज़िंदगी जिसे कहते हैं वह कैसी यात्रा है? कैसी तलाश है? जो माया की तरह आसपास महसूस तो होती है मगर दिखाई नहीं पड़ती, सामने नहीं आती, खुलकर बयान नहीं होती। उसने अचानक चाहा, यही बैठ जाऊँ कि मैं बहुत सिगरेट पी चुका हूँ। दूर तक सड़क ख़ाली थी। मास्टर को उस लड़के की याद आई जो बचपन में उसके जैसा हुआ करता था। ये ख़ुद की ही याद थी मगर वह अपने-आप से इतना बिछड़ चुका था कि पराई-सी लगी। कंधे पर बस्ता टाँगे हुए रास्ते के माइलस्टोन पर देर तक बैठे रहने वाला लड़का, मास्टर के लिए याद का लंबा सिलसिला न बुन सका। मास्टर इस याद से बाहर निकल आया। सड़क के किनारे खड़े कीकर के पेड़ों पर सफ़ेद काँटे चमक रहे थे। बुझती हुई शाम में दरख़्तों की लंबी छाया घरों की दीवारों को चूम रही थी मगर मास्टर को कोई ऐसी चीज़ घेरे हुए थी, जो थी ही नहीं।

मास्टर ने सोचा कि उसके घर के आँगन में ठंड उतर आई है। वह गुंजलक और नाकाम चलता गया।

उसका नाम सिमली था। उसके घर के आगे एक बड़ा दरवाज़ा था। चौहद्दी मज़बूत थी। उसके सहारे बाड़ करने के काम आने वाले लोहे के तार पड़े रहते थे। सिमली तब नौ बरस की रही होगी। उसे दरवाज़े की मज़बूत सलाख़ों के पार दुनिया की रफ़्तार सुनाई पड़ती थी। साँझ घिर आती तो बाहर सड़क पर चलती-फिरती शक्लें लैंपपोस्ट से गिरती रौशनी में कुछ देर दिखतीं

और फिर बुझ जातीं। वन विभाग में काम करने वाले उसके पिता अक्सर देर रात को घर आया करते। सरकारी क्वाटर था। इसके रंग-रूप आकार-प्रकार में सरकार घुसी हुई थी। सिमली को कभी-कभी ही यह जगह घर जैसी लगती थी। बासी लम्हों के शोक से भरी गरमी को पेड़ों का घना साया और अधिक रहस्य से भर देता था। चारों तरफ़ पेड़-ही-पेड़ थे। चारों तरफ़ पानी की गंध थी। मिट्टी में घुले हुए पानी की गंध। घर के बाहर खुले में हवा की ठंडी झुरझुरी, अनदेखी याद का तिलिस्म खोलती। गुड़हल के पास, हेजिंग के लिए मेहँदी और रेलिया की लंबी कतार के पास कैन से बुनी कुर्सियाँ रखी रहती थीं।

बचपन के दिनों की अकूत ख़ुशबू और रात के अद्‌भुत सिनेमा के रिपीट होने का ख़्वाब सिमली को बेवक़्त आता रहता था। वह सिनेमा कुछ ऐसा था कि उन दिनों माँ अक्सर आँगन के बीच दो चारपाई डालकर भाई-बहनों को सुला देती थी। उस अँधेरे में चारपाई पर लेटे हुए सिमली को ऐसा लगता था कि काँटों की बाड़ के पार कुछ आवाज़ें हैं। दिन के समय उस तरफ़ वाले लंबे ख़ाली मैदान में बेतरतीब उगी हुई कँटीली झाड़ियाँ फैली दिखती थीं। उन झाड़ियों के बीच पैदल चलने से बने हुए रास्ते थे, जिनकी दिशाएँ खो चुकी थीं।

रात के समय दिन भर का निरा शोर एक विचित्र काले सन्नाटे में समा जाता। किसी मायावी घटना के होने की बेशक्ल उम्मीद, उसको छूकर अँधेरे में गुम जाती। सिमली हर रात तय करती कि सुबह होते ही बाड़ के आगे के पूरे इलाक़े की छानबीन करूँगी। मगर वह हर सुबह भूल जाती। रात के इकहरे रंग वाले इफ़ेक्ट अद्‌भुत सम्मोहन रचते थे। सिमली एक असंभव दुनिया को अपने आस-पास महसूस करने लगती। दिन भर कूड़े के ढेर पर माचिस की ख़ाली डिबियों को चुनते-फिरते लड़के कहते थे कि प्यासी जनाना रूहें गलियों के मोड़ों पर भटकती रहती हैं। वे ख़ास तौर से पानी के हौद, बिजली के खंभे और स्टेडियम वाले मोड़ के आस-पास हुआ करती थीं। सिमली जब तक चौदह साल की हुई उसे कभी नहीं लगा कि रात एक ज़ोरदार कहकहा लगा पायेगी। सिमली जानती थी कि रात सिर्फ़ अजगर की तरह कुंडली कसती रहेगी। ऐसे ख़याल आते ही उसके हाथ के रोएँ खड़े हो जाते। अपनी हथेली

से उन रोयों को छूकर देखती। वे ओस भीगे बाजरा के सिट्टों को छूने जैसा अहसास देते थे। उस अँधेरे से बहुत से आग्रह थे। उनमें सबसे गोपनीय थी, एक कमसिन गंध। सिमली के मस्तिष्क में वह कमसिन गंध उसी तरह आई होगी जैसे मिट्टी से बने घोंसले में बैठे हुए ततैये के बच्चे उड़ने का हुनर साथ लेकर आते हैं।

रात बदस्तूर हर शाम के बाद आती और माँ उसी तरीक़े से चारपाइयाँ बिछा देती। सिमली अपने उसी सम्मोहन में खो जाती। गरमी के पूरे मौसम में अनजान अदृश्य दुनिया नींद आने से पहले आबाद रहती। वन बिलाव पेड़ की शाख़ पर दो तरफ़ टाँगे लटकाए हुए सोया रहता हो, उसी तरह वह भी चारपाई की ईस पर सोती थी। उस मोटी-लंबी ईस पर लेटे हुए सामने बाड़ और नीचे गोबर से लीपा हुआ आँगन दिखता था। रात गहराती रहती थी। आवाज़ों पर सन्नाटे का पहरा बैठ जाता। दबे पाँव नींद फिर घेर लेती। सुबह आँख खुलती तो देखती कि वह झाऊ चूहे की तरह गोल होकर चारपाई के बीच में सिमटी हुई सो रही है। रात के काले रंग वाले सम्मोहन भरे काँटे ग़ायब हो चुके होते। स्नानघर के ठंडे फ़र्श पर पगथलियों में गुदगुदी हो रही होती फिर इसके बाद दिन ख़ाली-ख़ाली बीत जाया करता था।

रात से मुहब्बत के सफ़र में अल्पविराम की तरह कुछ रातें आती रहीं। सिमली को तब खुले आँगन में सोने नहीं दिया जाता। ये प्यासी रूहों की गिरफ़्त में आने से भी बड़ा ख़तरा था। उस रात दम भर के लिए चाँद को अँधेरा डस लेता। माँ तीलियों से बने एक सूप में गेंहूँ भरकर छत पर रख आती। रात के भोजन को साँझ होते ही करना पड़ता। सवेरे झाड़ू लगाने वाली एक बूढ़ी औरत घर के सामने आती और ज़ोर से आवाज़ लगाती ''बाई जी, गरण दिराईजो...'' माँ वे गेहूँ उसकी झोली में डाल देती। सिमली को वह रात कभी अच्छी नहीं लगती थी। उस रात अँधेरे की आवाज़ों का वाद्यवृंद बंद हो जाया करता था। थपकियाँ देने वाली रूहें, बंद कमरे में नहीं आ पाती थीं। ख़यालों में भटकने की आदत पर दीवारों की लगाम कस जाती। उनके पार सोचने को कुछ नहीं बचता था।

एक अरसे तक रात का अपना ओपरा कंसर्ट चलता रहा। अद्वितीय आवाज़ें जादू की दुनिया रचती रहीं। शहतीर के नीचे लटके हुए झीने परदे के

पार सिमली आहिस्ता से प्रीमा डोना यानी ओपरा कंसर्ट में गाने वाली मुख्य गायिका में बदल जाती। वाहवाही की प्रतीक्षा करते हुए निरंतर अपने सुर को बचाती हुई किसी को अँधेरे कोने तक आने का मादक संकेत करती थी। उस वक़्त सिमली नीम नींद से भरी रात की लहर पर सवार होती थी। जबकि ज़िंदगी से ज़िरह कर के हार चुकी दुनिया के लोग अपने बिस्तरों में मरे पड़े रहते। सिमली नींद में जाने से पहले इसी अद्‌भुत दुनिया में खोयी रहती थी। उसे बिल्ली की तरह अपनी पलकें आहिस्ता से झुकाते हुए एक साथ बंद करने का काम बहुत पसंद था। ऐसे नींद आया करती थी और ऐसे ही उतर आता था जादू रात की आँख से।

एक दिन बाबूजी वन विभाग के शहर वाले दफ़्तर से गाँव की पौधशाला में ट्रांसफ़र होकर आ गए। उन्होंने कहा था कि अब आराम की ज़िंदगी जीऊँगा। शहर को छोड़ आने वाली रात के साथ ही सिमली का बचपन भी वहीं छूट गया था। यहाँ आते ही कुछ दिनों में उसकी शादी की कानाफूसी बढ़ती ही गयी। कभी रात में आवाज़ों का भूला-बिसरा रोमांस किन्हीं अजनबी गुमशुदा सायों की याद दिलाता था। हालाँकि वे साये कभी भी अपनी किसी शक्ल में नमूदार नहीं हुए थे। सिमली घर के पक्के वाले कमरे की सीढ़ियों के पास बनी पटरी पर दीवार का सहारा लिए बैठी रहती थी। उसकी शक्ल बदल गयी थी। शरीर का रंग-ढंग भी बदल गया था। मगर यादों के साये, बचपन के भूले-बिसरे आँगन से उड़कर इस देह पर बिखरते रहते थे। आख़िर एक रात वह भी आई जब कमसिन गंध के साथ कोई और गंध घुल-मिल गयी। सिमली की याद में ये तीसरा घर था। माँ ने कहा अब तुम्हारा वही घर है उम्र भर के लिए। उसके पिया का घर।

मास्टर अक्सर एक निर्वात में खो जाता था। उस निर्वात में असंख्य कथाओं का निरपेक्ष संचरण होता। उसमें से एक सर्वव्याप्त कथा थी कि जिनका मुश्किल दिनों में साथ दिया हो, वे अक्सर ज़िंदगी आसान होने पर एक काली सरल रेखा खींच, मुँह मोड़ कर चल देते हैं। इस सरल रेखा के बाद, उससे जुड़ी जीवन की जटिलताएँ समाप्त हो जानी चाहिए किंतु मनुष्य अजब प्राणी है कि दुर्भिक्ष में पेड़ से चिपके हुए कंकाल की तरह स्मृतियों को सीने से लगाये रखता है। मास्टर भी अजब प्राणी था।

जीवन की अटूट विश्रृंखलता का अपना विधि-विधान है। जीवन के कारोबार में दु:ख का कारवाँ हमारे जीवन को उथले पानी में फसी मछली जैसा कर देता है। इस भँवर से बाहर आने के लिए जिस स्पर्श की ज़रूरत होती है, वह समय की धूप में सख़्त हो चुका होता है। ऐसे ही मास्टर के अंदर के दरिया में बसे हुए कई अहसास सूख चुके थे। उसने मान लिया था कि जो होता है, उसे होने दो। इसलिए वह हर महीने अपने घर जाता और महीने भर की तनख़्वाह माँ को दे आता। माँ कहती पगले इन काग़ज़ के टुकड़ों का क्या करूँ? कभी इस घर में रुक, कभी मेरी बात भी मान ले। माँ चाहती थी कि मास्टर पीहर में बैठी हुई अपनी बहू को घर ले आए। मास्टर अपनी माँ के उदास चेहरे को देखकर और अनेक तरह की बातें सोचकर कभी-कभी रोने लगता था।

मास्टर के पास माँ को बताने के लिए ये बात नहीं थी कि पीहर में बैठी हुई उसकी बहू ने पहली ही रात कहा था- मुझे तुम्हारे साथ नहीं सोना है। मास्टर ने हँसते हुए से उसके सामने देखा और कहा- इस घर में रहना है? बहू ने कहा- पिताजी ने ज़बरदस्ती भेजा है, रहना ही पड़ेगा। इसके बाद मास्टर में एक देवता घुस आया। मास्टर ने सुबह ही गाड़ी पकड़ी और उसको घर छोड़ आया। इसके बाद कई महीनों तक पूछताछ, सुलह और समझाइश चलती रही। माँ को मास्टर के ससुराल वालों ने उलाहने दिये कि आपका बेटा रखना नहीं चाहता है। बहू की भौजाई मास्टर को कह गयी- मरद जैसे ही हो न? मास्टर ने कोई जवाब नहीं दिया।

मास्टर ने एक रात माँ से कहा- "ये रौशनी का समाज अंधा है। इसकी दीवारें बहरी हैं। यह अपने मृत दिवसों की खाल को ओढ़े हुए उत्सवों में मग्न रहना चाहता है। इसलिए किसी को मनुष्य के दुख दिखाई नहीं देते।"

मास्टर के पास घड़ी की पुरानी सुइयों जैसे टूटे-फूटे पल थे। वह सोचता था कि उसने किसी से प्रेम किया होगा। अगर वह उसे ले भी आता तो क्या वह कभी उतना निर्मल प्रेम फिर से कर पाती? क्या मैं ख़ुद ये बरदाश्त कर लेता कि वह आत्मा से किसी और को चाहती है, जबकि उसकी देह मेरे पास पड़ी हुई है। मास्टर के घर के सामने दूर पहाड़ की चोटी पर देवी का मंदिर था। वहाँ शाम होते ही रोशनी हो जाया करती। वह उस अप्रतिम मद्धिम प्रकाश को

निहारने में बहुत सुख पाता था।

धरती पर पहाड़, इंसान में प्रेम की तरह हैं। प्रेम और पहाड़ दुनिया में हर जगह पाए जाते हैं यहाँ तक कि भयावह सूने रेगिस्तानों में भी। कहीं ऊँचे, कहीं चपटे और कहीं 'डेड एंड'। बस ऐसे ही हर कोई एक दिन उस 'डेड ऐंड' पर खड़ा हुआ करता है। कुछ के हाथ में नरम भीगी अंगुलियाँ होती हैं, जो आगे की गहराई को देखकर कसती जाती हैं। कुछ के हाथ ख़ाली होते हैं कि ज़िंदगी उन हाथों को कुछ नहीं दे पाती। मास्टर ने भी सोचा कि एक दिन उसी डेड एंड तक सबको जाना है फिर क्या मान-अपमान, क्या प्रेम और नफ़रत।

मास्टर की पोस्टिंग सिमली के गाँव वाले मिडिल स्कूल में थी। अपने घर से पचास किलोमीटर दूर आने-जाने का सीधा साधन नहीं था, इससे भी बड़ी बात थी कि माँ के सिवा घर जाने का कोई कारण न था। इसलिए स्कूल के ही एक कमरे को अपना घर बना लिया। स्कूल से बच्चों के चले जाने के बाद वह गाँव के ही दूसरे मास्टर के पास चला जाया करता था। सुख-दुख के सारे प्रयोजनों से परे तपती-ठंडी रेत पर मास्टर की शामें पश्चिम में कहीं दूर गिर पड़तीं और बिखर जाती थीं।

सिमली को कई तरह की आवाज़ें हमेशा सुनाई पड़तीं। उसे लगता कि क़स्बे का शोर फिर से करवट बदल रहा है। उसे घर के बाहर कोई आहट, क़दम-दर-क़दम क़रीब आती हुई सुनाई पड़ती। फिर किसी के चलने की कुछ और आहटें आतीं। कभी दिन भर, साँझ की राग-सा कोई शोर खिड़की तक आकर लौट जाता। कितने सफ़र, कितने ही रास्ते उलझ गए थे। बेचैन रहा करने के दिनों में बढ़ोत्तरी होती जाती। ज़िंदगी के कसैलेपन पर कोई दूसरा रंग चढ़ नहीं रहा था।

अकेलापन यानी पत्तों के टूटने की आवाज़, टूटन को सुनना माने एक लाचारी। सिमली की ज़िंदगी की दुकान में ऐसा ही सामान भरा हुआ था। एक भरे-पूरे ख़ालीपन की दुकान। ऐसा ख़ालीपन जिसे दुनिया की किसी भी अद्‌भुत प्रभावकारी चीज़ से न भरा जा सके। ज़िंदगी जिस छोर से शुरू होती थी, वहीं अटकी रह जाती। वह किसी भी तरीक़े से न आगे बढ़ती न ही ख़त्म हो पाती। एक लंबी साँस थी, जिसके बारे में ये मालूम न था कि कहाँ से शुरू

हुई है और कहाँ जाकर ख़त्म होगी।

ब्यांह हो गया था। घर हो गया था। खेत हो गया था। भेड़ें और बकरियाँ हो गयी थीं। यानी उसके पास सब कुछ था। एक सुर्ख़ गुलाब जैसा मर्द था। जिसकी टहनी में कई सारे मुड़े हुए काँटे थे। मादकता की ख़ुशबू थी और बिंध जाने की हसरत के पूरा होने का सामान भी। लेकिन अचानक से सब कुछ ठहर जाता। वही रात प्रेम के आलिंगन से छिटक कर उसकी छाती पर आ बैठती। गुलाब का फूल अपने काँटे समेट कर सो जाता। उसे नींद नहीं आती। वह अपने इस अजब अकेलेपन से घबराने लगती। उसे लगता कि ये आदमी किस तरह सोया रह सकता है। इसे कैसे नींद आ जाती है। मैं किसलिए जाग रही हूँ। सिमली को वही बचपन वाला घर आवाज़ें देने लगता। वही चारपाई बुलाती कि आओ मेरी ईस पर किसी वन बिलाव की तरह लटक जाओ। सिमली आराम में आने लगती, घर उसको अपनी पनाह में ले लेता। वह चारपाई की ईस को दबाकर आँगन को देखने लगती। गोबर से लीपा हुआ आँगन।

सुबह चार बजे सिमली की आँख फिर से खुल जाती। वह अपनी चारपाई को पड़वे में रख आती। इतनी सुबह और कोई काम होता नहीं है। पहले घरों में बाजरा पीसा जाता था। माँ सुबह उठकर घट्टी माँड़ती और पूरे घर के लिए एक दिन का पीसना करती थी। अब बिजली की चक्की गाँव में आ गयी है तो सब वहीं से पिसवाते हैं। सिमली को सुबह-सुबह लगता कि इस दुनिया में वह सबसे अधिक फ़ालतू की चीज़ है। उसके पास कोई काम नहीं है, कोई ठिकाना भी नहीं। काश वह सोयी रह सकती लेकिन ऐसा होता नहीं। वह किसी सहारे से बैठ जाती है। दिन के उगने का इंतज़ार करती है। उसका जी चाहता कि वह खुले खेतों में दूर-दूर तक दौड़ती जाए। इतनी दूर कि जहाँ सब कुछ नया दिखाई दे। इन सारी चीज़ों से पीछा छूट जाए। उसका ये गुलाब, गुलाब के काँटे, इसके होते हुए भी पसरा रहने वाला एकाकीपन सब यहीं रह जाए। वह बस धरती की हो सके, कभी आसमान की भी हो जाए। जब वह भागते हुए थक जाए तब काश उसे कोई ऐसी बस मिल जाए जो मीलों पसरी हुई रेत में सरपट भागती जाए। धूप में चमकती हुई रेत में कई सौ किलोमीटर का सफ़र अनवरत चलता रहे। वहाँ प्यास तो हो मगर सिर्फ़ पानी की, और किसी तरह की प्यास न हो।

सिमली सोचती रहती और गाँव के पत्ते-पत्ते पर रोशनी की लकीर बनने लगती। सिमली अपने ख़यालों के दरिया से बाहर आकर रसोई में चली जाती। देगची में चाय उबाल कर, अपने काँटों वाले गुलाब को आवाज़ लगाती और उसे देखते हुए चाय पीने लगती। कटोरी में रखी चाय और उसके ऊपर से झाँकती हुई सिमली की आँखें, उस लाल गुलाब को किसी असमंजस में डाल देतीं। वह आँख से इशारा करके पूछता, क्या हुआ। सिमली एक बार मुस्कुरा भर देती। इसके बाद दोनों कटोरियों को इकट्ठा करती और वापस रसोई में घुस जाती।

लाल गुलाब बाहर नौकरी करता है। साल में चार महीने ही घर पर रह पाता है। उसके वापस नौकरी पर जाने के समय सिमली दरवाज़े का खंभा पकड़े हुए चुपचाप देखती रहती है।

फिर से वही सख़्त पथरीली ज़मीन धूप में चमकती है। काले पत्थरों की लड़ियाँ दिखाई देती है। उसे ज़िंदगी ने दो ग़लत चीज़ें बख़्शी हैं, एक तन्हाई और दूसरा समय। वह प्यास से व्याकुल अपने मन की धार को तेज़ करती हुई इन दो पहाड़ों को हर दिन काटती है। घर में प्यास उसे चारों ओर से घेरती है। ये उसे अच्छा नहीं लगता इसलिए घर के बाहर खेत के सामने मुँह करके बैठ जाती है। ऐसे में प्यास दूर तक पसर जाती है। उसकी सघनता कम होने से सिमली का बोझ हल्का होता-सा दिखता है। वह नीचे नज़र किये एकटुक संकरी पगडंडी को देखती है। वैसे हर घर के आगे से एक पगडंडी जाती है लेकिन इस प्यास को कहीं जाना नहीं है। ये मायावी है, वर्तुल की तरह घूमकर पूँछ फटकारती हुई दीवारों पर चिपकी रहती है।

बारह मासों में आने वाले छवों मौसमों के दिन-रात छोटे-मोटे होते रहते हैं लेकिन लाल गुलाब के चले जाने से पहले या उसके रहते हुए भी सिमली के पास कुल जमा चार काम है। बाखळ में झाड़ू लगाती है, चूल्हे को धुँआती है और लाखेटाली नाडी तक जानवरों को पानी पिलाने ले जाती है। दोपहर सर पर बैठी होती है और भेड़ें सर-से-सर मिलाए अबूझ चिंतन में डूबी होती हैं तब सिमली एक बार पानी में अपनी सूरत जरूर देखती है। चौथा काम है, सौ मीटर के फ़ासले पर खड़े स्कूल की खिड़की को देखना। आध पौन घंटे तक

या जब तक वह मास्टर बाहर बरामदे में आकर उसे देख न ले तब तक बैठी रहती है। भेड़ें ऊँघने लगती हैं, बकरियाँ चारों दिशाओं में चरने चली जाती हैं और वह सूनी आँखों से स्कूल को देखती रहती है। कभी सहम जाती है जैसे ख़ुद ने कोई अपवित्र बात कह दी हो। ऐसी बात जिसका ज़िक्र भर किसी को सुन्न कर दे।

मास्टर नहीं आता है तो वह स्कूल चली जाया करती है। दीवार की कोर पर हाथ रख कर उसे देखती है। चुप आँखों से मास्टर को मार गिराती है। एक-दो बार के बाद मास्टर ने ऐसा होने ही नहीं दिया कि सिमली को उठकर स्कूल तक आना पड़े। पाळ के पास पसरे हुए अजब हरे सीलेपन की गाढी ख़ुशबू में एक हूक उठती है। सिमली वहीं बैठकर पानी को उलाहने देती है- मेरी प्यास बुझा दे ऐ हरियल पानी वरना ये धूप तुझे उड़ा ले जाएगी। मगर नहीं बुझती। वह चिलका बनकर पानी की देह पर दिप-दिप करती रहती है। सिमली के बदन को शरबत जैसे पानी के ठंडे बदन को छूकर आती हवा भिगोती रहती है। इन हिलोरों से मन भीगता जाता है लेकिन ये तो लाखा के पछाड़े भूतों का जादू है।

सिमली को उसके बाबा ने इस नाडी की कहानी सुनाई थी। गाँव बहुत प्यासा रहता था। दूर-दूर तक पानी का कोई प्रबंध न था। हर घर में पानी लाने का काम करने के लिए कोई आदमी तय रहता था। वह इतनी दूर से पानी लाता था कि अक्सर थक कर ऊँट की पीठ पर ही सो जाया करता। चाँदनी हो या अँधेरी रात, ऊँट चलता रहता मगर आदमी की प्यास बुझाने लायक़ पानी कभी नहीं जुट पाता था। इसलिए हर घर के ऊँट इसी सफ़र में बने रहते थे। ऐसे ही एक रात ऊँट पर पखाल लेकर आया लाखा सोने को ही था। आधी रात से ज्यादा का समय हो गया था। लाखा को कबड्डी की आवाज़ें सुनाई दी तो उठकर चल पड़ा जैसे कोई राजा रात में घुँघरुओं की आवाज़ों के सम्मोहन में अपनी सुध खो बैठता हो। चाँदनी रात में लाखा के खेत की काँकड़ पर भूत कबड्डी खेल रहे थे। लाखा भी ख़ुद को रोक नहीं पाया। पहाड़तोड़ बदन वाले खाँटी जाट ने भूतों को बहुत छकाया। भोर की पहली किरण के फूटते ही भागते भूतों में से एक की चोटी और दूसरे की सबसे छोटी अँगुली पकड़ ली। भूतों ने उसे राजा बनाने का प्रलोभन दिया लेकिन लाखा बहुत प्यासा था और उसकी

पाँच पीढ़ियाँ सात कोस दूर से पानी लाती थीं। लाखा ने भूतों से कहा कल रात यहाँ तालाब खोदना होगा। सिमली इसी कथा में घुमड़ती हुई अचानक उठ बैठी जैसे आख़िरी तगारी में भरी रेत, भूत उस पर ही डालने वाले हैं। जैसे उन भूतों ने लाखा से हर बार पूछा कि अब तगारी भर रेत कहाँ डालें ? आख़िर लाखा थक गया। उसने कहा– मेरे ऊपर डालो। भूतों ने लाखा को मिट्टी में दबा दिया लेकिन तब–तक नाडी खुद चुकी थी। सिमली को लगा कि प्यासे लाखा और उसकी प्यास का कोई वास्ता नहीं है। बकरियाँ दूर चली गई थी।

सिमली ने भोले स्वप्निल ढंग से आह भरी। मानो वह कहीं दूर बहुत दूर अपने बचपन से लौट कर आई हो। उसी सम्मोहन भरी आवाज़ों वाले बचपन से, जिसमें वह हर रात ओपेरा की मुख्य गायिका हो जाती थी। उसके आस–पास रोशनियों और सुरों का संसार उग आता था। उसने ख़ुद का चेहरा गीले पानी में देखा। उसको ख़ुद के शुष्क चेहरे पर स्नेह उमड़ आया। पाळ पर बैठकर काम और कल के बारे में सोचती रही। आमतौर पर वह कभी इतना समय नहीं लेती है मगर आज अकेले बैठे याद करती है कि मास्टर के कित्ती आँखें हैं। दो ही होंगी, ख़ुद जवाब देती है और फिर अगला ख़याल आता है कि मास्टर को प्यास लगती है या वह मद–छके भँवरे की तरह भन्नाता हुआ, उसके आँगन की दीवारों से टकराता रहता है। कोई छः महीने पहले भूरकी बकरी स्कूल में चली गई थी, तब उससे बात हुई थी– ''चाय बनाने को तेरी बकरी दूह लूँ क्या ?'' मास्टर के ऐसा पूछने पर वह चुप रही मगर जाते हुए उसकी गहरी आँखों में झाँकती कह गई थी– ''चाय से क्या प्यास बुझेगी ?'' मास्टर ने उसकी उद्विग्न जिज्ञासु आँखों को ताड़ लिया था। वह बिना कुछ कहे रहस्यमय ढंग से मुस्कुरा भर दिया था।

सिमली के घर के आँगन में बताशे जैसा चाँद उगा हुआ था। मास्टर और उसने जाने कितने चाँद यहीं बुझा दिये। मास्टर सिगरेट पीता नीम आँखों से उसे देखता। मास्टर की इन अधखुली आँखों में देखती हुई वह अधलेटी पूछती– ''तूने बताया नहीं कि मुझे क्या चाहिए ?'' मास्टर ने सजीव स्नेहमय नेत्रों की अभिव्यक्ति को समझना सीख लिया था लेकिन सिमली के इस प्रश्न का उत्तर उसके पास नहीं था। सिमली फिर कहती– ''मास्टर बता न... मुझको

क्या चाहिए? मेरे लिए घरवालों ने एक लाल गुलाब-सा काँटेदार ख़सम बनाया। मैंने उसके हाड़-मास की आग में कई रातें फूँक डाली मगर रही प्यासी-की-प्यासी। अचेत पुकारती रही कोई मेरी बाँह पकड़ो, मगर यहाँ कोई नहीं था। मैंने राख में सँजोये हुए अंगारों को अपनी आहों से जगाया, हथेलियों से समेटा और फिर देवताओं को धूप चढ़ाया और रोकर सो गई... सुन, मेरे रहने को घर है, खाने को रोटी है, मेरा मर्द भी है। उसके परदेस से लौट आने पर या उसके बिना तेरे यहाँ होते भी... मुझे चैन क्यों नहीं आता।''

मास्टर चुप बैठा था। मास्टर अपनी पत्नी के बारे में सोच रहा था कि शादी की पहली ही रात मुझे छुए बिना वह जिसके लिए लौट गयी, वह कैसा आदमी होगा? वह उसे कितना प्यार करता होगा कि उसने अग्नि के सात फेरों को भुला दिया। उसने अग्नि के सामने ये सात फेरे खाये ही क्यों थे! सिमली ने अपने पाँव की ठोकर से उसका ध्यान फिर खींचा- ''ओ भणे-पढ़े कुछ तो बता... मुझे क्या चाहिए?'' मास्टर उसके पास सरक आया। उसके सिर को अपनी गोदी में रखते हुए आसमान की ओर देखने लगा। गहरी टीस को उकेरती कुरजाँ का झुंड चला जा रहा था। ''बरफ के देशों से आई है, मिलन करेगी, बच्चों को बड़ा करेगी और उनको उसी रास्ते का पता बता देगी। जहाँ से वे पीढ़ी-दर-पीढ़ी चली आया करती हैं। तुझे पता है हम कुरजाँ से थोड़े ज़्यादा पागल हैं। मन की हूक को दबाये हुए भटकते रहते हैं।'' उसने मास्टर की इस बात को ध्यान से सुना लेकिन आस फिर से बुझ गई। सिमली ने कहा - ''तो क्या बच्चे जनने और उनको बड़ा करने को सुकून का संसार कहते हैं? मैं तो इस हिरण-कुलाची वाले मन का पूछती हूँ। ये कहीं टिकता क्यों नहीं?'' सिमली के चेहरे पर उदासी बढ़ती गई।

उसके तांबई शरीर पर दूध बिछा हुआ था। मास्टर और उसके बीच एक साँस भर की दूरी थी। चाँद के मीठे बताशे से भीगे होंठों को तेज़ सरपत घास काट रही थी। सिमली दम भर के लिए मास्टर का चेहरा अपने सामने लाते हुए कहती है- ''मास्टर, तारे थककर सो जाते है, मन जाने कहाँ भटकता रहता है। इसका ठीहा क्यों नहीं बनता। क्या मैं बुझ जाऊँ तो ये प्यास बुझ जाएगी?'' वह चुप रहता है। सिमली एक करवट लेकर उसके ऊपर आते हुए हँसती है- ''क्या है रे जिंदगानी... मिट्टी का ढेला है जिसमें आग भरी है और मास्टर तू

भी साला गधा है। अपनी भणाई (शिक्षा) के नमक ढोता रह गया है। तुझे पता ही नहीं... ज़िंदगी का फूल साँवरिये ने क्यों खिलाया है। इस फूल में साँस की आग क्यों लगाई है?'' मास्टर मुस्कुराया। बाड़ से हवा के कटने की आवाज़ आ रही थी। चाँद-सा बताशा डूबने को था।

मास्टर उठ गया।

मास्टर अपने स्कूल के कमरे पर लौट आया था। शायद रात के तीन बजे होंगे। उसने पाया कि अँधेरे में रहस्य का आलाप है। इसमें सिहर जाने का सुख है। वह फ़र्श पर बिछी हुई दरी पर लेट गया। सिमली पीछे छूट गई थी। मगर वह कौन था जो उससे आगे निकल गया। कोई था भी उसके लिए, जो पूरा उसका होता।

मास्टर के पास एक कुर्सी थी। बादलों के बरस जाने के बाद वह कुर्सी खुली जगह पर चली आया करती। सर्द दिनों में धूप का पीछा करती रहती। गरम दिनों की रुत में नीम के नीचे दुबकी हुई थोड़ी कम गरम हवा का इंतज़ार करती। उस पर एक कुशन रखा रहता। कुशन पर रंगीन धागों से ढोला-मारू की तस्वीर उकेरी हुई थी। दौड़ते हुए ऊँट की गरदन टेढ़ी है यानी वह संवाद कर रहा है। ऊँट कहता है- ''मुहब्बत की कोई काट नहीं है। वह ख़ुद एक बिना दाँतों वाली आरी है।''

मास्टर कमरे में लेटा हुआ सोच रहा था कि इस कुशन पर रेत के धोरों की तस्वीर धागों से बन जाती तो और सुंदर दिखता। दौड़ते हुए ऊँट की पीठ पर सवार ढोला अपनी प्रेयसी मरवण से मुख़ातिब है। जिस वक़्त अपने कंधे पर प्रेयसी का हाथ नहीं पाता है, घबरा जाता है। प्रेम के लिए भागते जाने के इस अनूठे आयोजन का विस्तार असीमित है। अबूझ धोरों पर रेत की लहरों के बीच सुकून और बेचैनी की एक बारीक रेखा साथ रहती है कि इस रेगिस्तान में पकड़ा जाना मुश्किल है और अधिक मुश्किल है, बच पाना। ऊँट जितना तेज़ दौड़ता है, डर भी उतनी ही तेज़ी से उसका पीछा करता है। डर है कि भरी-भरी छातियों और गुलाबी गालों वाली सुघड़ नवयौवना का साथ न छूट जाये। इसकी तीखी नाक किसी और की नाक के नीचे न आ जाये। इसके लंबे खुले हुए केश जो रात को और अधिक गहरा कर रहे हैं, उनसे कोई और न

खेलता हो। कोई इसके एक आँसू को अपने शराब भरे प्याले में उतार न ले। मास्टर के पास ऐसी बातें थीं मगर इनके सिवा जो भी था उसमें से एक ने उसे ठुकरा दिया था और दूसरी एक असीम प्यास की मारी थी।

रात के इस लम्हे के बारे में मास्टर ने कभी सोचा नहीं था कि ऐसे हवा दस्तक दे रही होगी और वह आँगन में दरी पर लेटा हुआ, बाहर भाग जाने का सोच रहा होगा। हम इसी तरह अपने जीवन को जीते हैं। ठीक इसी पल को थाम लेना चाहते हैं। आनेवाले पल की सूरत दिखती नहीं इसीलिए उसके प्रति आशंका है। उसके लिए आग्रह है कि जाने कैसा होगा? इसलिए जो ये पल है, अच्छा है। बस एक छोटी-सी नौकरी, एक प्यास की मारी हुई पराई औरत और रेत का अकूत संसार। मास्टर ने ख़ुद को याद दिलाया कि यश, प्रसिद्धि, बल, अधिकार, सामर्थ्य, प्रेम, दौलत और ऐसी ही सब चीज़ों के सफ़र में कुछ भी स्थायी नहीं है, फिर भी आने वाले लम्हे से कई वहम हैं। भय और लालच से बुनी गयी इस दुनिया में बस एक इंतज़ार स्थायी है, आख़िरी वक़्त जब दुनिया से थक-हार जायेंगे तब भी बचा रहेगा। क्या कोई ऐसी लड़की दुनिया में होगी जो सिर्फ़ उसी का इंतज़ार करे।

बाहर के अँधेरे की ओर फिर से मास्टर की नज़र जाती है। वहाँ दिखता कुछ नहीं। बस वह सोचता है कि क्या होता अगर ढोला-मारू कभी इस तरह न भाग पाते? क्या भूल ही जाते? वह पहली नज़र की मुहब्बत जेठ महीने में कितनी आँधियों के बाद मिट पाती? ऐसे सवालों के बीच, मास्टर अलग तस्वीरें बुनता रहा। अचानक उसे लगा कि बाहर स्कूल की दीवार पर कोई लड़की बैठी है। ठीक वहीं पर जहाँ से कुछ पत्थर उखड़ गए हैं। मास्टर को नींद नहीं आनी थी इसलिए वह साहस करके उस लड़की को देखने कमरे से बाहर चला आया।

उसके गालों पर हवा ने दस्तक दी। जैसे कोई अपने गीले बालों को झटकते हुए गुज़रा हो।

सिमली के आँगन में रात और तनहाई।

नीरवता, बेचैनी और ख़ालीपन से बना हुआ वक़्त। रात के अंधेरे में आँगन पर कुछ लिखना चाहा मगर सिमली लिख नहीं पायी। ये पहली रात थी

जब उसे लगा कि बचपन की आवाज़ों का सम्मोहन शांत होने लगा है। उसे अपने इस अनवरत दुख के बारे में कोई ख़याल आया। उसने दो अँगुलियों से अपने होंठों के कोरों को खींचकर मुस्कुराता हुआ चेहरा बनाया और ज़िंदगी पर एक फीकी हँसी हँस दी।

भोर के पहले पहर कोई देखता तो कहता सिमली पगला गई है। वह टूटे पत्तों पर छप-छप करती निर्बल पाँवों से चली जा रही थी। पत्ते पगडंडी के ठीक पास पंक्तिबद्ध पड़े हुए थे। बंद दुकानों पर लगी पुरानी झंडियों के बचे हुए चिथड़े हवा में लहरा रहे थे। नाडी का पानी घात लगाये शिकारी-सा धीर था। विलोप होता चाँद पानी के विरूपित दर्पण में नितांत अकेला था। सिमली ने विचित्र धुँधली छाया देखी तो उसे सहसा ख़याल आया कि उसने श्रृंगार तो किया ही नहीं फिर भला लाखा के पछाड़े हुए भूतों के वंशज कैसे उसके साथ रम्मत करने आयेंगे और वह किस तरह इस प्यास का हल पूछेगी।

नाडी के किनारे छतरियाँ बनी थीं। सामने ही एक ऊँचे शिला स्तंभ पर ढीले-ढाले प्राचीन चोगे में ऊँट पर बैठी एक देवी अंकित थी। नीचे आधार पर तीन शिला स्तंभों पर खड़ी उस इमारत के अँधेरे कोनों से आवाज़ें आ रही थीं। पहले की भाँति ही किनारों के पास गीली मिट्टी थी। एक बैठने की शिला थी। उससे जुड़ा हुआ एक लकड़ी का बड़ा-सा तख़्ता था। सिमली उस पर खड़ी हो गई। हवा में उसकी लटें खुलने लगीं। ओढ़णा फहरा कर वक़्त की सलवटों से मुक्त होने लगा। भूत नहीं आये मगर इस निर्जन में उसने पाया कि वह नितांत अकेली है। चाँद डूब गया है और सूरज के आने में देर है फिर ये कैसा उजास उसके भीतर से फूट रहा है। उसने ख़ुद से कहा - हाँ, इस दुनिया में सब अकेले हैं, बिल्कुल अकेले... अशांत, अप्रसन्न और विह्वल। सिमली ने अपनी बाँहें वृताकार फैला दीं। कुछ इस तरह जैसे कि पृथ्वी जैसी किसी चीज़ को बाँहों में समेटना चाहती हो।